二哈和他的白猫師尊

바보 허스키와 그의 흰 고양이 사존

二哈和他的白猫師尊

바보 허스키와 그의 흰 고양이 사존 ✦ 육포부흘육 장편소설

8권

BLab

목차

193장 사존이 최고십니다

묵연이 부르는 소리에 엽망석이 고개를 돌렸다. 그녀는 얼굴이 수척했지만 묵연이 생각한 것보다는 활기찼다.

묵연을 보자 엽망석은 눈을 떨구고 인사를 건넸다. 그녀는 습관대로 남자의 예법으로 인사했다.

"묵 공자."

묵연은 그녀를 한 번 보고, 옆에 있는 남궁사도 한 번 보더니 물었다.

"두 사람…… 어디서 오는 길이에요? 어쩌다가 피범벅이……."

엽망석이 대답했다.

"임기에서 오는 길에 악귀와 맞닥뜨리는 바람에 의관을 단정히 하지 못했군요. 송구합니다."

묵연이 자세하게 물어보려는 그때, 설정옹이 끼어들었다.

"연이 왔구나? 잘됐네, 다들 들어와서 얘기하세."

초만녕은 단심전 안에 들어서고 나서는 묵연을 보지 않고 곧장 자기 자리에 앉아 의관을 단정히 하고 남궁사를 바라봤다.

그와 남궁사는 사제지간은 아니었지만 깨우침을 주고받은 사이였다. 남궁사를 보니 마음이 쓰라렸지만 초만녕은 간단하게 한마디만 건넸다.

"……두 사람, 괜찮은 게냐?"

유풍문이 몰락한 뒤로 그들에게 안부를 묻는 첫 번째 사람이었다.

남궁사의 눈시울이 붉어졌다. 그는 냉큼 고개를 숙이고 주먹을 꼭 쥐었다. 눈을 감고 한참을 진정하고 나서야 초만녕 앞에서 눈물을 보이고 싶은 충동을 가까스로 억눌렀다. 그가 잠긴 목소리로 말했다.

"괜, 괜찮습니다. 그럭저럭 견딜 만합니다."

초만녕은 가볍게 한숨을 한번 쉬고는 더 말하지 않았다.

그는 남궁사의 말을 그대로 믿지 않았다. 머나먼 임기에서 젊은이 둘이 온갖 고초를 다 겪으면서 왔을 테니 괜찮을 리가 없었다.

설정옹이 안쓰러워하며 설명했다.

"옥형, 좀 전에 자리에 없어서 못 들었던 게로군. 남궁 공자와 엽 낭자가 몇 가지 단서를 발견해서 특별히 전달해 주러 왔네."

"예, 서상림과 관련이 있다고요."

"그래."

초만녕이 두 사람에게 말했다.

"일단 앉아서 이야기하자."

묵연이 냉큼 의자를 옮겨 왔지만 남궁사와 엽망석은 스스로 더럽고 냄새난다고 생각해서 앉으려 하지 않았다. 초만녕은 강요하지 않고 잠시 침묵하다가 나직이 질문했다.

"그날 임기에서 헤어지고 어디로 간 게냐?"

남궁사가 대답했다.

"저와 엽망석은 겁화를 만나 강 하나를 사이에 둔 미산에 잠시 몸을 피할 수밖에 없었습니다."

그는 잠시 멈췄다가 계속해서 말했다.

"미산은 지세가 황량하여 소식을 전하기 어려웠습니다. 게다가 엽망석이 상처를 입어서 큰불이 진화된 후에도 한동안 회복할 시간이 필요했습니다. 그러고 나서 유풍…… 유풍문으로 돌아갔습니다."

남궁사는 자신이 처음으로 몸담았던 문파를 언급하는 것조차 힘들어했다. 초만녕 역시 마음이 좋지 않아 잠시 말을 잇지 못했다. 그가 탄식했다.

"이제 풀뿌리 하나도 자라지 못할 만큼 황폐해졌을 테지."

"종사님 말씀처럼 정말로 풀 한 포기 자라지 않습니다. 그런데 폐허에서 이런 게 기어 다니더군요."

초만녕이 눈을 들며 물었다.

"무엇이냐?"

"이 벌레들입니다."

남궁사가 핏자국이 얼룩덜룩한 주머니를 반쯤 열었다. 윙윙 소리를 내는 작은 벌레들이 우글거렸다. 초록색 껍데기에 큰 반점 세 개, 작은 반점 두 개, 검은 반점이 모두 다섯 개 있는 벌레였다. 꼬리에는 피비린내가 은은하게 풍겼다. 빛을 두려워하는지 대부분은 주머니 속에 얌전히 웅크리고 있었고, 몇 마리는 밖으로 날아가 단심전의 벽과 기둥에 찰싹 들러붙었다. 벌레가 지나간 곳에는 핏자국이 쭉쭉 번졌다.

묵연은 이 벌레에 대해 알고 있었다. 다름 아닌 영혼을 빨아먹는 흡혼충이었다.

임기 유풍문 인근 혈지에서만 기생하는 이들은 산 것도 죽은 것도 아닌 상태로 사람의 살과 영혼을 갉아먹으며 산다.

장로들은 벌레를 보자마자 메슥거려 얼굴을 찌푸렸다. 녹존 장로는 악취를 견디지 못하고 손수건을 꺼내 입과 코를 틀어막았다.

"폐허에서 이 흡혼충들을 발견했습니다."

남궁사가 말했다.

"인근 혈지에서 피 냄새를 맡고 날아온 벌레인 줄 알았는데 아니더군요."

"그게 무슨 소리냐?"

"그렇다고 하기에는 벌레가 너무 많습니다. 저희 둘이 유풍문의 72개 성을 지나오면서 보니 벽돌 틈이며 진흙, 뼛가루 속에 흡혼충들이 득실득실했습니다. 이상해서 자세히 보니 성충뿐만 아니라 유충도 있었습니다……. 종사님은 제 말이 무슨 뜻인지 아시리라 생각합니다."

초만녕은 벌레에 대해 잘 몰랐다. 처음에는 공연히 가슴이 울렁거렸지만, 곰곰이 생각해 보니 이내 깨달을 수 있었다.

혈지는 미산 옆에 있는데 임기와는 큰 강을 사이에 두고 있었다. 시체 냄새를 맡고 성충이 날아오는 건 가능하겠지만 날개의 힘이 약한 유충은?

유충이 어떻게 제 발로 산을 넘고 강을 건너 유풍문의 불탄 땅에 왔겠는가.

초만녕이 미간을 찌푸리며 물었다.

"그럼 누가 미리 풀어놨다는 말이냐?"

"네, 제 생각엔 그렇습니다."

한쪽에서 듣고 있던 탐랑 장로가 비로소 깨달았다.

"흡혼충에는 영력이 담겨 있네. 재난이 끝나면 원혼이 도처에 널리게 되지. 게다가 임기에는 수사가 많아 그들의 영혼을 갉아먹은 벌레는 각기 다른 속성의 영력을 지닌 종자가 되네. 수천수만의 종자가 있으면 법술 없이도 대다수의 진법을 쓸 수 있네."

그렇다면 누가 벌레를 풀어놓았을까? 임기에 재난이 닥칠 것이라고 예상한 사람이 누구일까? 외부 영력이 필요한 사람이 도대체 누구일까?

아무도 말하지 않았지만 답은 명확했다.

악의 장본인 서상림, 본명 남궁서였다.

설정옹이 물었다.

"그럼 여태까지 상하수진계는 법술의 흔적을 쫓아 서상림을 찾아다녔는데, 정작 그놈은 자기 힘이 아닌 벌레의 힘을 빌렸다는 거냐?"

남궁사가 대답했다.

"네, 그렇습니다."

설정옹이 중얼거렸다.

"음…… 법술은 사람의 것만 탐지할 수 있을 뿐, 짐승이나 괴물의 것은 탐지할 수 없네. 서상림 그놈은 이런 꼼수를 사용해 꽤 오랫동안 종적을 감출 수 있었겠군."

그가 이번에는 탐랑에게 물었다.

"벌레를 쫓아 서상림의 행방을 추적할 수 있겠나?"

탐랑이 대답했다.

"불가능합니다. 흡혼충은 저승을 드나들 수 있어 영혼 조각을 배불리 먹으면 땅 밑으로 종적을 감추기 때문에 행방을 추적할 수 없습니다."

듣고 있던 설정옹은 문득 좋은 생각이 떠올랐다.

"저승을 드나들 수 있다니, 회죄대사에게 한번 물어보는 게 어떤가? 귀계의 일이라면 잘 아실 텐데."

초만녕이 즉시 딱 잘라 말했다.

"물어볼 필요 없습니다."

"어째서?"

"찾아가도 소용없습니다."

초만녕이 설명했다.

"속세의 일에 개입하길 꺼려서 아무것도 알려 주지 않을 겁니다."

초만녕은 한때 회죄대사의 수제자였다. 사람들은 이렇게까지 단호하게 말하는 그를 이해하지 못했지만 딱히 더 설득하기도 마땅치 않아, 정전은 순식간에 다시 고요해졌다.

이윽고 설정옹이 중얼거렸다.

"그럼 어떻게 해야 한단 말이냐? 서상림이 벌레의 영력을 이용해 추적을 피할 수 있으니 우리가 아무리 조사한다 한들 헛수고 아닌가. 그렇다고 그놈이 활개 치고 다니게 놔둘 수도 없는 노릇이고."

초만녕이 제안했다.

"추적 방법을 바꾸는 건 어떻습니까?"

"어떻게?"

"존주, 서상림이 세 가지 물건을 가지고 떠났습니다. 어떤 물건이었는지 기억하십니까?"

설정웅이 손가락을 하나씩 접으며 말했다.

"라풍화의 영핵, 남궁……."

그는 속으로 한탄하며 남궁사를 힐끔 보더니 목소리를 낮춰 말했다.

"남궁 장문, 그리고 신무를 하나 가져갔네."

"맞습니다. 어떤 일을 하는 데에는 다 그만한 이유가 있는 법. 도망가기 급급한 와중에 이유 없이 챙겨간 건 아닐 겁니다. 그럼 존주께서는 서상림 그자가 자기 형을 데려간 이유가 뭐라고 생각하십니까?"

"음…… 복수 때문에?"

"그럼 신무는 왜 가져갔을까요?"

설정웅이 잠시 생각하더니 말했다.

"다섯 가지 순수한 영력을 모아 귀계의 균열을 찢어 버리기 위해서?"

"귀계의 균열을 찢은 건 라풍화의 영핵을 얻기 위함입니다.

그러니 두 번 찢을 필요는 없습니다."

"그럼 무엇 때문인가?"

"제가 보기에는 환생술 때문입니다."

설정옹이 얼떨떨해하며 물었다.

"그런데 환생술은…… 다섯 가지 순수한 영력이 없어도 행할 수 있지 않은가? 회죄대사도 사용한 적 있고."

초만녕이 고개를 저었다.

"회죄대사께서 환생술도 여러 가지가 있다고 하셨습니다. 꼭 그 환생술만 생각하실 필요는 없습니다."

옆에서 듣고 있던 탐랑이 냉소를 띠며 말했다.

"옥형 장로의 말에는 전혀 근거가 없네. 서상림이 금지 술법인 환생술을 수련하기 위해 이런 일을 벌였다고 어떻게 함부로 추측할 수 있는가?"

초만녕이 즉시 대답했다.

"그가 가져간 마지막 물건, 라풍화의 영핵이 바로 근거지."

초만녕의 차분하고 나지막한 목소리가 정전에 울려 퍼졌다.

"몇 년 전 채접진에서 억울하게 죽은 여자를 심문한 적 있습니다. 어릴 때 피투성이인 미치광이를 만난 적이 있다고 하더군요. 미치광이는 눈이 자기가 아는 사람과 닮았다면서 그녀에게 귤까지 찔러 주고, 마지막에는 이런 말까지 남겼습니다. 임기에 한 남자애가 있었는데, 나이 스물에 심장이 죽었다지."

스무 살, 남궁서가 모함을 당해 사람들의 규탄을 받고 괴로운 생활에서 영영 벗어날 수 없게 된 나이였다.

그해 영산논검에서 그는 의기양양했고, 자존심은 하늘을 찔렀다. 뛰어난 재능과 평생의 노력이 있으니 공평하고 공정하게 원하는 모든 걸 얻을 수 있을 거라고 믿었다.

그런데 아무리 발버둥 쳐도 오명을 벗을 수 없었다.

수중의 날카로운 칼로도, 마음속의 드높은 포부로도 형의 세 치 혀와 아첨을 이길 수 없었다.

그는 원망스러웠다.

뼛속 깊이 증오했지만 억울함을 풀고 원한을 털어놓을 곳이 없었다. 모두가 그를 비웃고 책망하고 그에게 침을 뱉었다.

그렇게 그는 살아도 사는 게 아니었고 죽어서도 악귀가 되었다.

악귀는 원한 속에서 기어 나와 이 세상 정인군자 앞에서 정의를 되찾고 싶었다.

"더 말할 것도 없이, 그 미치광이가 바로 서상림입니다. 아는 사람이 누구일 것 같습니까? 라섬섬의 눈을 닮은 사람이 누구일 것 같습니까?"

"생김새가 닮고 성이 라씨인 사람……."

설정옹이 경악했다.

"설마 라풍화는 아니지?"

"저는 라풍화라고 생각합니다. 금성호 밑에서 서상림은 진룡기국과 환생술 두 가지 법술을 시도했습니다. 진룡기국은 남을 조종하기 위해서일 테고, 환생술은 누구를 위해서일까요? 시신을 딱 두 구 가져갔는데 하나는 남궁 장문이고 하나는 라풍화입니다. 남궁 장문을 위해서는 아니지 않겠습니까?"

설정옹이 중얼거렸다.

"그런데 왜 라풍화를 환생시키려 했을까? 라풍화는 그를 모함했던 사람 아닌가?"

"사람 속은 천 길 물속이라 함부로 단정 지을 수 없습니다."

초만녕이 잠시 멈추더니 말했다.

"다만 환생시키려는 것 외에는 라풍화의 시신을 가져간 다른 이유를 떠올리지 못하겠습니다."

다들 입을 굳게 닫은 채 아무 말도 하지 않았다. 사람들은 초만녕의 분석에, 일리가 있지만 여전히 아무런 근거도 없다고 생각했다. 결국 이 모든 건 짐작에 불과했고, 지금 어디에 숨어 있는지 모르는 서상림 본인만이 명확한 답을 줄 수 있었다.

회의가 끝난 후에도 묵연은 오랫동안 깊은 생각에 빠져 있었다. 그날 밤, 그는 설정옹이 있는 난각으로 갔다.

설정옹은 서상림의 행적을 추적할 단서를 찾고 싶은 마음에 '흡혼충'에 관련된 책을 찾아보고 있었다.

"백부님."

"연이구나. 시간이 늦었는데 어서 자지 않고?"

"잠이 안 와서요. 백부님께 여쭤보고 싶은 게 있습니다."

설정옹이 턱을 까닥여 앉으라는 신호를 보냈다. 묵연은 쓸데없는 말을 생략하고 바로 본론을 말했다.

"백부님은 혹시 라풍화…… 그러니까 서상림의 스승이 어떤 사람인지 아시나요?"

"라풍화 말이냐?"

설정옹은 미간을 찌푸리고 한참을 무언가 골똘히 생각하다 고개를 설레설레 저었다.

"그와 왕래가 없었다 보니 딱 이렇다고 말하기가 어렵구나.

기껏해야 단정하고 강인하고 공정하다 정도? 말수는 적지만 성격은 좋았어. 일 처리도 질질 끄는 법이 없이 시원시원했지. 유풍문의 장문을 맡는 동안 제자들을 하수진계에 파견해 악귀를 처단하기도 했어."

묵연이 물었다.

"그럼 한마디로 남궁 가문의 장문 자리를 꾀한 걸 빼면 손가락질받을 일은 딱히 없었다는 말이네요?"

설정옹이 한숨을 푹 내쉬었다.

"그래, 손가락질받을 일을 하기는커녕 좋은 사람이었지. 아무리 생각해도 그런 사람이 왜 자기 제자한테 심한 저주를 내렸는지 모르겠다니까."

묵연은 잠시 침묵하다 대뜸 물었다.

"백부님, 조금 전에 라풍화의 묘사가 누구와 좀 닮았다는 생각 안 드십니까?"

설정옹이 멈칫했다.

"옥형 말이냐? ……에이, 옥형 성격이 뭐가 좋아."

"아니요, 다른 사람이요."

"누구 말이냐?"

묵연이 말했다.

"엽망석이요."

"아……."

설정옹의 눈이 천천히 휘둥그레졌다. 그는 세 글자를 곱씹더니 천천히 되뇌었다.

"엽망석……."

너그럽고 어질며 강인하고 굽힐 줄 모르는 사람. 장문 자리를 겨우 일 년밖에 지키지 못한 라풍화와 많이 닮은 사람이었다.

"닮지 않았습니까?"

"……닮았군."

설정옹은 생각할수록 놀라웠다. 엽망석과 라풍화는 성별도 다르고 나이 차도 많이 나며 유풍문에서 지위도 달랐으니, 그는 한 번도 두 사람을 한데 놓고 비교한 적이 없었다. 그런데 묵연의 말을 듣고 생각해 보니 놀랍게도 두 사람은 빼다 박은 듯이 완전히 판박이였다.

충격에 빠진 설정옹은 오랫동안 봉인해 뒀던 기억을 서서히 떠올렸다. 라풍화가 유풍문의 장문이 되기 전 객경이었던 시절에 입던 옷이 엽망석이 늘 입던 옷과 상당히 비슷했던 것이다.

그리고 두 사람의 언행과 말투도.

심지어 활을 당기는 방법까지…….

그는 젊었을 때 라풍화가 활시위를 당기는 모습을 본 적 있었다. 남궁류의 생일을 축하하는 자리였는데 유풍문은 설가네 두 형제도 초대했다. 설정옹의 기억 속 눈이 흩날리던 그날, 라풍화가 새끼손가락을 쳐올리고 세 손가락으로 활시위를 빳빳하게 당긴 후 놓자, 화살촉이 씽 하고 눈송이를 가르며 날아가 100보 밖의 토끼를 정확히 맞혔다.

사람들이 활 솜씨가 대단하다고 칭찬하자, 라풍화는 그저 부드러운 미소를 띠며 활을 왼쪽 팔에 턱 걸치더니 손끝으로 무심하게 활줄을 매만졌다.

자연스럽고 거침이 없는 동작이었다. 마무리까지 위풍당당하고 기세가 맹렬하여, 보통 사람들과는 확연히 달랐다.

옆에서 지켜보던 설정옹은 크게 감명받았고 그 모습을 마음에 새겼다.

문득 천열 때 엽망석과 남궁사가 함께 화살을 쐈던 기억이 떠올랐다. 신속하고 맹렬한 남궁사의 화살은 별로 인상 깊지 않았지만, 화살을 쏘고 나면 습관적으로 손을 돌려 활을 왼쪽 팔에 걸치고 손끝으로 활줄을 만지던 엽망석의 모습은 더 또렷했다.

부드럽고 시원시원하며 소탈하고 자유분방한 그 기세는 자꾸 누군가를 연상시켰고, 설정옹은 그 모습을 여러 번 힐끔거렸다.

설정옹이 돌연 이마를 '탁' 치며 말했다.

"어엇, 정말…… 정말 그러네! 완전히 판박이야!"

묵연이 눈썹을 추켜세우며 물었다.

"뭐가 판박이라는 겁니까?"

"활을 쏘는 모습 말이다. 라풍화는 엽망석과 너무 닮았어. 완전히 똑같아, 판박이야!"

묵연은 놀라서 연신 감탄하는 설정옹을 보며 저도 모르게 미소 지었다.

"백부님, 틀렸습니다."

"응? 뭐가 말이냐?"

묵연이 말했다.

"인과관계가 잘못됐습니다."

"인과관계?"

"네. 라풍화가 엽망석을 닮은 게 아니라 엽망석이 라풍화를 쏙 빼닮은 거예요.”

이 말을 할 때 묵연의 눈이 유난히 빛났다. 이번에는 자신의 추측이 틀리지 않았다는 걸 확신할 수 있었다. 서상림의 환생술은 라풍화를 되살리기 위한 것이 분명해 보였다.

과거 유풍문에 무슨 일이 있었는지, 그가 모르는 비밀이 아직 얼마나 더 남아 있는지 모른다. 하지만 서상림은 전생에 엽망석을 위해 희생했고, 이번 생에는 유풍문을 배신하면서까지 그녀를 저버리지 않았다. 도대체 왜일까?

엽망석이 수양딸이라는 단순한 이유로 손을 쓰지 못했다고는 생각하지 않았다.

겉으로 보기에 서상림은 대범하기 그지없는 사람이었다. ‘임기에 한 남자애가 있었는데, 나이 스물에 심장이 죽었다지’ 이 따위 얘기나 하고, 자신의 처소를 ‘삼생별원’이라 이름 지으며 지나간 일을 모두 잊겠다고 큰소리 뻥뻥 치면서, 수양딸의 이름마저 노골적으로 지었다.

망석. 지난날을 잊는다.

지난날의 자신과 옛 벗을, 지난날의 원한과 정을 모두 잊겠다?

하지만 서상림은 자기도 모르는 사이에 엽망석을 자신의 그림자로 키웠다. 버려진 그 고아를 또 다른 모습의 사람으로 키웠다.

옛일을 모두 잊기를 간절히 바랐던 그는 어쩌면 처음부터 끝까지 추억의 늪에서 허덕이며 살았는지도 모른다.

생각이 여기에 이르자 묵연은 어렴풋이 확신이 들었다. 그 역시 끝없는 어둠 속에 갇혀 발버둥 쳐 본 적이 있어서인지, 서상림의 행동을 다른 사람보다 좀 더 정확하게 예측할 수 있을 것 같았다. 하지만 이 같은 생각을 남에게 말할 수는 없었으니, 그저 짐작하며 조용히 지켜보는 수밖에 없었다.

이튿날, 온갖 책을 다 뒤져 봤지만 별다른 성과를 얻지 못한 설정옹은 다시 사람들을 불러 모았다.

"독충과 기이한 짐승은 고월야의 특기이니, 유풍문 옛터에서 흡혼충을 발견했다는 사실을 강희에게 알리는 게 어떻소."

선기 장로는 곧바로 찬성했다.

"천하제일 약사 한린성수가 휘하에 있으니 그를 찾아가면 틀림없이 방법을 알 수 있을 겁니다."

그런데 초만녕은 미간을 잔뜩 찌푸리고 엽망석에게 물었다.

"엽 낭자, 혹시 양아버지가 독충이나 독 짐승을 키우는 걸 본 적 있나?"

"없습니다."

"그럼 의술이나 조련술을 섭렵한 적이 있나?"

"그는…… 앵무새 한 마리밖에 안 키우셨어요. 기이한 짐승이나 요괴는 고사하고 그 흔한 강아지 한 마리도 기른 적이 없었습니다. 의술은 말할 것도 없고요."

그 말을 들은 초만녕이 설정옹에게 말했다.

"흡혼충 일은 당분간 고월야에 알리지 마십시오."

"어째서?"

"서상림은 의술도 조련술도 능하지 않았다고 하니, 벌레를 사육하고 부린 사람은 그가 아니라 마지막에 균열에서 뻗어 나온 그 손의 주인일 가능성이 높습니다."

"고월야를 의심하는 건가……."

"속단하긴 이릅니다만, 조심해서 나쁠 게 없지요."

194장 사존, 목욕하실래요?

이렇게 되면 고월야에 의지할 수는 없었다. 회의를 마치고 설정옹은 탐랑과 함께 추적 방법을 의논하러 왕 부인을 찾아 온실로 갔다. 기술은 저마다 달랐으니, 이번만큼은 초만녕도 별다른 도움을 줄 수 없었다. 그는 마침내 한동안 여유를 즐길 수 있게 되었다.

저녁 무렵, 홍련수사의 부교 옆에 서서 물고기를 감상하고 있는데, 문을 두드리는 소리가 들려왔다.

"들어오너라."

달빛이 청년의 얼굴을 밝게 비췄다. 남궁사였다.

"종사님, 부르셨습니까?"

초만녕이 말했다.

"모레 엽망석과 사생지전을 떠난다고? 어디로 갈 셈이냐?"

남궁사가 속눈썹을 떨어뜨리며 대답했다.

"교산으로 갈 생각입니다."

교산은 임기 밖에 있는 유풍문의 거점 중 하나로 유풍문에게는 아주 중요한 곳이었다. 전해지는 바에 따르면 유풍문의 초대 장문이 교룡 한 마리와 계약을 맺었고, 교룡이 죽자 뼈로 산을 쌓아 유풍문의 역대 영웅들을 모두 그곳에 묻었다고 한다. 교산이 영웅들의 혼을 든든하게 지키고 있어, 그곳을 침범하거나 욕되게 한 자는 산속에서 죽임을 당하고 뼈도 추릴 수 없게 된다. 해마다 청명과 동지[#1]가 되면 유풍문의 장문은 그곳으로 가서 제사를 지내야 했다. 그러니까 교산은 유풍문의 사당인 셈이었다.

"선친께서⋯⋯."

남궁사의 눈동자에 어두운 그림자가 스쳤다.

"선친께서 교산 사당에는 불시의 필요에 대비해 역대 장문들이 후대를 위해 남겨 둔 보물이 있다고 하셨습니다. 이제 그것들을 찾을 때가 된 것 같습니다."

그는 초만녕을 전혀 경계하지 않고 보물이 매장된 위치까지 자연스레 털어놓았다. 설몽, 묵연, 사매와 달리 남궁사는 초만녕과 사이가 가깝지 않았다. 둘의 사이는 복잡하게 얽혀 있지만, 그는 결국 초만녕의 제자가 되지는 못했다.

만약 그때 모친이 돌아가시지 않고 금성호 옆에서 부친이 모친을 제물로 바치는 잔인한 일도 벌어지지 않았더라면, 지금쯤 초만녕을 '사존'이라고 부르지 않을까. 남궁사는 가끔 이렇게 생각했다.

#1 청명과 동지 청명과 동지 모두 24절기의 하나

초만녕이 말했다.

"교산으로 가는 길은 멀고 험난하다. 경의를 표하기 위해 열흘 동안 재계$^{#2}$하고 벽곡해야 무사히 산속으로 들어갈 수 있고, 그렇지 않을 경우 교룡이 못 들어오게 막는다고 한다. 가기로 마음먹었으면 사생지전에서 재계를 마치고 떠나는 게 어떻겠느냐?"

남궁사가 고개를 저었다.

"상수진계 사람들이 저와 엽망석에게 앙심을 품고 이를 부득부득 갈고 있으니, 이곳에 오래 머물면 설 장문까지 피해를 보실 겁니다. 떠나도록 하겠습니다."

"무슨 그런 바보 같은 소리를 하느냐?"

초만녕이 말했다.

"밖에서 열흘 동안 벽곡하다가 원수에게 발각되기라도 하면 어쩌려고?"

초만녕이 그를 달랬다.

"더군다나 설 장문은 어질고 너그러운 분이니, 너희들을 이대로 보내려 하지 않을 거다. 내 말대로 우선 이곳에 머무르거라."

그동안 간신히 버텨 온 남궁사는 초만녕의 말을 듣자마자 마음이 울컥하여 하마터면 눈물을 보일 뻔했다.

그가 서둘러 고개를 숙였다.

"종사님의 은혜, 이 남궁사 평생 잊지 않겠습니다."

"며칠 머무는 걸로 무슨 은혜를 논하느냐."

초만녕이 말했다.

#2 재계 齋戒. 몸과 마음을 깨끗이 하고 부정한 일을 멀리함

"그건 그렇고, 보자고 한 이유는 따로 있다."

"말씀하세요."

"전에 서상림한테서 듣자니 너는 영핵이 포악해 주화입마 하기 쉽다고 하더군. 그 병증, 왕 부인께 가서 진찰을 받아 보거라."

남궁사가 잠시 얼떨떨해하더니 씁쓸한 웃음을 지었다.

"남궁 집안 대대로 이어진 고질병입니다. 선친께서도 고월야의 한린성수께 왕진을 청한 적이 있는데, 치료할 방법이 따로 없어 그저 놔두는 수밖에 없다고 하시더군요. 천하제일 성수도 고치지 못했는데 왕 부인께 별달리 좋은 방도가 있겠습니까?"

"한린성수는 고칠 능력이 없는 게 아니라 고치고 싶지 않았던 걸 수도 있다."

초만녕이 말했다.

"문파 간에 이해관계가 복잡하게 얽혀 있으니 충분히 있을 수 있는 일이지. 하지만 왕 부인께선…… 난폭한 영핵을 억제하는 일에 일가견이 있으시니 도움을 줄지도 모른다."

남궁사는 이해가 되지 않아 물었다.

"왕 부인께선 왜 그걸 연구하신 겁니까?"

"……우연일 뿐이다. 더 묻지 말고 가 보거라."

남궁사는 연신 고맙다는 인사를 하고 나서 홍련수사를 나섰다. 그가 떠난 자리를 보며 초만녕은 저도 모르게 한숨을 쉬었다.

남궁사는 자신만만하고 오만한 사람이었다. 기분 좋을 때는 곧잘 웃기도 했는데, 웃을 때면 두 눈이 아침 햇살처럼 빛났다.

그런데 이제는 언제 다시 볼 수 있을지 몰랐다.

방으로 돌아가려는 그때, 갑자기 누군가 또 홍련수사의 문을 똑똑 두드렸다. 초만녕은 남궁사가 다시 돌아온 줄 알았다.

"들어오거라."

문이 열렸다. 바깥에 서 있는 사람은 남궁사가 아닌 묵연이었다. 나무 대야 하나를 들고 주저주저하던 묵연은 경솔하게 보이지 않으려는 듯 헛기침을 한번 하더니 입을 열었다.

"사존."

초만녕은 조금 의아했다.

"무슨 일이냐?"

"별건 아니고요, 같이 목욕하러 가시지 않을래요?"

깜짝 놀란 초만녕은 눈이 휘둥그레져서 한참을 멍하니 있다가 헛기침을 한번 하고 물었다.

"어디로?"

묵연이 머뭇거리더니 대답했다.

"묘음지요."

묘음지는 지세가 구불구불하고 손가락이 보이지 않을 정도로 안개가 자욱했기 때문에 구석진 으슥한 곳에서 무슨 일을 하든 남들에게 발각될 염려가 없었다.

묵연이 함께 목욕하자고 청할 줄이야. 초만녕은 너무 놀라 겁이 날 지경이었다. 이 녀석의 낯가죽은 얼마나 두꺼운 것인가.

묵연이 뻔뻔스럽게 말했다.

"설몽이 방금 목욕을 마치고 왔는데 묘음지에 사람이 별로 없대요……."

말하고 보니 지나치게 노골적이었던 것 같아 묵연은 얼굴을 붉히며 고쳐 말했다.

"날씨도 추워졌는데 홍련수사에서 씻다가 감기라도 걸리시면……."

당연히 그럴 일은 없었다. 초만녕은 주위를 따뜻하게 하는 결계를 내릴 수 있고, 묵연이 그걸 모를 리 없었다.

뻔히 알면서도 함께 묘음지로 가서 목욕하자고 청하다니. 속이 훤히 들여다보이는데 추울까 봐 걱정돼서라니. 파렴치하기는.

뻔뻔한 묵연은 새까만 눈동자로 그를 바라보며 간절하게 물었다.

"사존, 가실래요?"

초만녕은 잘 알고 있었다. 지금 고개를 끄덕이면, 대놓고 묵연에게 이리 같은 음흉한 야심이 있음을 아는데도 기꺼이 먹이가 되겠다고 말하는 것과 다름없다는 사실을.

먹이가 되겠다…….

생각이 여기에 이르자, 문득 객잔에서 엉겨 붙었던 밤이 떠올랐다. 묵연은 한 치의 망설임도 없이 몸을 엎드려 그에게 한 번도 느껴 본 적 없는 절정의 쾌감을 주었다.

그 눈동자는 부드럽고 뜨거웠으며 사랑의 욕망으로 가득 차 있었다. 자신을 바라보는 촉촉한 눈에 마음이 녹아서 산산이 흩어질 것만 같았다.

"같이 가 주세요."

"……네가 다섯 살짜리 애냐?"

엉큼한 남자는 바로 얼씨구나, 히죽 웃으며 아양을 떨었다.

"네, 날도 어둑어둑해서 귀신 나올까 무서워요. 만녕 형아가 지켜 주세요."

흥, 파렴치하기 짝이 없군.

그런데도 초만녕은 결국 따라나섰다.

사생지전의 제자들은 대부분 저녁 훈련이 끝난 다음에 목욕을 하는지라 이 시각 묘음지에는 사람이 없는 게 확실했다.

묵연은 하늘하늘한 발을 들어 올리고 균형 잡힌 맨발로 자갈길을 밟고 서서, 자욱한 안개 속에서 고개를 돌려 초만녕을 향해 싱긋 웃었다. 그러고는 손가락으로 먼 곳을 한번 가리키고는 앞장서서 걸어갔다.

초만녕은 속으로 코웃음을 쳤다. 귀신이 무섭다며? 그런데도 나보다 더 빨리 걷는다고?

묘음지에는 연꽃탕과 매화탕 두 개의 큰 탕이 있는데, 선초를 심어 영기가 넘쳐흘렀다. 대다수의 제자는 이 두 개의 탕에 몸을 담그는 것을 즐겼다. 이밖에 이름 없는 작은 못들도 있었는데 특별한 점 없이 평범하여, 사람이 북적여서 자리가 없는 경우가 아니고서는 아무도 들어가지 않았다.

옥형 장로는 고결하고 금욕적인 표정으로 홀로 오솔길을 걸었다. 곁눈질로 보니 큰 온천탕에 그림자 몇 개가 아른거렸다. 수승기 때문에 얼굴은 알아볼 수 없었지만 저들끼리 이런저런 이야기를 주고받는 소리가 들렸다.

매화탕 가까이에 이르자 안개가 더 자욱해 바로 코앞도 분별할 수 없었다.

그때, 큰 손 하나가 불쑥 나타나 뒤에서 그를 끌어안았다. 초만녕의 등이 묵연의 뜨겁고 탄탄한 가슴에 닿았다. 너무 가까이 밀착한 데다가 옷도 거의 입고 있지 않아서, 초만녕은 당장이라도 터져 나올 것 같은 남자의 욕망을 똑똑히 느낄 수 있었다.

초만녕이 화들짝 놀라 말했다.

"뭐 하는 짓이냐? 소란 피우지 말거라."

묵연은 히죽 웃으며 그의 귓가에 대고 소곤거렸다.

"만녕 형아, 멈춰요. 앞에 귀신이 있어요."

초만녕은 '귀신은 개뿔'과 '형아는 개뿔' 중에서 뭘 골라야 할지 망설이다가 결국 낮은 소리로 꾸짖었다.

"손 놓거라."

묵연은 손을 떼기는커녕 오히려 부드럽게 웃으며 말했다.

"손 놓는 건 너무 어려운 일이라 저는 할 수 없습니다."

"정신이 어떻게 된 거 아니냐?"

"네, 정말 어떻게 된 것 같아요."

묵연이 낮은 소리로 말했다.

"못 믿겠으면 절 보세요."

초만녕은 얼굴이 귀밑까지 시뻘게졌지만 단호하게 딱 잘라 말했다.

"싫다."

묵연은 한참을 웃더니 살짝 잠긴 목소리로 말했다.

"좋아요. 사존이 원하는 대로 하세요."

그런데 말 따로 손 따로였다. 그의 굵직한 손가락이 초만녕의 목울대를 부드럽게 스치고 올라가더니 턱을 확 잡았다.

"장난치지…… 말거라!"

안개 속에서 시야가 완전히 가려진 대신 다른 감각들은 평소보다 훨씬 더 선명해졌다. 그는 묵연이 고개를 숙여 얼굴을 바짝 들이댔다는 걸 똑똑히 느낄 수 있었다. 뜨겁고 축축한 숨결이 목가에 감돌자 그는 저도 모르게 몸을 부르르 떨었다.

"만녕 형아, 왜 이렇게 떨어요? 귀신이 무서워서?"

"함부로 부르지 말거라!"

묵연은 부드럽게 웃으며 등 뒤에서 그를 꼭 끌어안고, 목에 입을 한번 맞추고는 공손하게 말했다.

"당신 말대로 할게요. 함부로 부르지 않을게요. 그럼…… 사존, 이 제자가 목욕하고 옷 갈아입는 걸 시중들게요. 어떠세요?"

어째 상황이 더 안 좋아졌다.

초만녕은 더는 견딜 수 없었다. 안개가 뭉게뭉게 피어올라 그의 몸과 마음을 후끈 달궜다. 문득 이유 없는 모욕감이 몰려와 그는 눈까지 벌게졌다.

"목욕하지 않겠다. 가겠어."

낯가죽이 얇은 건 알았지만 지금에서야 못 하겠다고 나자빠지는 모습이 귀엽기도 하고 우습기도 해서, 묵연은 물었다.

"사존, 이 상태로 나가실 수 있겠어요? 누구랑 맞닥뜨리기라도 하면 어쩌려고 그러세요."

초만녕이 굳은 얼굴로 말했다.

"마주치면 마주치는 거지. 너와 이러고 있을 바에는 차라리 개한테 물리는 게 낫겠다."

"개한테 물리는 게 낫다고요?"

"……왜 그러느냐?"

묵연이 빙긋 웃었다. 욕망으로 불타오른 두 눈은 평소의 부드러움과 온순함을 잃고 어슴푸레했다. 그는 새하얀 이를 훤히 드러내고 고개를 숙여 초만녕의 귀 쪽으로 다가갔다.

지저분하고 음탕한 말을 할 줄 알고 화낼 준비를 하려는데, 묵연이 가볍게 그리고 위협적으로 그의 귀에 소리를 냈다.

"아…… 우."

"……뭐 하는 게냐?"

"흉내 내 봤어요. 비슷하지 않아요?"

묵연은 진심으로 그렇게 생각하는 것 같았다.

"예전에 파란 눈의 젖먹이 강아지를 키운 적이 있는데 딱 이렇게 짖었어요."

초만녕은 어이가 없었다.

"금시초문이다. 근데 생뚱맞게 강아지 흉내는 왜 내는 게냐?"

묵연이 또 싱긋 웃었다.

"왜 그랬을까요?"

초만녕은 어리둥절해서 미처 대답하지 못했다.

묵연은 그의 귓등에 입을 맞추고 목가에 머리를 들이박고 할짝대며 속삭였다.

"사촌이 그랬잖아요, 차라리 개한테 물리는 게 낫겠다고. 개처럼 짖었으니 이제……."

초만녕은 그대로 굳어 버렸고 온몸의 피가 확 끓어올랐다.

그때, 하필이면 이 남자가 한마디 덧붙여 불타는 가슴에 기름을 끼얹었다.

"이제 물어도 될까요, 사촌?"

초만녕이 미처 대답하기도 전에 진하고 가쁜 입맞춤이 와락 덮쳤다.

격렬하게 뒤얽혀 귀를 핥고 나니, 그것은 마치 독이 든 술로 갈증을 해소하는 것과 다를 바 없다고 묵연은 생각했다. 초만녕은 독주처럼 그의 이성을 완전히 갉아먹고, 애써 누르고 있던 맹렬한 욕망을 끌어냈다.

살짝 맛만 보려고 했는데 미련이 남았고, 미련 때문에 그만두려고 해도 그만둘 수 없었다.

호흡이 점점 가빠졌다.

입술을 떼자마자 초만녕은 초점 잃은 봉안으로 이곳에 온 목적을 상기시켰다.

"목욕하러 온 거니까 목욕부터 하고……."

묵연이 낮은 소리로 대꾸했다. '응' 대답 같기도 하고 '으음' 신음 같기도 한 야하고 탁한 목소리가 바로 귓가에서 들려오니, 초만녕은 애써 아무렇지 않은 척해 보려 해도 등골이 벼락을 맞은 것처럼 움찔했고 눈에는 뜨거운 불꽃이 일었다.

묵연은 그의 손목을 꽉 잡고 뜨거운 탕으로 풍덩 뛰어들었다. 콸콸 흘러내리는 폭포가 두 사람의 거친 숨소리를 덮었다.

묵연이 끌어안고 입을 맞추려는 순간, 초만녕은 여전히 마음이 놓이지 않아 손을 들어 그의 입술을 막았다.

"정말 아무도 없느냐?"

"없어요. 제가 구석구석 살펴봤어요."

묵연이 불덩이처럼 뜨겁고 나지막한 목소리로 천천히 말했다. 그 목소리는 다리와 발을 감싸고 있는 온천탕보다 더 뜨겁게 마음을 달궜다.

"사존, 한번 만져 보세요. 저 정말 병난 것 같아요. 왜 이렇게 뜨겁고…… 왜 이렇게…… 단단할까요?"

초만녕은 너무 부끄러워 얼굴이 금세 시뻘게졌다. 그런데 묵연이 단단히 잡고 있어 손을 뺄 수 없었다. 손에 닿은 그 포악함 때문에 머리에서는 윙윙 소리가 나고 두피가 저릿저릿했다. 묵연이 손을 으스러질 정도로 꽉 잡고 있어 그는 꼼짝달싹할 수 없게 되었다.

젊은 남자의 숨소리는 그토록 가쁘고 뜨거워서 사랑스럽기까지 했다. 온통 안개가 자욱하여 아무것도 제대로 볼 수 없었지만 바로 눈앞에 있는 묵연의 준수한 얼굴만은 똑똑하게 보였다. 욕망으로 촉촉하게 젖은 새까만 눈동자가 이글거리고 있었다.

묵연은 침을 한번 꿀꺽 삼키고 초만녕의 얼굴을 지그시 바라보며 속삭였다.

"사존, 저 좀 도와주세요……."

그러고는 다시 한번 살짝 벌어진 초만녕의 입술을 확 물었다.

욕망은 끓는 기름을 끼얹은 맹렬한 불길처럼 물로도 꺼지지 않고 뜨거운 열기를 내뿜으며 모든 걸 불살라 버렸다.

입술과 혀가 서로 부드럽게 감싸며 상대의 숨을 받아들였다. 그런데 신발을 신고 가려운 데를 긁는 것처럼 도무지 성에 차지 않고 욕구가 더욱 용솟음쳤다.

묵연은 초만녕을 물이 허리까지 오는 곳으로 끌고 가 축축한 암벽에 밀어붙였다. 그는 갈구하는 눈빛을 내뿜으며 초만녕의 몸 구석구석에 격렬하게 입을 맞추고, 손을 뻗어 초만녕의 몸에 마지막으로 남은 천 조각을 마구 잡아 뜯었다. 급하게 물에 뛰어드는 바람에 미처 벗지 못한, 얇디얇은 덧옷이었다.

세찬 물살이 암석에 떨어지며 물의 장막을 드리웠다. 포효하는 폭포 소리 외에는 아무것도 들리지 않았다.

초만녕은 석벽에 눌린 채 묵연의 입맞춤을 온몸으로 받아 냈다. 묵연은 그의 옷을 팔꿈치까지 훌렁 벗기고는 확 잡아당겨 그를 뒤돌아 세워 결박했다.

"너…… 그만……."

그런데 등 뒤로 두 손이 묶인 치욕과 자극이 그를 점점 더 민감하게 만들었다. 부드러운 손길을 느끼며 거친 숨을 몰아쉬고 있는 그때, 묵연의 혓바닥이 불그스레한 등줄기를 거칠게 핥고 지나갔다. 평소의 근엄한 얼굴이 밀려오는 욕망에 일그러지고, 방탕과 이성 사이에서 허덕이며 혼란스러워했다. 그 표정은 너무 매혹적이어서 묵연을 미치게 했다.

"살, 살살……."

잠긴 목소리로 애원하듯 말한 후, 초만녕은 저도 모르게 고개를 뒤로 젖히고 봉안을 반쯤 감은 채 견디기 힘든 듯 헐떡였다.

사방에 퍼진 안개가 모든 걸 가렸다.

초만녕은 뒤돌아서 제압된 채 옴짝달싹 못 했다. 물속에서 묵언의 실하고 튼튼한 다리가 자신의 다리에 바짝 밀착했다. 시원한 석벽에 얼굴을 대고 있노라니 아랫도리 열기가 더욱 뜨겁게 느껴졌다. 그는 봉안을 게슴츠레 뜨고 생각에 잠겼다. 수시로 사람들이 드나드는 묘음지에서 이토록 방탕한 짓을 하리라고는 생각도 못 했었다.

부끄러움과 막연함, 갈망과 자극에 그의 눈이 풀렸다.

문득 굵고 긴 무언가가 뜨겁게 필떡이며 다리 사이를 파고들어 엉덩이 골을 문질렀다. 미처 예상하지 못했던 그는 저도 모르게 낮게 신음을 내뱉었다.

"아……."

등 뒤의 남자가 흠칫했다. 그 거친 숨소리에 자극을 받았는지 큼직한 손으로 그의 허리를 감아쥐고 물속에서 그를 힘껏 들이박았다.

넣지 않고 두 다리 사이에서 들썩거리는 것만으로도 묵연을 흥분시키기에 충분했다. 상대가 초만녕이라는 사실이 그에게는 가장 강력한 미약이었다. 묵연은 엎드리다시피 초만녕에게 몸을 철썩 붙였다. 밖에서 보면 그저 물보라가 이는 것처럼 보였지만, 뜨거운 물속에서는 길고 굵은 그것이 초만녕의 허벅지 안쪽을 거칠게 마찰하며 은밀하고 부드러운 그곳을 몇 번이고 톡톡 건드렸다. 묵연은 머리가 어지러웠다. 그는 아무것도 신경 쓰지 않고 초만녕의 허벅지를 들어 올려 마구 들이박고 싶었다. 전생에 수없이 넣고 뺐던 그곳이 자신의 물건을 삼켰다가 뱉어 내고, 감싸며 빨아들이게 하고 싶었다. 와락 끌어안고 완전히 차지하고 싶었고, 그의 두 다리로 자신의 허리를 휘감고 그가 눈물을 흘릴 때까지, 사정할 때까지 박고 싶었다.

"만녕……."

끈적하고 나지막한 목소리에 불꽃이 일었다.

찰싹찰싹 출렁이는 물보라 소리는 전생에 교합할 때 율동적으로 움직일 때 나던 소리와 많이 닮아 있었다. 묵연은 알 수 있었다. 온천의 따뜻함과 초만녕의 허벅지 안쪽 살결이 선사하는 짜릿한 느낌이 곧 이성의 끈을 놓게 만들리라는 것을.

그는 낮은 소리로 한번 헐떡이고는 더 광적인 일을 벌이기 전에 초만녕의 몸을 확 돌려 가슴으로 그의 가슴을 지그시 눌렀다. 폭포가 난폭하게 떨어지면서 그들의 시야를 가리고, 뜨거운 물방울이 욕망 가득한 얼굴에 마구 튀었다. 묵연은 격렬하게 그에게 입을 맞췄다. 너무 조급한 나머지 그만 입을 턱에 갖다 대고 말았다. 그러나 곧 배고프고 갈증 난 짐승처럼 포악하게 그의 입술을 찾아 확 물었다.

그는 한 손으로 아래쪽을 더듬어 아플 정도로 부풀어 오른 초만녕의 욕망을 와락 잡아 자신의 그것에 가져다 댔다.

이렇게도 하는구나. 욕망과 욕망이 맞닿는 순간, 초만녕은 그 짜릿함에 그만 눈을 꼭 감고 고개를 뒤로 젖히며 신음을 터뜨렸다.

"묵…… 묵연…….""

다른 소리는 그대로 묵연에 의해 입 속에 봉인되고, 그는 그저 묵연의 이름을 짧게 한 번 부를 뿐이었다. 묵연은 가쁘게 자신과 초만녕의 욕망을 훑고 흔들며, 한데 움켜잡고 살살 비벼 자극했다. 그는 자신의 사존을 꼭 껴안았다. 초만녕은 그의 품에 안겨 몸을 바르르 떨었다. 그 미세한 떨림마저 너무 사랑스러워 묵연을 미치게 만들었다.

한바탕 입맞춤을 끝내니 입가가 축축했다. 초만녕은 솟구치는 짐승 같은 욕망에 이끌려 무심코 눈을 떠 두 사람이 서로 문지르고 있는 그곳에 시선을 떨어뜨렸다.

얼핏 봤을 뿐인데 그는 대뜸 두피가 찌릿했다.

묵연의 그것을 이렇게 똑똑히 보는 건 처음이었다. 그야말로 피와 살로 만든 한 자루의 칼이었다. 굵고 단단하고 옹골지며 기세가 맹렬한 그것은 흥분으로 혈관이 급속도로 확장되어 불끈불끈했다. 귀두는 끈적끈적한 진액을 흘리며 율동적인 움직임에 따라 초만녕의 배 위를 매끄럽게 스쳤다.

초만녕은 재빨리 눈을 확 감았다. 머릿속이 복잡해져 몸이 떨렸다.

저렇게 큰데…… 어떻게 넣는단 말인가. 입 속에 넣기도 벅차서 헛구역질이 나올 텐데. 어떻게 이럴 수가…….

그는 너무 부끄러워 눈시울이 불타오르는 것 같았다.

저런 거물이 들어오면 그대로 죽어 버리는 게 아닐까?

전에 꿨던 꿈들은 역시나 얼토당토않은 환상들이었구나. 불가능한 일이었다고 생각하니 초만녕은 화롯불을 뒤집어쓴 것처럼 얼굴이 화끈거렸다.

자신이 어떻게 침상에 꿇어 엎드려 그토록 격렬한 침입을 감당해 낼 수 있었겠는가. 어떻게 이런 물건을 받아들일 수 있었겠는가. 게다가 부끄러운 줄도 모르고 신음하며 헐떡이고, 발정 난 짐승처럼 더 맹렬한 교합을 애원했다니.

어떻게 기분이 좋을 수가 있고, 어떻게 정액을 왈칵 쏟아 낼 수 있었겠는가…….

그럴 리가 없지 않은가.

생각할수록 이해하기 어려웠다. 굴욕적이기도 하고 억울하기도 했다. 스스로가 너무 보잘것없다는 생각마저 드는 그때, 묵연은 그에게 더 깊이 생각할 겨를을 주지 않았다.

묵연은 그 큰 손으로 자신의, 또 초만녕의 그것을 잡고 능숙한 손놀림으로 살살 매만졌다.

욕망이 겹겹이 쌓여 목의 핏대마저 그 짜릿한 느낌과 함께 불끈 솟아 움찔거렸다. 초만녕은 더는 참지 못하고 소리를 낼 것 같았다.

"소리 내시면 안 돼요. 안개 때문에 보이지는 않아도 소리는 들리니까."

묵연은 다른 한 손으로 초만녕의 입과 코를 막았다.

숨도 쉴 수 없게 단단히 틀어막았다. 뜨거운 안개에 휩싸여 초만녕은 질식할 것 같은 무서운 쾌감을 느꼈다. 그의 손은 여전히 등 뒤에 옷으로 묶여 있었고 입을 막아 소리도 낼 수 없었다. 속박당하고 강제로 점령당한 그 느낌은, 그토록 고통스러우면서도 자극적이었다.

"아아……."

너무 처참하게 괴롭힘을 당한 나머지 저도 모르게 눈물이 핑 돌았다.

그는 다 죽어 가는 두루미처럼 고개를 뒤로 살짝 젖혀 연약한 목을 드러내며 끊임없이 고개를 흔들었디……. 안 돼, 더는 안 돼. 묵연은 손을 놔주기는커녕 오히려 바짝 다가와 목울대를 힘껏 빨아들이고는 희미한 눈빛으로 초만녕이 애써 고통을 참는 모습을, 얼굴을 잔뜩 찡그린 채 죽을 것처럼 꾹 견뎌 내는 모습을 지켜봤다.

"사존……."

그가 나지막이 중얼거리더니 더는 참지 못하고 초만녕의 입을 막고 있던 손을 치우고 냅다 입을 맞췄다.

온천물이 출렁이고 폭포가 세차게 떨어졌다.

묵연이 거칠게 입을 맞춰 대는 바람에 초만녕은 제대로 숨쉬기가 힘들었다. 그는 입술이 살짝 부르튼 채 초점 없는 눈으로 헐떡였다.

묵연은 그를 끌어안고 목으로 파고들었다. 온천 속 은밀한 곳의 욕망과 헐떡임은 오랫동안 지속되었다. 절정에 다다를 무렵, 두 사람은 땀과 온천물로 흠뻑 젖은 채 서로 목을 기대고 비비는 산짐승처럼 엉겨 붙어, 광적으로 상대방을 갈구하며 더 가까이 밀착할 수 없는 것을, 상대방의 살갗에 완전히 파고들지 못하는 것을 한스러워했다.

"그만…… 제발 그만……."

초만녕이 발버둥 치며 애원했다. 바늘에 찔린 것 같은 쾌감에 그는 전율을 느꼈다.

"그만하거라, 그만……."

초만녕의 애원에 묵연은 눈빛이 점점 어두워지더니, 그의 뺨에 입을 쪽 맞추고 속삭였다.

"내 보배, 조금만 더, 우리 함께……."

그의 손놀림이 점점 빨라지고 사타구니를 무의식적으로 들이받았다. 두 사람의 머릿속에선 다른 잡념은 모두 사라지고 오로지 눈앞의 사람과 욕망 그리고 사랑만 남았다.

"아…… 아……."

사정할 때에는 절정의 쾌락을 맛볼 수 있었다. 묘음지에서 몰래 밀애를 즐긴다는 자극 때문인지 그 짜릿한 느낌은 점점 더 격렬해졌다. 사정하는 순간, 결국 초만녕은 목소리를 낮추는 것도 잊어버리고 마음껏 거친 신음을 내뱉었다.

두 남자는 거칠고도 애틋하게, 더럽고도 순수하게 가쁜 숨을 몰아쉬었다. 눈에는 절정을 느끼는 상대의 표정, 상대의 얼굴 밖에 보이지 않았다. 그들은 다시 엉겨 붙어 입을 맞췄다. 가시지 않은 여운이 잔잔한 물결처럼 온몸으로 번져 나갔다.

"많네요……."

묵연이 탁한 목소리로 나지막이 중얼거렸다.

손에는 두 사람의 정액이 가득 묻어 있었다. 그는 흐릿한 눈빛으로 바짝 다가와 거리낌 없이 초만녕의 배에 문지르고 탄탄하고 균형 잡힌 복근을 훑고 올라가 가슴에도 문질렀다.

초만녕은 묵연의 품에 안겨 가볍게 떨고 있었다. 쾌락과 자극으로 인한 이런 떨림은 그의 의지와는 무관했다. 묵연은 그를 끌어안고 부드럽게 어루만지며 속삭였다.

"좋았어요?"

땀으로 젖은 살과 살이 완전히 밀착했다.

"다음에…… 준비되면……."

묵연이 그에게 입을 맞추며 말했다.

"우리 제대로 해요. 어때요?"

줄곧 마음의 준비를 해 왔지만 묵연의 입을 통해 직접 들으니, 더군다나 조금 전에 무서운 열정을 맛본 터라 초만녕은 저도 모르게 등골이 오싹하면서 그대로 굳어 버렸다.

근육의 미세한 떨림을 눈치챈 묵연은 부드러운 입술로 초만녕의 몸 구석구석을 애무하며 말했다.

"아프게 하지 않을게요. 기분 좋게 해 드릴게요……."

격정이 채 가시지 않아 그들은 폭포 깊은 곳에서 서로를 오래도록 어루만졌다.

묵연은 애정과 짐승의 욕구가 흘러넘치는 목소리로 속삭였다.

"즐겁게 해 드릴게요, 정말로……. 들어가는 순간에는 조금 아프겠지만, 그렇지만 제가 살살……."

초만녕은 수치스러워 그대로 도망가고 싶었지만 다리의 힘이 풀려 그럴 수도 없었다.

"그만하거라……."

정말 싫어하는 게 아니라는 것을 잘 아는 묵연은 간만에 사존의 말을 따르지 않고 촉촉한 입술을 귓불에 딱 붙이고 유혹했다.

"제가 잘할게요……. 사존, 아플까 봐 두려우신 거면 약을 좀 써요, 제가 가서 사 올게요……. 저를 믿어 주세요. 적응되면 기분이 좋을 거예요."

전생에도 저는 당신이 정신을 잃을 때까지 몰아세웠죠.

하지만 그때는 원한 때문에 벌을 주고 싶었던 거였어요.

이번 생에는 당신이 저와 꼭 끌어안고 몸과 영혼을 나눴으면 좋겠어요. 당신을 즐겁게 해 주고 싶어요. 당신이 저를 잊지 못했으면 좋겠어요.

그는 입을 한번 맞추고는 이글거리는 눈빛으로 요망하면서도 부드럽게, 악랄하면서도 진지하게, 애절하면서도 흉악하게 한마디를 내뱉었다.

앞 구절은 예의 바르고, 뒤 구절은 도리를 벗어난 한마디를.

"사존, 나의 훌륭한 사존, 당신 안에 넣어도 돼요?"

195장 사존은 불여우가 아니다

어제 묵연이 한 말 때문에 초만녕은 참을 수 없는 수치심이 몰려와 묘음지를 나와서는 아예 그를 상대하지도 않고 가 버렸다.

빈대도 낯짝이 있다고, 도대체 무슨 생각으로 그런 개소리를 지껄였는지 도무지 이해되지 않았다. 그는 울화가 치밀었다……. 설마 고개를 끄덕여 승낙할 줄 알았단 말인가?

그리고 하면 그냥 하는 거지, 묻긴 왜 물어!

다음 날, 경사[#3]를 가르치는 장로가 병이 나 설정용은 초만녕을 보내 글공부를 감독하게 했다. 경사는 합동 수업이라 듣는 제자가 많아 초만녕 혼자서는 버거웠다. 그리하여 묵연, 설몽, 사매를 불러 함께 감독하고 답문을 거들게 했다.

그들 네 사람 중에 사매와 묵연이 가장 바빴다. 이유는 간단했다. 사매는 온화하고 준수해서, 묵연은 친절하고 재기 넘쳐

#3 경사 經史, 경서와 사서

서 제자들의 사랑을 듬뿍 받았다. 특히 사매는 다리가 늘씬하고 허리가 잘록하며 얼굴이 그림 같은 데다가 소년 시절의 애티를 벗은 뛰어난 미남이었다. 성격도 좋고 목소리도 매력적이어서 남녀 할 것 없이 모두 그에게 호감을 느꼈다.

그와 달리 묵연은 여제자들에게 둘러싸여 헤어 나오지 못했다.

"묵 사형, 묵 사형. 여기 이 구절, 무슨 뜻인지 잘 모르겠는데, 한번 봐 주실래요?"

"묵 사형, 이 두 주문의 차이를 모르겠는데 사형이 가르쳐 주면 안 될까요?"

"묵 사형……."

묵연이 아홉 번째로 방실방실 웃는 어린 사매(師妹)에게 '만도회랑 주문'은 왜 창시자가 그린 것과 똑같이 해야 효과가 있는지를 친절히 설명해 주자, 초만녕은 결국 짜증이 솟구쳤다. 그는 미간을 잔뜩 찌푸리고 두어 줄 건너에 있는 묵연을 쌀쌀맞게 힐끔 봤다.

초만녕이 어젯밤부터 자기를 거들떠보지도 않자 묵연은 억울했다.

전생에 거칠게 대했던 게 늘 마음에 걸려 이번 생에서는 더욱더 소중하게 대했다. 그래서 한 걸음 옮길 때마다 초만녕의 기분을 살피기 바빴다. 그는 자기가 뭘 잘못했는지 알지 못했다. 설마 물어보지 말았어야 했나?

아니면 호칭이 별로였나? '나의 훌륭한 사존, 다음엔 넣어도 돼요?'가 아니라 '나의 보배, 다음엔 넣어도 돼요?'라고 물어봤어야 했나?

이유 없이 냉대하더니 지금은 갑자기 매서운 눈으로 노려보고 있었다. 묵연은 물을 뿌린 배춧잎처럼 정신이 번쩍 들어 초만녕을 향해 환하게 웃어 보였다.

"……."

이놈은 저 제자들이 왜 질문 세례를 퍼붓는지 전혀 눈치채지 못하고 있었다.

궁금하니까? 정말 궁금한 거라면 '만도회랑 주문'의 창시자가 바로 앞에 있는데 왜 그에게 물어보지 않고 굳이 멀리 걸어가서 '묵 사형'을 불러 대겠는가?

초만녕은 기분이 언짢았지만 아무 말도 하지 않고 담담하게 묵연을 바라보기만 했다.

그렇게 한참을 뚫어져라 쳐다보니 묵연도 어딘가 의아한 모양이었다. 마침 그때 열 번째, 어린 사매가 그를 향해 간절하게 손을 흔들었다.

"묵 오라버니~."

"미안, 좀 바빠서."

묵연이 빙긋 웃으며 설몽을 가리켰다.

"설 사형에게 물어봐."

머리를 틀어 올린 채 잔뜩 실망한 표정으로 연필을 물고 '휴' 한숨 내쉬는 사매를 뒤로하고, 묵연은 초만녕 쪽으로 성큼성큼 걸어갔다.

"사존, 왜 그러세요? 기분이 안 좋으신가요?"

초만녕은 터놓고 말하지 않고 입술을 오므리고 잠시 침묵하다가 나직이 말했다.

"좀 피곤하군. 저쪽은 설몽에게 맡기고 너는 이쪽을 지키거라."

묵연은 한 치의 의심도 없이 고개를 끄덕이고는 초만녕을 따라 느릿느릿 왔다 갔다 하며 맡은 바 임무를 성실히 수행했다. 그런데 초만녕 옆에 있으니 질문하는 사람이 이상하리만치 확 줄었다. 이쪽 제자들이 저쪽 제자들보다 똑똑해서 그런가?

신경 쓰이는 '묵 사형'과 그보다 더 짜증 나는 '묵 오라버니' 소리가 안 들리니 초만녕은 그제야 기분이 풀렸다. 그는 여전히 무표정한 얼굴로 경서를 암송하는 제자들 사이를 천천히 걸었다. 그때 두 제자의 대화 소리가 들렸다.

"사형, 사형, 그거 알아요? 묘음지에 불여우가 있대요."

"엥? 그게 무슨 소리야?"

"어제 매화탕에서 목욕을 마치고 돌아갈 준비를 하는데 멀리서…… 음…… 그런 소리가 희미하게 들렸어요."

사형이라 불린 제자가 놀란 표정으로 입을 하, 벌리더니 머뭇거리며 말했다.

"혹시 겁대가리 없는 동문이 그 짓을 한 건가?"

"그럴 리가 없어요. 간이 배 밖으로 나온 게 아니고서야 누가 감히! 그리고 그런 짓은 몰래 해야죠. 묘음지에서 하다가 옥형 장로나 탐랑 장로한테 걸리는 날에는 다리몽둥이가 부러질지도 모르는데, 동문은 아닐 거예요!"

"듣고 보니 그러네."

"양기를 채우러 나온 불여우가 틀림없어요. 밤에 사형들이랑 가 보려고요. 혹시 알아요? 불여우를 때려잡아 공을 세울지. 동문을 홀리게 놔둘 수는 없잖아요, 안 그래요?"

"틀린 말은 아닌데, 어제 흘렸던 동문이 누군지 봤어?"

"······묘음지에 안개가 자욱해서 눈앞까지 바짝 다가가야 겨우 얼굴을 볼 수 있잖아요. 그래서 안 갔어요. 저는 아직 어리니까 혹시라도 불여우한테 발각당해 잡혀가 쌍수라도 당하면 어떡해요."

재잘재잘 쉴 새 없이 얘기를 늘어놓던 어린 제자는 사형의 표정이 어딘가 이상한 것을 보고 손을 휘휘 저었다.

"왜 그래요? 표정이 갑자기 왜 그래요?"

어린 제자는 드디어 등 뒤의 서늘한 기운을 알아차리고 천천히 고개를 돌렸다. 옥형 장로가 알 수 없는 표정으로 싸늘한 기운을 내뿜으며 우뚝 서 있었다. 꼬맹이는 너무 놀란 나머지 '아앗!' 하고 외마디 비명을 지르곤 허둥지둥 잘못을 빌었다.

"장로님, 용서해 주십시오!"

"외우라는 경서는 안 외우고 무슨 요상한 소리를 하는 거냐? 쌍으로 어쩌고 어째?"

초만녕이 굳은 얼굴로 말했다.

"생각 한번 야무지군. 집중해서 공부하거라. 그런 소리 또 했다가는 엄한 벌을 내리겠다."

말을 마치고는 소매를 탁 털며 자리를 떠났다.

옆에서 듣고 있던 묵연은 웃음을 터뜨리고 싶었지만 감히 웃지는 못했다. 그저 초만녕의 뒷모습을 멍하니 바라보며 저렇게 올곧은 사람이 어쩌다 자신에게 마음을 뺏겼는지, 어쩌다 자신과 함께하기로 했는지 생각했다.

그는 마음이 훈훈하면서도 어딘가 쓸쓸했다. 수업이 끝난 후

글공부를 가르치는 청서전에서 그는 마음을 주체하지 못하고 책을 정리하는 초만녕을 와락 끌어안고 애지중지 입을 맞췄다.

화가 머리끝까지 난 초만녕은 죽간으로 그의 머리를 툭툭 때리며 말했다.

"네가 생각해 낸 엉터리 방법 때문에 이게 뭐냐. 묘음지…… 이제 어쩔 셈이냐? 내가 뭐가 됐느냐!"

묵연은 애써 웃음을 참고 코끝을 그의 귀뿌리에 살살 비비며 부드럽고 나지막한 목소리로 되물었다.

"사존이 뭐가 됐는데요?"

뻔뻔한 묵연의 말에 초만녕의 눈이 휘둥그레졌다.

"너……."

묵연은 보조개에 꿀을 머금은 것처럼 환하게 웃으며 또 한 번 입을 맞추고는 태연하게 말했다.

"사제들도 참, 부끄러운 줄을 모르네요. 불여우? 양기를…… 뭐라고 했더라……. 하하…… 양기를 채운다고요?"

"한마디만 더 하면 죽여 버리겠다."

초만녕은 하마터면 죽간을 묵연의 입에 쑤셔 넣을 뻔했다.

묵연이 능글맞게 웃으며 물었다.

"음…… 어떻게 죽이실 건데요? 묘음지 불여우에게 숨이 끊어질 때까지 양기를 쪽쪽 빨리는 것도 나쁘지는 않겠네요……."

"묵미우!"

그 후로 초만녕은 다시는 묵연을 따라 묘음지로 목욕하러 가려고 하지 않았다.

며칠 후, 왕 부인이 묵연을 불러 그의 손을 잡고 물었다.

"연아, 몇 해 전에 바깥세상을 두루 돌아다니며 견문을 쌓을 때 혹시 설곡에서 수상한 낭자를 본 적이 있니?"

"낭자라니요? 어떻게 수상한데요?"

"얼굴이 핏기 없이 하얗고 빨간 옷을 즐겨 입으며, 광주리를 품에 안고 설곡을 오가는 행인들에게 말을 거는 낭자가 있었느냐?"

묵연이 웃으며 물었다.

"아, 백모님, 혹시 설천금 말씀이세요?"

왕 부인은 의아해하다가 이내 반색했다.

"설천금을 아니? 흔하지 않은 요괴라 책에서 접한 적 없는 줄 알고 설명해 주던 참이었는데…… 네가 알고 있을 줄은 몰랐구나……."

"사존께서 주석을 달아 놓으셔서 읽게 되었어요."

묵연이 물었다.

"그런데 설천금은 왜요?"

"그게, 일전에 남궁 공자가 찾아왔길래 맥을 짚어 봤는데, 공자의 몸에 있는 불의 기운을 억제할 방법이 아예 없지는 않지만 필요한 재료들을 얻기가 어려워. 그 가운데서도 가장 얻기 힘든 게 바로 설천금이 광주리에 담아서 다니는 빙능어야."

왕 부인은 한숨을 한번 내쉬고는 말을 이었다.

"남궁 공자는 몽이와 나이도 비슷한데 산 밖에 난 범이요, 물 밖에 난 고기 신세가 되어 버렸으니, 안쓰러워 도울 수 있는 만큼 도와주고 싶구나. 그런데 설천금은 만나기가 하늘의 별 따기보다도 어렵단다. 이십 년 전에 그녀를 만난 사람이 있었어.

그 이전에는 백 년 전 곤륜 답설궁의 기록까지 거슬러 올라가야 해. 그래서 혹시나 하는 마음에 네게 물은 거야."

묵연은 기쁘면서도 걱정스러웠다. 기쁜 것은 남궁사의 불의 기운을 다스릴 수 있다 하니 그도 보통 사람처럼 평범하게 지낼 수 있으리라는 희망 때문이었다. 그러면 엽망석과의 사랑도 결실을 볼 수 있었다.

걱정스러운 것은 설곡에서 지낸 일여 년 동안 한 번도 전설 속의 설천금을 본 적 없었기 때문이었다. 그는 기쁨과 걱정이 섞인 마음으로 왕 부인에게 말했다.

"서상림 일이 해결되면 제가 직접 설곡에 다녀올게요. 산기슭에서 험준한 산봉우리까지 샅샅이 뒤지다 보면 단서를 찾을 수 있겠죠."

말을 마친 묵연은 너무 기쁜 마음에 곧장 남궁사에게 이 소식을 전하러 떠났다. 왕 부인이 그의 뒤꽁무니에 대고 소리쳤다.

"아휴, 연아, 그렇게 서두를 거 없어. 벌써 남궁 공자에게 다 말했어, 너는……."

묵연은 말을 끝까지 듣지 못하고 저만치 멀어졌다.

사생지전 구석구석까지 둘러본 후에야 내하교 옆에서 남궁사를 찾아냈다. 가까이 다가가려는 그때, 다리 저편에서 누군가 걸어오는 게 보였다. 엽망석인 걸 알아챈 묵연은 남궁사를 부르지 않고 먼발치에서 그들을 지켜봤다.

엽망석은 여전히 늠름했고 얼굴에서 여성스러운 특징을 찾아보기 힘들었다. 그녀가 수련한 심법과 받았던 교육은 이미 그녀를 사내와 별반 차이 없게 만들었다. 지난 몇 년 동안 남궁사를 흠모하는 마음마저 없었더라면 아마 자신이 여자의 몸이라는 사실조차 망각했을 것이다.

남궁사는 다가오는 그녀를 발견하고는 가볍게 헛기침을 한번 하고 시선을 다시 아득한 강물로 돌렸다.

"공자님, 부르셨습니까?"

"……어……."

남궁사는 어딘가 난감한 표정으로 깍지 낀 손을 내하교 돌사자에 올리고 한참 만에야 '응' 하고 대답했다.

"무슨 일 있으십니까?"

"별건 아니고."

남궁사는 엽망석의 눈을 피하며 손가락으로 돌사자의 구불구불한 갈기를 매만졌다.

"네게…… 줄 게 있어."

엽망석이 멍한 표정으로 물었다.

"무엇입니까?"

남궁사는 고개를 숙여 허리에 맨 패물 매듭을 천천히 풀었다. 엽망석이 보지 못하게 한참을 끙끙거리고 나서야 겨우 풀어서 엽망석의 손에 쥐여 주고는, 목청을 한번 가다듬고 말했다.

"고마워, 오랜 세월 동안…… 아니다, 나도 뭐라고 말하면 좋을지 모르겠네. 돈 되는 장신구가 없어서 줄 수 있는 게 이것밖에 없어. 오랫동안 몸에 지니고 다니던 거야, 최고로 좋은 옥은 아니지만……."

그는 더 말을 잇지 못하고 얼굴이 발그레해서 시선을 떨어뜨렸다.

그는 끝내 엽망석과 눈을 마주치지 못했다. 한참이 지나도 엽망석이 아무런 반응이 없자 너무 뜬금없었던 거 아닌가 싶어 풀이 죽었다. 민망한 마음에 엽망석의 손에서 봉황 모양의 옥패를 다시 가져올까 말까 망설이며 중얼거렸다.

"예쁘지 않다는 건 나, 나도 알아. 마음에 안 들면…… 다시 돌려줘. 괜찮아, 마음에 두지 않을게……. 유풍문을 다시 일으키면 그때 제일 좋은 걸로 줄게, 나……."

멍하니 듣고 있던 엽망석의 얼굴에 미소가 번졌다. 준수한 눈동자에 여자의 부드럽고 아름다운 눈빛이 감돌며 눈가가 엷은 연지색으로 물들었다.

그녀는 굳은살이 박이고 흉터 진 손으로 옥패를 움켜잡았다. 바람이 일고 대나무 잎이 바람에 사락사락했다.

"이거면 충분합니다. 공자님, 감사합니다."

남궁사의 얼굴이 더 붉어지더니 얼이 빠진 것처럼 말했다.

"네가, 네가 마음에 들면…… 나도…… 후…… 무슨 말을 해야 할지 모르겠네."

대나무 숲에 숨어 듣고 있던 묵연은 너무 답답해서 남궁사의 머리채를 휘어잡아 돌사자에 마구 박고 싶은 충동이 들었다.

저 사람은 강아지 키우는 것 말고는 할 줄 아는 게 없나? 돌고 돌아 한다는 말이 고작 '무슨 말을 해야 할지 모르겠네'라니.

그때 남궁사가 갑자기 영문을 알 수 없는 말을 덧붙였다.

"왕 부인께서 그러시는데, 내 몸속의 난폭한 영핵을 억제할 방법이 있대. 쌍수만이 방법은 아닐지도 몰라."

엽망석은 잠시 얼떨떨해서 가만히 있다가, 그의 뜻을 오해하고 나지막이 '네'라고 대꾸하고는 속눈썹을 떨어뜨린 채 아무 말도 하지 않았다.

이성과 함께 수련하지 않아도 되면 남궁사는 누구와 함께 있어도 상관없었다. 어쩌면 더 뻔뻔하게 곁에 남아 있을 이유가 없는지도 모른다. 그녀도 자존심이 강한 사람인지라 남궁사의 사랑과 연민을 구걸하고 싶지는 않았다. 이 옥패로 연을 끊으려고 하니 앞으로 이것으로 그리움을 달래는 것도 나쁘지 않다는 생각이 들었다.

"음…… 내 말…… 무슨 뜻인지 알겠어?"

"……네."

그녀의 대답에 남궁사는 좋아서 어쩔 줄 몰라 하며 횡설수설했다.

"그, 그럼, 너만 좋다면…… 사실…… 앞으로 나를 어릴 때처럼 불러도 좋아…… 난 좋아……. 아, 미안해…… 정말 무슨 말을 해야 할지 모르겠다…… 휴……."

그는 연신 한숨을 내쉬더니 자기도 견디기 힘들었는지 손으로 눈을 가리고 탄식했다.

"아아, 내가 지금 무슨 말을 하는 거지?"

이번에는 엽망석이 당황해서 어쩔 줄 몰랐다. 그녀는 멍한 표정으로 고개를 확 들었다. 그제야 뭔가를 깨닫고는, 눈이 점점 휘둥그레지고 얼굴이 발그레하게 달아올랐다.

대나무 잎이 흩날리고 옷자락이 바람에 하늘하늘 춤을 췄다. 곱고 윤이 나는 옥패의 새빨간 술 장식이 그녀의 손가락 사이에서 가볍게 휘날렸다.

한참 후, 엽망석이 머뭇거리며 떠보듯이 가느다란 목소리로 다정하게 불렀다.

"사야."

착각이었을까. 환음술법 때문에 되찾을 수 없을 정도로 일그러진 그녀의 목소리가 얼핏 부드럽고 여리게 들렸다.

남궁사는 고개를 확 들어 엽망석의 얼굴을 똑바로 쳐다봤다. 아침노을이 비단처럼 펼쳐져 그녀의 얼굴을 훤히 비췄다. 그녀가 환하게 웃고 있었다. 늘 그랬듯이 빼어나고 단정한 모습이었지만, 가늘게 뜬 눈에는 미세한 빛이 아른거리고 있었다. 그녀는 결국 참지 못하고 눈물을 보였다. 뜨거운 눈물이 찬란한 미소를 타고 줄줄 흘러내렸다.

남궁사는 그녀를, 그 얼굴을 지그시 바라보았다. 이제는 변해 버린 어린 시절의 모습이 어렴풋하게 떠올랐다.

풋풋하고 여린 소녀였다. 볼이 발그레하고 속눈썹이 유난히 긴, 부드럽고 천진난만한 모습의 소녀.

그 당시 엽망석은 남궁류의 분부를 따라 심법을 수련하러 암성으로 떠나기 전이었다. 서상림이 데려온 지 얼마 안 된 때라 매일 남궁사를 따라다니며 기본적인 심법들을 배우곤 했다.

그날, 남궁류는 그들을 단련시키려고 유풍문에서 가장 간단한 환각 세계로 들여보내 솜씨를 시험했다. 별로 어렵지는 않았지만 다소 두려운 환각 세계였다. 억울하게 죽은 귀신들이 머리를 풀어 헤치고 어슬렁거리며 으스스한 괴성을 내며 흐느꼈다.

남궁사는 처음에는 엽망석을 신경 쓰지 않고 귀신들을 물리치는 데에만 집중했다. 그런데 걷다 보니 엽망석이 보이지 않았다. 어린 소녀는 환각 세계 속 허물어져 가는 절에 쪼그리고 앉아 바들바들 떨고 있었다.

그는 고개를 돌려 그녀를 힐끔 보고 콧방귀를 뀌었다. 아랑곳하지 않고 떠나려던 그때, 목매달아 죽은 귀신이 흐늘흐늘 그녀의 등 뒤로 날아와 시뻘건 혀를 날름거리며 목을 물어뜯으려고 했다.

"아악!"

소녀가 알아챘을 때는 이미 늦었다. 그녀는 너무 놀란 나머지 비명을 내지를 뿐 칼을 품에 품은 채 미동이 없었다.

그런데 아무 일도 일어나지 않았다.

잔뜩 겁을 먹고 눈을 떠 보니, 남궁사가 눈앞에 우뚝 서 있었다. 그는 검을 휘둘러 죽은 귀신을 물리치고 천둥 번개 부적을 붙여 놓았다. 쉬익쉬익 흩날리는 불꽃 속에서 그가 고개를 돌려 그녀를 내려다봤다. 단단히 혼낼 참이었는데 소녀는 겁에 질린 새끼고양이처럼 눈을 동그랗게 뜨고 닭똥 같은 눈물을 후드득후드득 흘렸다.

남궁사는 순간 멍해졌다. 한참 만에야 겨우 입을 열었다.

"너, 너 정말 아무짝에도 쓸모없구나? 귀신을 무서워하다니……."

"귀신이니까!"

엽망석이 엉엉 울며 말했다.

"귀신조차 안 무서우면 무서울 게 뭐가 있겠어?"

"……여자애들은 정말 쓸모없어."

"나도 쓸모 있고 싶어!"

어여쁜 소녀가 울부짖었다. 못내 서러웠는지 콧물까지 줄줄 흘렸다.

"나라고 짐이 되고 싶겠어? 나도 도와주고 싶었는데, 기다리지도 않고 혼자 성큼성큼 가 버렸잖아……. 나…… 나는 귀신이 무섭단 말이야……."

"흠……."

남궁사는 어쩔 수 없이 그녀 곁에 쪼그리고 앉았다. 달래는 방법을 몰랐던 그는 울고 있는 그녀를 멍하니 바라보기만 했다. 아직 암성의 단련을 경험하지 못한 엽망석은 보통의 여자아이처럼 눈물을 쉴 새 없이 주룩주룩 흘렸다.

한참을 울던 그녀가 흐느끼며 물었다.

"뭘 그렇게 봐?"

"……언제까지 우는지 보고 있었어."

"……."

"다 울었으면 같이 가자, 네가 이렇게 연약하니."

남궁사는 가볍게 한숨을 내쉬더니 손가락을 들어 소녀의 뽀얀 이마를 탁 튕겼다.

"나랑 가자, 내가 지켜 줄게."

구름이 피어오르고 아침노을이 번지며 하늘과 땅이 온통 황금빛으로 물들었다. 남궁사는 그제야 문득 깨달았다. 환각 세계에서 봤던 엽망석의 눈물이 처음이자 마지막이었다는 사실을.

그 후 그녀는 강철처럼 강해지고 얼음처럼 차가워졌다. 모든 감정을 청초한 얼굴 뒤에 꽁꽁 감췄다.

　너무 깊숙이 감춘 나머지, 남궁사는 물론이고 그녀 자신도 자기가 원래 어떤 사람이었는지를 잊어버리고 살았다. 그녀는 유풍문 소주의 뒷모습만을 따라다녔다. 어린아이에서 소년이 될 때까지, 소년에서 남자가 될 때까지. 그러는 동안 소녀의 꽃다운 얼굴도 빛을 잃었다.

　그렇게 그녀는 눈물도 흘리지 않고, 짐도 되지 않고, 그저 묵묵히 스무 해를 그와 함께했다.

196장 사촌이 황산에 가셨다

열흘 동안의 재계를 마친 남궁사와 엽망석은 교산으로 떠날 수 있게 되었다. 노백금은 상처를 입고 원기가 크게 손상되어 당분간은 주인을 등에 업고 먼 길을 갈 수가 없었다. 거대한 요랑은 손바닥 크기의 새끼로 변신해 남궁사의 전갑에 들어가 털이 복슬복슬한 머리를 빼꼼 내밀었다.

묵연은 두 사람을 산문까지 배웅했다. 그가 옆에 있는 준마의 갈기를 어루만지며 빙그레 웃었다.

"교산으로 가는 길이 멀고 험난해 어검 비행으론 많이 지칠 테니 이 말을 타고 가세요. 두 녀석 모두 불로초를 먹고 자라서 하루에 천 리를 가도 끄떡없어요. 노백금에야 비할 바가 안 되지만 쓸 만할 거예요."

남궁사는 묵연에게 고맙다는 인사를 하고는 엽망석과 각자 말에 올라타 고개를 숙이고 읍했다.

"묵 형, 정말 고맙습니다. 그만 돌아가세요. 다음을 기약합시다."

"네, 조심히 가세요."

그는 산문 앞에 서서 멀어져 가는 남궁사와 엽망석의 뒷모습을 바라보았다. 돌아가려는 그때, 왼쪽 숲에서 마른 나뭇가지가 부러지며 바닥에 떨어졌는지 콰직 소리가 들려왔다.

"야옹……."

묵연이 실눈을 뜨고 중얼거렸다.

"고양이인가?"

한편, 엽망석과 남궁사는 나란히 말을 타고 산문을 내려왔다. 사생지전에서 무상진까지는 황량하고 외진 오솔길이 남아 있었다. 햇빛이 무성한 이파리 사이를 뚫고 얼룩덜룩 바닥을 비췄다. 말발굽이 그 위를 경쾌하게 밟고 지나가자 산산이 흩어진 빛이 더 작은 점으로 쪼개졌다.

남궁사가 곁눈으로 엽망석을 힐끔힐끔 보며 뭔가를 말하려는 그때, 전갑에 숨어 있던 노백금이 대가리를 불쑥 내밀곤 흰색과 금색이 섞인 앞발을 치켜들며 크게 두 번 으르렁거렸다.

"아우— 아우—!"

흠칫 놀란 남궁사가 고삐를 확 잡아당기며 말했다.

"조심해!"

말이 끝나자마자 사방팔방에서 바늘이 폭우가 쏟아지듯 날아왔다. 말들이 놀라서 길게 울부짖었다. 남궁사와 엽망석은 거의 동시에 패검을 뽑아 들었다. 어린 시절 함께 수련했던 두 사람은 손발이 척척 맞았다. 한 명은 오른쪽, 한 명은 왼쪽으로 칼을 휘두르자 팅팅, 탕탕 청아한 소리와 함께 독이 든 이화침이 줄줄이 바닥에 떨어졌다. 곧이어 엽망석이 팔을 뻗어 부적을 내던지자 결계가 허공에서 두 사람을 덮어씌웠다.

남궁사가 사납게 소리쳤다.

"누구냐!"

햇빛이 먹구름이 아닌 무언가에 가려져 어두컴컴했다. 자세히 보니 한 사람이 가느다란 나뭇가지를 딛고 서서 옷자락과 소맷자락을 펄럭이고 있었다. 그는 머리를 풀어 헤친 채 빛을 등지고 원한 가득한 눈으로 그들을 노려봤다.

강동당 선대 장문의 사촌 형인 황소월이었다.

그는 신선의 풍채와 도인의 골격을 자랑하며 가지를 딛고 서서, 아무 소리도 내지 않고 쌀쌀한 눈빛으로 엽망석의 얼굴을 응시했다. 곧이어 사박사박 소리와 함께 백여 명의 강동당 제자들이 밀림에서 우르르 걸어 나왔다. 그들은 모두 이마에 새빨간 띠를 두르고 있었는데, 강동당에서 가장 뛰어난 제자들이었다.

황소월이 수염을 매만지며 입을 열었다.

"두 분, 사생지전에서 편하게 지냈소이까? 열흘이나 꼭꼭 숨어 계시는 바람에 이 늙은이가 목이 빠져라 기다렸소."

남궁사가 버럭 화를 냈다.

"황소월, 당신이 또?"

"왜요?"

황소월이 냉담하게 말했다.

"강동당과 유풍문의 원한을 잘 알 텐데요."

남궁사가 이를 악물고 말했다.

"임기에서 촉 땅으로 오는 길에 당신들의 공격을 네 번이나 물리쳤는데, 그래도 쫓아오시겠다? 도대체 무슨 피맺힌 원한이 있길래 이럽니까? 언제까지 쫓아올 셈입니까? 내막을 폭로한 건 서상림이고 아우를 죽인 건 당신 제수인데 거듭 우리를 찾아와 시비를 걸다니, 정말 염치도 없군!"

"염치? 내가 보기에는 공자야말로 정말 염치가 없는 것 같소만."

황소월이 표정을 굳혔다.

"분명 유풍문 때문에 강동당의 원기가 크게 상하고 뿔뿔이 흩어져 몰락하게 됐는데 한사코 부인할 셈이오?"

엽망석이 말했다.

"유풍문에 복수하고 싶으면 정정당당하게 처리할 것이지, 이렇게 몰래 꾀하는 건 너무 야비한 행동 아닙니까?"

"입 닥쳐. 계집이 어디 감히 남자들의 대화에 끼어들어."

황소월이 옷소매를 탁 뿌리치며 말했다.

"짐승 같은 아비가 사내로 키웠다고 정말 사내라도 된 줄 아나 본데, 계집애는 영원히 계집애야. 아녀자면 얌전하게 부엌에서 밥이나 지을 것이지 계집 주제에 무슨 자격으로 내 앞에서 거들먹거리느냐?"

남궁사가 소리쳤다.

"황소월, 억지는 그만 부리시오!"

"좋소, 그럼 어디 시시비비를 제대로 가려 봅시다."

황소월은 남궁사를 가리키며 삼엄하게 말했다.

"당신 아버지란 사람은 부끄러운 줄도 모르고 사사로이 지아비가 있는 여자와 정을 나누고, 그것도 모자라 그 독한 것에게 내 아우를 독을 탄 술로 죽이라고 사주한 뒤 권력을 탈취했소. 당신 옆의 계집이……."

그는 이번에는 엽망석을 매섭게 가리키며 계속해서 말했다.

"바로 그 짐승 놈의 딸이오. 저것의 수양아비가 강동당의 일을 만천하에 떠벌리는 바람에 강동당의 명성이 바닥으로 추락했단 말이오. 이 늙은이가 오늘 친히 강동당에서 가장 뛰어난 재목들을 거느려 당신들을 가로막은 건 강동당의 실추된 명예를 회복하기 위해서요!"

그가 손을 휘젓자 호시탐탐 노리고 있던 백여 명의 제자들이 벌 떼처럼 달려들었다. 하지만 그들이 숲속에서 뛰어나오던 그때, 하늘에서 갑자기 맹렬한 불꽃이 번쩍하더니 강풍[#4]이 일면서 제자들을 수척 밖으로 내동댕이쳤다.

남궁사가 깜짝 놀라 소리쳤다.

"묵 형?"

역시 묵연이었다. 그는 버드나무 가지를 손에 쥐고 황소월 반대편 나무 꼭대기에 우뚝 서서 상대를 매섭게 노려보고 있었다.

묵연이 올 것이라 생각지도 못했던 황소월은 순식간에 낯빛이 어두워졌다. 한참을 잠자코 있던 그가 느긋하게 입을 열었다.

"묵 종사가 어쩐 일로 이곳까지 구경을 오셨소?"

"저야말로 종사님 제자에게 물어보고 싶네요. 멀쩡한 사람이 왜 숲속에 숨어서 고양이 흉내를 내고 있었는지."

황소월의 낯빛은 당장이라도 그의 황씨 성을 따라 누렇게 될 지경이었다. 그가 발끈하며 물었다.

#4 강풍 剛風. 도가에서 말하는 하늘 가장 높은 곳에서 부는 바람

"묵 종사, 그게 무슨 말이오?"

"제가 황 선배님께 여쭤봐야지요."

묵연이 말했다.

"사생지전 관내에서 사생지전 손님을 습격하시다니요. 황 선배님, 혹시 저희 산문이 지나치게 깨끗하다 생각되시어 바닥에 피나 좀 뿌리려고 하셨던 겁니까?"

"산문을 나왔으니 묵 종사 문파에서 상관할 바가 아니지요. 죽은 내 아우를 위해 복수하는 것뿐이니 묵 종사가 참견할 바는 더더욱 아니고!"

묵연이 말했다.

"황 선배님, 지당한 말씀입니다. 개인적인 원한이니 산문을 나서는 순간 사생지전의 소관이 아닌 게 맞습니다."

황소월이 코웃음을 치며 말했다.

"그럼 묵 종사, 좀 비켜 주겠소?"

묵연은 물러서지 않았다. 견귀의 핏빛이 더욱 선명해지고 이파리가 핏방울처럼 새빨개졌다.

"제가 개인적으로 나서겠다면요?"

"당신!"

황소월이 묵연의 실력을 모를 리 없었다. 그런데 피맺힌 원수를 갚지 않을 수도 없는 노릇이라 그는 애써 화를 억누르며 어깃장을 놓았다.

"묵 종사, 기어코 우리 강동당과 적이 되려는 거요?"

"그럴 마음은 없습니다. 다만 사생지전의 귀한 손님께서 무사히 촉 땅을 떠나게 하고 싶을 뿐입니다. 그렇게만 된다면 저를 강동당에서 막든, 강서당에서 막든 전혀 상관없습니다.”

황소월은 눈을 가늘게 뜨고 묵연을 노려봤다. 갈색 눈동자에 흘러넘치는 원한은 당장이라도 횃불로 변해 묵연과 그가 밟고 서 있는 푸른 측백나무를 송두리째 불살라 버릴 기세였다.

“유풍문의 잔당들을 두둔하기로 마음 굳힌 겁니까?”

“잔당이라니, 그게 무슨 말씀입니까?”

묵연이 쌀쌀맞게 물었다.

“선배님께 가르침을 청하겠습니다. 강동당의 유감스러운 일에 엽 낭자와 남궁 공자가 얼마나 가담했습니까?”

묵연의 목소리는 차가웠다.

“강동당의 반란을 모의했습니까? 아니면 강동당의 추문을 까발리기라도 했나요?”

묵연이 황소월을 물끄러미 바라보며 계속 물었다.

“선대 장문을 죽였나요? 아니면 아우를 죽이는 일에 작정하고 가담했습니까?”

“그래서 뭐요!”

황소월이 발끈했다.

“아비가 진 빚을 자식이 갚는 건 당연한 도리요!”

“당연한 도리라.”

묵연이 담담하게 말했다.

“그만하지요. 황 선배와는 시시콜콜 따질 필요가 없을 듯합니다. 남은 얘기는 무기로 겨룹시다.”

황소월은 화가 머리끝까지 올라 고함을 질렀다.

“묵미우! 억지를 부리는군!”

"흥미롭네, 지금 억지를 부리는 사람이 누군데."

그때, 산길 앞에서 포악하고 오만한 목소리가 들려왔다. 설몽이 용성을 들고 숲속에서 서서히 걸어 나왔다. 서슬이 시퍼런 칼자루가 햇빛을 받아 눈을 뜰 수 없이 밝게 빛났다.

"남의 집 앞에서 언성을 높이고 살생계를 범하려 하다니, 사생지전이 그렇게 만만해? 죽으려고 환장했나?"

조금 전까지는 묵연 혼자였으니, 이기지는 못해도 그가 방심하는 틈을 타 머릿수로 밀어붙여 원수를 베어 죽일 수라도 있었다. 그런데 지금은 봉황의 아들 설몽까지 불쑥 나타났으니…….. 게다가 설몽은 영산논검에서 우승을 거머쥔 하늘의 총아가 아닌가. 손에 쥐고 있는 저 용성이 얼마나 흉포한지 모르는 사람이 어디 있겠는가.

남궁사와 엽망석을 살리겠다고 형제가 손을 잡았으니 황소월이 아무리 발악을 해 봤자 파고들 허점을 찾을 수 없을 것이 뻔했다.

그런데 설몽을 발견한 묵연은 오히려 쌀쌀맞게 말했다.

"돌아가."

"도와줄게."

"사생지전이랑 상관없는 일이야. 내가 개인적으로 도와주고 싶은 거니 끼어들지 마."

묵연은 미간을 찌푸렸다. 이 동생 놈 어디 모자란 거 아냐? 강동당은 비록 실력이 예전 같지는 않지만 말라 죽은 낙타라도 말보다는 크다고, 어찌 됐든 상수진계 9대 문파 중 하나였다. 게다가 강동당 선대 장문의 조카와 화황각의 큰 사형은 혼인한 사이였으니, 설몽까지 나서면 대놓고 사생지전의 이름으로 상수진계의 두 문파와 등을 지는 셈이었다.

그것만은 막아야 했다.

묵연은 다시 한번 힘주어 말했다.

"얼른 돌아가."

그런데 단순하기 짝이 없는 설몽은 그 미묘한 차이를 전혀 이해하지 못하고, 오히려 묵연이 도움을 거절한다고 여겨 원망했다. 팽팽하게 대치하고 있던 그때, 갑자기 멀리서 순백의 말 한 마리가 먼지바람을 일으키며 질주해 왔다. 눈처럼 새하얀 옷을 입은 말 위의 사람은 얼굴이 상당히 아름답고 등에는 비파를 메고 있었다. 곤륜 답설궁의 전령 선고[5]였다.

"급보입니다! 급보입니다!"

선고는 아름다운 눈썹을 찌푸리고 더욱 속도를 내며 맑고 우렁찬 소리로 외쳤다.

모퉁이를 돌아 일촉즉발의 상황을 발견한 그녀는 재빨리 고삐를 당겼다. 말 위에 걸터앉은 그녀가 망연하게 눈을 깜빡깜빡했다.

"급보…… 잇…… 다들…… 뭐 하시는 겁니까?"

곤륜 답설궁의 전령 선고가 갑자기 나타난 바람에 묵연과 황소월의 싸움은 성사되지 않았다. 뜻밖에도 설정옹은 황소월을 사생지전으로 초청하고 엽망석과 남궁사도 함께 불러들였다.

곤륜 답설궁의 선고는 단심전 한복판에 서서 인사를 올리고 서둘러 본론을 이야기했다.

#5 선고 仙姑. 여수사. 여도사에 대한 존칭

"급보입니다. 서상림의 행방을 찾았습니다."

이 말을 듣자마자 엽망석의 얼굴에서 핏기가 싹 가셨다.

"저희가 서상림의 행적을 추적하려고 옥접 만여 마리를 풀었는데, 드디어 오늘 아침에 황산 근처에서 주술의 수상한 기운을 감지하고 두 마리가 돌아왔습니다. 하여 궁주께서는 서상림이 그곳에 숨어 있을 것으로 보고 특별히 저와 다른 선고를 각 문파에 보내 급보를 전하고 고견을 여쭤보라고 하셨습니다."

설정옹이 놀라고 기뻐서 되물었다.

"찾은 것이냐?"

"단정 지을 수는 없습니다만 옥접이 보고하기를, 최근 황산 주변에 피비린내가 은은하게 퍼져 수일 동안 흩어지지 않는 게 이상한 징후로 보인다고 하니 십중팔구 틀림없을 겁니다."

설정옹이 반색하며 벌떡 일어났다.

"좋아! 단서를 찾았으니 시간 끌 필요 없다. 군사는 신속함이 제일이지. 궁주께서는 어찌 말씀하셨느냐?"

"궁주님의 견해도 장문님과 일치합니다. 일이 매우 긴박하니 서둘러 확인하는 게 좋겠다고 하셨습니다."

"그것참 잘됐구나!"

설정옹이 고개를 돌려 황소월에게 말했다.

"황 도사님, 동행하시는 게 어떻겠습니까? 악의 장본인인 서상림을 순조롭게 잡아들인다면 아우를 죽인 원수도 단번에 갚으실 수 있을 겁니다."

황소월은 가슴이 덜컥 내려앉았다. 서상림을 직접 처단할 가능성이 지극히 희박하다는 것을 그는 잘 알고 있었다. 게다가 원한을 갚는다는 건 사실 구실에 불과했다.

아우의 죽음이 남궁사와 엽망석 같은 아랫사람들과 관계가 있어 봐야 얼마나 있겠는가?

그는 아우를 위한 복수라고 떠들어 대면서 속으로는 주판알을 튕기고 있었다. 그때 화를 입은 뒤로 강동당은 날로 쇠퇴했다. 유풍문이 많은 보물을 숨기고 있다는 소문을 접수한 그는 엽망석과 남궁사 두 사람을 일망타진하고 그들을 협박해, 조상의 음덕을 알아내 차지할 속셈이었다.

황소월은 옷소매에 손을 숨기고 주먹을 불끈 쥐었다. 한참을 저울질한 끝에 그는 귤껍질처럼 쪼글쪼글하고 싯누런 얼굴에 억지웃음을 지으며 말했다.

"황산 꼭대기에 있는 게 서상림인지 아닌지는 아직 확실치 않습니다. 게다가 강동당과 유풍문의 악연은 이미 맺어졌고, 사사로운 원한이 아니라 문파의 명예가 걸린 중대한 일입니다. 그러니 제대로 끝장을 봐야지요."

"맞는 말씀이지만."

설정옹이 말했다.

"서상림을 찾아가 개인적인 원한을 갚은 다음에 다시 유풍문을 찾아가심이?"

"설 장문, 농담도 잘하십니다. 유풍문이 초토화된 게 언젠데 저더러 어디로 가서 결판을 보라는 말씀입니까?"

"그거야 황 도사님 마음이지요. 제가 어떻게 알겠습니까?"

설정옹이 빙그레 웃으며 말했다.

"유풍문은 진작에 뿔뿔이 흩어지고 없는데 황 도사님은 어찌

하여 이 후생들을 벼랑 끝으로 몰기에 급급하신 겁니까?”

“당신……!”

황소월은 굳은 얼굴로 소매를 탁 뿌리치며 호통쳤다.

“이 황 아무개 사정입니다.”

설몽이 히죽 웃으며 끼어들었다.

“조금 전까지만 해도 문파의 명예가 걸린 중대한 일이라고 하시더니 지금은 또 개인 사정이라고 하시다니. 명색이 상수진 계 9대 문파에 드는 강동당인데, 일 처리가 어찌 이렇게 허술하고 제멋대로입니까?”

황소월은 자신도 꿀리는 데가 있어 뭐라고 대답하면 좋을지 몰라 아예 입을 닫아 버렸다. 그는 설정옹을 매섭게 한번 노려보고는, 옷소매를 휘두르며 제자들을 거느리고 노기등등해서 사생지전의 대문을 나섰다. 그러고는 앞장서서 어검 비행하여 황산으로 떠났다.

엽망석이 송구스러워하며 설정옹에게 말했다.

“설 장문님, 정말 면목이 없습니다. 저희는…….”

“사냥꾼도 새끼 새가 그물에 걸리면 죽이지 않는 법이다.”

강동당 일당이 멀어져 가는 뒷모습을 끝까지 지켜보던 설정옹의 얼굴에서 웃음기가 싹 가셨다. 그는 싸늘한 눈빛으로 탄식했다.

“이번 일은 강동당에서 너무한 게야.”

대전 밖의 하늘을 올려다보는 그의 미간 주름이 더욱 깊어졌다. 한참 후, 그가 한숨을 내쉬며 말했다.

“가자, 황산으로 가자.”

황산으로 가는 길은 멀고 험난해서 일행은 어검 비행으로 이동했다. 황산에 도착해 보니 산기슭은 도사들로 북적거렸다. 수진계 아홉 문파가 모두 모였다. 그들은 하나같이 모호한 표정으로 왔다 갔다 하며 바쁘게 움직이고 있었지만 뭘 하는지는 알 수 없었다.

어검에서 가장 먼저 내린 사람은 초만녕이었다. 그런데 휘청거리고 안색도 창백했다. 다행히 원래 피부가 하얗고 평소에도 무표정이라 사람들은 이상한 점을 발견하지 못했다. 하지만 묵연은 느낄 수 있었다. 그는 사람들이 주의하지 않는 틈을 타 초만녕의 곁으로 가서 손등을 초만녕의 손등에 살짝살짝 스치며 말했다.

"사존, 어검 비행을 정말 잘하시던데요."

"응?"

묵연이 빙그레 웃으며 말했다.

"정말이에요."

초만녕은 가볍게 헛기침을 하고는 시선을 돌렸다.

고개를 들어 보니 황산 꼭대기에는 확실히 육안으로도 사악한 기운이 감도는 게 보였다. 나머지 여덟 장문들도 모두 도착해 산기슭의 맨 앞줄에 서서 손을 들어 하늘과 맞닿은 결계막에 영력을 주입하고 있었다. 설정옹도 바로 팔을 걷어붙이고 힘을 보탰다.

사생지전 사람들이 연이어 도착하고, 잠시 후에는 설몽도 왔다. 그는 초만녕과 묵연 옆에 안정적으로 착지하더니 눈앞에 펼쳐진 광경을 보며 미간을 잔뜩 찌푸렸다.

"이게 다 뭐 하는 거예요? 왜 산으로 올라가지 않고?"

그를 발견한 묵연이 설명했다.

"올라가지 않는 게 아니라 못 올라가는 거야."

설몽이 의아해하며 물었다.

"왜?"

초만녕이 차분하게 설명했다.

"황산은 수진계의 4대 사산(邪山) 중 하나인데, 괴이하기로 악명이 높아 쳐들어가기가 쉽지 않다."

설몽이 놀라서 물었다.

"4대 성산이 있는 줄은 알았는데 4대 사산도 있어요? 나머지 세 개는 무슨 산인데요?"

초만녕이 대답했다.

"교산, 갑산…….”

설몽이 얼떨떨해하며 되물었다.

"가산#6이요?"

"……현무갑#7의 갑. 갑산."

"아, 아."

설몽의 얼굴이 벌게졌다.

"네."

"묘산, 그리고 지금 보이는 이 산, 황산."

초만녕이 잠시 뜸을 들이다가 말했다.

"피로 얼룩진 수진계의 과거를 지금은 자주 언급하지 않지.

#6 가산 가짜 산
#7 현무갑 玄武甲. 현무의 등딱지

잡다한 책을 많이 읽어야 4대 사산에 관한 기록을 알 수 있다."

"그럼 사산이라는 건 왜 생긴 겁니까?"

초만녕은 바로 대답하지 않고 설몽에게 되물었다.

"유풍문의 초대 장문이 사악한 교룡을 굴복시킨 일을 기억하느냐?"

"네."

설몽이 냉큼 대답했다.

"동해에서 훼방을 놓는 악룡 한 마리가 있었는데 그놈을 물리치고 금고탑에 봉인한 사람이 바로 유풍문 초대 장문이었죠. 그 후 피로 계약을 맺고 자신의 소유로 만들어 버렸어요. 유풍문 초대 장문이 죽은 후 용의 몸통은 산릉으로 변했고 힘줄은 지면으로 변했으며 피는 강물이 되고 뼈는 바위, 용갑은 나무가 되었다죠. 대대손손 유풍문 제자들의 묘지를 지켜 준다고 하여 영웅묘라 이름을 지었어요. 교산이라고도 하고요."

초만녕이 고개를 끄덕였다.

"맞다, 그래서 교산에는 청룡의 악령이 깃들어 있지. 청룡, 주작, 백호, 현무, 4대 신수의 별자리를 들어 봤았을 것이다. 그런데 그들 후손 중에는 악종으로 변이한 경우도 있어서 말썽을 피우기도 한다."

설몽은 그제야 이해했다.

"그러니까 다른 산들도 교산처럼 악한 영혼이 변이한 거라는 말씀이세요?"

"그렇다."

"그럼 황산은…… 주작(朱雀)이에요?"

설몽이 고개를 들어 먹구름에 둘러싸인 커다란 짐승 같은 산 봉우리를 바라봤다. 산 중앙이 우뚝 솟아 있고 양옆이 완만한 모습이었는데, 마치 목을 길게 빼고 울부짖는 한 마리의 봉황 같았다.

초만녕이 말했다.

"맞다. 4대 사산은 그 사악한 방법이 제각기 다르단다. 교산은 유풍문의 후손들만 다른 사람들을 데리고 들어갈 수 있고, 함부로 침입하는 자는 용의 힘줄이었던 덩굴에 묶여 산 채로 땅속에 묻히고 말지. 이 황산 역시 마찬가지다."

"이상하네요."

설몽이 고개를 돌려 법술을 시행하고 있는 장문들과 그들을 도와주는 설정용을 바라보며 말했다.

"교산이 유풍문의 산이라는 건 모두가 아는 사실인데, 황산은요? 주작 악령을 굴복시킨 문파의 후손을 데려오면 되는 거 아니에요?"

내내 듣고만 있던 묵연이 입을 열었다.

"얼마 전에 갑자기 죽었어. 살아 있다면 그렇게 했겠지."

설몽이 멈칫했다.

"누군지 알아?"

"알아."

묵연이 담담하게 말했다.

"여자야. 우리가 아는 사람."

197장 사존의 첫 번째 제자

"그래? 누군데? 황산을 호령할 수 있는 사람이 그 여자밖에 없어? 주작 악령을 굴복시킨 사람의 다른 후손들은?"

묵연은 대답 대신 이렇게 말했다.

"천 년 전에 주작 악령을 굴복시킨 사람의 이름은 송교, 자는 성이야."

설몽의 안색이 하얗게 질렸다.

"화벽지존 송성이?"

"응."

"그, 그 사람은 수진계 역사상 마지막으로 종사의 지위에 오른 접골미인석이잖아!"

묵연은 무표정한 얼굴로 말했다.

"맞아. 황산의 문을 열 수 있는 마지막 사람은 유풍문의 불바다에서 죽은 송추동이야."

설몽의 입이 떡 벌어졌다. 뭔가 말하려던 그때, 저 멀리서 갑자기 술렁이는 소리가 들려왔다. 푸른 옷을 입은 벽담장 도사들이 갑자기 산기슭의 맨 앞에 있는 결계 쪽으로 우르르 달려들었다.

"이 장주!"

"장주님!"

초만녕은 낯빛이 확 어두워지더니 서둘러 그쪽을 향해 걸어 갔다. 사람들을 헤치고 앞을 보니, 이무심이 축 늘어져 제자들의 부축을 받고 있었다. 얼굴이 백지장처럼 새하얗게 질려 입에서 시뻘건 피를 콸콸 쏟고 있었다. 비린내 나는 핏방울이 허연 수염 군데군데 묻어 있고, 입술이 파리하고 눈동자가 위로 뒤집혀 벌써 정신을 잃은 것 같았다. 그가 떨리는 목소리로 말했다.

"1등이야……. 1등…… 1등이라고……."

이무심이 나가떨어지자 다른 장문들이 감당해야 하는 결계의 위력은 훨씬 더 강력해졌다. 황소월은 임시로 강동당 당주 자리를 맡고 있는지라 법력이 다른 장로들에 비해 현저히 부족했다. 그 역시 고개 돌리는 것도 어려울 정도로 버티기 버거워 보였다.

강희도 얼굴에 핏기가 전혀 없었지만 이무심 쪽을 돌아볼 정도의 심력은 남아 있었다.

"봉황 몽마(夢魘)에 걸린 겁니다."

황산 결계에는 봉황의 저주가 걸려 있어 함부로 균열을 찢고 침입을 시도했다가는 몽마에 잠식을 당하기 십상이었다.

금성호 적심류의 환각 세계와 비슷했지만 봉황 몽마는 제거하기 어려워 당한 사람은 다시 깨어나지 못하는 경우가 많았다.

벽담장 제자들은 일제히 윗몸을 꼿꼿이 세우고 꿇어앉았다. 누군가 목 놓아 울부짖기 시작했다.

"장주님! 정신 차리세요, 장주님……!"

이무심은 꿈속에서 헤어 나오지 못하고 바보처럼 실실 웃으며 잠꼬대를 했다. 갑자기 자신을 안고 있던 제자 견종명을 확 밀치고 바닥에 드러눕더니 덩실거리며 호탕하게 웃었다.

"1등 했어! 1등이야! 1등이라고!"

뒤를 에워싸고 있던 다른 문파의 제자들이 낮은 소리로 중얼거렸다.

"뭐가 1등이라는 겁니까?"

이무심이 대답할 리 없었다. 그는 몽마의 기쁨에 빠져 입을 헤 벌리고 피와 침으로 범벅이 된 이를 훤히 드러낸 채 도취해 있었다. 한참 후, 몽마가 반전되었는지 고목 같은 그의 늙은 얼굴이 갑자기 확 굳으며 분노가 올라왔다.

"안 돼…… 이러면 안 됩니다! 이럴 수는 없어! 벽담장 검술 비법서를 돌려주겠다고 약속했잖습니까! 한 입으로 두말하다니!"

다시 한참이 지나자 이번에는 슬픔에 잠긴 얼굴로 변했다.

지켜보는 것만으로도 간담이 서늘했다. 이무심은 체면을 중요시하는 도사인 데다가 벽담장 장주인지라, 사람들 앞에서 저런 얼굴을 한 적이 없었다.

장문 같지도 않고 도사 같지도 않은 모습이었다.

심지어, 남자답지도 않았다.

존엄 따위는 얼굴 가득 뒤덮은 주름살에 깊이 묻어 둔 것처럼, 그는 얼굴을 잔뜩 찡그리고 애걸복걸했다.

"금 80억 냥은 너무 가혹합니다. 더군다나 그 검술 비법서는 원래 벽담장 물건이잖습니까? 제 사존의 사존 것이에요. 문파가 몰락하는 바람에 여유가 없어 어쩔 수 없이 당신들에게 넘겼지만……. 장문님…… 이렇게 빌겠습니다, 조금만 깎아 주십시오……."

사람들은 어리둥절한 눈으로 서로 쳐다볼 뿐 어찌할 바 몰랐다.

금 80억 냥?

검보?

문득 떠오르는 사실이 있었다. 벽담장의 선대 장문은 성질이 강직하고 돌려 말하는 법을 몰라, 늘 상수진계 다른 문파들의 질시를 받았다. 한번은 큰 재난을 겪게 되었는데 그렇게 많은 문파 중에 도움의 손길을 내미는 사람이 아무도 없었다. 그때부터 벽담장의 상황은 점점 더 나빠져 제자들 봉급도 삼 년이나 밀리는 신세가 되었다. 그런데 어떻게 된 일인지 어느 날 갑자기 다시 풍족해졌다. 그때부터 한때 세상을 위협했던 단수 검법이 돌연 몰락해 후세 제자들은 그 진수를 도무지 발휘하지 못하게 되었다.

이에 강호에서는 이무심이 제대로 가르치지 못해 '검성(劍聖)'의 명예에 먹칠하고 벽담장을 상수진계 꼴등으로 밀려나게 했다고 그를 손가락질했다.

이제는 일이 그렇게 단순하지 않을 수도 있겠다고 사람들은 생각하기 시작했다. 그럼 설마 검보를 팔아 그때 그 고비를 넘겼다는 말인가?

그 틈을 타 한몫 챙긴 야비한 사람으로 고월야를 떠올렸고, 사람들의 시선은 하나둘 강희에게로 옮겨 갔다.

"설마 고월야……?"

"강 장문의 스승일 가능성이 커……."

이무심은 여전히 고통스럽게 발버둥 치며 데굴데굴 굴렀다. 견종명은 그를 잡아 안으려고 안간힘을 써야 했다. 이무심은 울었다가 고함을 질렀다가 벌떡 일어나 사방팔방으로 이마가 깨질 만큼 머리를 조아리기도 했다. 시뻘건 피가 콧물과 함께 줄줄 흘러내렸다.

"돌려주세요. 반평생을 모았는데 탈탈 털어도 51억밖에 안 됩니다."

이무심이 애원하며 울부짖었다.

"정말 51억밖에 없습니다……. 죽을힘을 다해 모았어요. 그렇게 많은 돈을 어떻게 구한답니까. 돈 마련하자고 죽이고 뺏고 온갖 나쁜 짓을 다 저지를 수는 없잖습니까? 귀파는 하루에 천만 금을 벌어들이지만 벽담장은 정말 돈이 많지 않아요……. 제발, 이렇게 빌겠습니다……."

'귀파는 하루에 천만 금을 벌어들이지만'이라는 말을 들은 사람들이 다시금 강희 쪽을 힐끔거렸다. 강희가 운영하는 헌원각은 수진계를 통틀어 가장 큰 암시장이 아닌가. 그러니 그가 아니면 또 누구겠는가?

벽담장의 젊은 제자가 화를 못 이기고 시뻘건 눈으로 강희에게 고함쳤다.

"강 장문! 저희 벽담장 단수검보에서 가장 중요한 세 권을 당신네 고월야에서 차지한 겁니까? 금 80억 냥을 요구하다니, 당신…… 사람이 어떻게 그렇게 뻔뻔스러울 수 있습니까!"

강희가 입을 열기도 전에 왼쪽에서 누군가 잠긴 목소리로 말했다.

"진상이 밝혀지지도 않았는데 어찌 강 장문에게 함부로 죄명을 덮어씌우는 겁니까?"

놀랍게도 숨도 제대로 못 쉬는 황소월이었다.

결계를 지탱하고 있는 손을 부들부들 떨면서도 이 늙은이는 강희 편을 들며 충정을 과시했다. 꿍꿍이속이 빤히 보였다.

벽담장의 제자가 화가 머리끝까지 치밀어 황소월에게 욕설을 퍼부으며 달려들려는 그때, 동문이 그를 단단히 붙잡아 타일렀다.

"견복,[8] 저들은 건드리지 않는 게 좋겠어."

그 이름을 들은 묵연이 멈칫했다.

예전 같았으면 이름을 듣자마자 턱이 빠지도록 웃었겠지만, 진흙탕에 꿇어앉아 죽어라 머리를 조아리는 늙은이를 보고 있노라니 마음이 좋지 않았다.

도저히 웃음이 나오지 않았다.

"51억으로 안 되면…… 정 그러시면…… 55억은……?"

이무심은 엉엉 울면서 옷소매로 눈물을 연신 훔쳤다.

"55억은 익주 상씨를 도와 거래를 성사시키고 법기며 영석들을 갖다 팔면 모을 수 있을 겁니다. 55억…… 장문님, 제발 자비를 베푸시어 검보를 돌려주세요."

#8 견복 '정말 부유하다'라는 뜻의 '眞富'와 발음이 같음

그는 등을 잔뜩 구부리고 시뻘건 피가 줄줄 흐를 때까지 계속 머리를 조아렸다.

"단수검보에는 벽담장의 혼이 담겨 있습니다."

그가 흐느끼며 말했다.

"검보를 되찾아 오는 게 신선이 되기 전 사존의 유일한 소원이었습니다. 그걸 위해 저는 평생을 애썼어요…… 평생을. 검은 머리가 파뿌리 될 때까지, 당신 선친부터 당신까지…… 심지어 라풍화에게도 빌었습니다……."

"아!"

사람들은 어안이 벙벙해졌다.

라풍화?

이무심이 라풍화에게 빌었다고?

고월야가 아니라…… 그렇다면…….

하나둘 고개를 돌렸다. 아무도 움직이지 않았지만 이내 한 갈래의 길이 만들어졌다. 모두가 고개를 돌려 구석에 있는 남궁사와 엽망석을 쳐다봤다.

"유풍문입니다!"

이제 소곤거리지 않아도 되니 누군가 큰 소리로 외쳤다.

"뻔뻔하기는!"

"어쩐지 십몇 년 사이에 유풍문의 검술이 놀랍게 발전하더라! '검성'의 혼까지 있더라니! 짐승만도 못한 놈들!"

"당시 영산논검에서 남궁사가 무려 3등을 했지! 도둑질한 검술이 무슨 대수라고!"

"정말 구역질 난다!"

남궁사는 제자리에 멍하니 굳어 있었다. 유풍문의 이런 악행과 추문을 그가 알고 있을 리 없었다. 선친과 선조들이 지은 죄는 본래 유풍문 72성에 책임을 물어야 마땅한데, 지금 혼자 오롯이 감당해야 했다.

그는 도망가지도 않고 어두운 낯빛으로 조용히 서 있었다.

엽망석이 손을 잡아 주려고 했지만 남궁사는 침착하게 손을 빼고 그녀 앞을 막아섰다.

"무슨 낯짝으로 여길 왔대⋯⋯."

"짐승 같은 아비 밑에 좋은 아들이 있겠어?"

분노한 벽담장 사람들이 그들에게 소리쳤다.

"꺼져! 당장 안 꺼져?"

"이제 유풍문은 10대 문파에서 제명이야! 거기서 뭐 해! 꺼져!"

"파렴치한 연놈!"

여기저기서 격앙된 목소리가 터져 나왔다. 사람들은 원한으로 일그러진 얼굴로 욕설과 저주를 퍼부었다.

갑자기 누군가 푸른 옷자락을 나부끼며 달려들었다. 담벽장의 제자였다. 그는 순식간에 남궁사의 옷섶을 낚아채서 거머쥐었다. 엽망석이 화들짝 놀라 불렀다.

"사야!"

남궁사는 재빨리 그녀를 밀쳐 냈다. 벽담장의 제자는 그를 바닥에 눌러 제압하고는 얼굴에 소나기 같은 주먹세례를 퍼부었다. 주먹은 얼굴에 그치지 않고 늑골, 배로 옮겨 갔다. 영력을 쓰지는 않았지만 실성한 사람처럼 한 주먹 한 주먹, 무겁고 거칠게 내리쳤다.

이때, 또 다른 목소리가 낮은 소리로 엄하게 말했다.

"그만하거라."

돌주먹이 미처 멈추지 못하고 남궁사의 준수한 얼굴에 떨어졌다. 남궁사는 컥컥거리더니 피를 주르륵 토해 냈다. 머리가 잔뜩 헝클어진 채 바닥에 널브러진 모습이 한없이 초라했다.

제자가 화를 주체하지 못하고 다시 주먹을 휘두르려는 그때, 누군가 그의 팔을 덥석 잡았다.

그가 격노하며 고개를 돌려 으르렁거렸다.

"짐승만도 못한 놈! 끼어들지 마!"

그런데 그만 말문이 턱 막히고 말았다.

눈앞에 우뚝 서 있는 사람은 천하제일의 종사, 초만녕이었다.

"멈춰."

초만녕은 냉천같이 차가운 눈빛으로 그를 내려다보았다. 많은 감정이 담겨 있는 것 같기도 하고 아무런 감정이 없는 것 같기도 한, 알 수 없는 표정을 짓고 있었다.

그는 소년의 팔을 단단히 붙잡고 입술을 오므린 채 잠시 기다렸다가 입을 열었다.

"그만하거라."

바닥에 쓰러진 남궁사가 또 한 번 피를 토했다. 엽망석이 재빨리 다가가 부축하려 하자 그가 힘없이 밀쳐 냈다.

"신경 쓰지 마. 유풍문의 책임이니 내가 아버지 대신 져야지."

그 말에 소년은 더욱 화가 치밀어 초만녕의 손아귀에서 벗어나려고 발버둥 쳤다.

초만녕이 눈썹을 확 추켜세우며 호통쳤다.

"그만해!"

"상관하지 마십시오! 사생지전 사람이, 당신이 끼어들 일이 아닙니다!"

소년은 실성한 듯 초만녕을 향해 울부짖었다.

"저들이 뭔데 제 사존을 그렇게 대합니까? 뭔데, 뭔데 벽담장을 함부로 대하냔 말입니다! 벽담장이 유풍문을 위해 개처럼 일한 세월이 얼만데! 저들이 뭔데…… 도대체 뭐길래!"

그는 목 놓아 울었다.

등 뒤에서 이무심이 신음하며 애걸복걸하는 소리가 들려왔다.

이무심은 계속해서 자신의 의식 속에 있는, 사실은 존재하지 않는 남궁류에게 사정했다.

"라풍화가 검보를 돌려주기로 저와 약속했어요…… 근데 어디에 뒀는지 모른다고 합니다……. 저와 약속…… 장문님…… 저와 약속하셨잖습니까……."

이무심의 절절한 목소리는 계속 이어졌다.

"올해 일흔아홉입니다. 살날이 얼마 남지 않았어요. 이번 생은 수련의 경지가 낮아서 신선이 되어 사존을 뵙는 건 글렀지만, 그가 마지막으로 제게 당부한 일은 해내야 합니다."

이무심은 목구멍에서 핏덩이를 내뱉듯이 한 글자 한 글자 힘겹게 토해 냈다. 그가 처절하게 울부짖었다.

"해내야 합니다. 장문님…… 돌려주십시오……. 벽담장의 물건…… 제발 이 늙은이에게 돌려주세요……."

이무심이 간절히 내뱉었다.

"부탁입니다……."

벽담장의 제자가 몸을 부르르 떨자 초만녕의 손도 미세하게 떨렸다.

소년의 눈에는 눈물과 증오와 의혹이 가득했다.

끝끝내 벗어나지 못한 소년은 초만녕의 얼굴에 침을 카악 뱉었다.

"종사는 무슨, 짐승만도 못한 놈."

"사존!"

"묵연, 가만히 있거라. 오지 마."

초만녕은 소년의 팔을 풀어 줬다. 움직임이 자유로워진 소년은 곧장 이미 상처투성이인 남궁사를 향해 달려갔다. 그때 금빛이 번쩍하며 해당화 결계가 펼쳐지더니, 남궁사와 엽망석 두 사람을 안에 가둬 보호했다.

무릎을 반쯤 꿇고 있던 초만녕은 서서히 몸을 일으켜 희미한 표정으로 구경하고 있는 사람들의 얼굴을 쭉 둘러봤다.

사람들 무리의 한쪽 끝에는 그가 서 있었고, 다른 한쪽 끝에는 피와 눈물로 범벅이 된 이무심이 있었다.

겨울날 나뭇가지가 꺾이는 듯한 이무심의 노쇠한 목소리가 하늘에 울려 퍼졌다.

"55억으로 해 주십시오……."

늙은이는 아직도 꿈속에서 남궁류와 흥정하고 있었다.

그토록 미천하게.

그토록 비굴하게.

늙은 얼굴이 짙은 진흙 색으로 변할 때까지.

"58억이요?"

이무심의 목소리가 심하게 떨렸다.

초만녕은 눈을 질끈 감았다.

그의 손 역시 넓은 옷소매 아래에서 주먹을 꼭 쥔 채 바르르 떨고 있었다.

그는 한 음절 한 음절 딱딱 끊어 말했다.

"남궁사는 용 부인, 용언의 아들입니다."

거대한 황산 앞에 천 명 넘게 서 있었지만, 이무심이 대성통곡하는 소리와 초만녕의 침착하고 차가운 목소리밖에 들리지 않았다.

한쪽에서 이무심이 중얼거렸다.

"58억이면 되겠습니까? 검보 세 권일 뿐입니다……."

다른 한쪽에서 초만녕이 말했다.

"돈도 없이 산에서 내려와, 차마 입이 떨어지지 않아 사람들에게 구걸도 못 하고 있을 때 용 부인께서 유풍문에 잠시 머물게 해 주셨습니다."

그가 잠시 멈추자 이무심이 흐느끼는 소리만 들렸다.

"용 부인께서 아들인 남궁사를 제자로 받아 달라 부탁하셨으나 제가 너무 어려 감당하지 못할 것 같아 부득이 거절했었습니다. 하지만 그해……."

초만녕은 고개를 살짝 돌려 바닥에 널브러져 있는 남궁사를 한번 봤다. 그는 마침내 남궁사도 몰랐던 사실을 사람들에게 한 글자 한 글자 공개했다.

"그해, 용 부인은 어린 아들을 데리고 종묘 앞에서 저에게 삼배를 올리게 하고는, 스승의 예를 올렸으니 앞으로 유풍문에 머무는 동안 남궁사는 응당 저를 스승으로 대우해야 한다고 말씀하셨습니다."

초만녕이 눈꺼풀을 들어 올렸다.

"남궁사는 저의 제자입니다."

그 말을 들은 설몽의 얼굴이 순식간에 새파랗게 질렸다!

묵연과 사매도 낯빛이 좋지 않았지만, 아무 말도 하지 않고 그저 초만녕을 바라보았다.

"아비가 진 빚은 아들이 갚는다는 말도 맞습니다만, 한 번 스승으로 모시면 평생 아버지와 같이 존경하고 모셔야 한다는 말도 있습니다. 삼배를 받은 이상 저도 남궁사의 스승입니다."

초만녕이 말했다.

"남궁사의 스승이 여기 있습니다. 복수도 좋고 매도 좋고 욕도 좋습니다……. 거부하지 않겠습니다."

"사존!"

"사존……!"

묵연, 설몽과 사매가 잇따라 털썩 꿇어앉았다. 남궁사도 바닥에서 일어나려고 안간힘을 썼다. 그는 여전히 피를 칠칠 흘리며 중얼거렸다.

"아니…… 아니에요…… 저는 사존으로 모신 적이 없습니다……. 저는 스승이 없습니다…… 저는 스승이 없……."

이때 이무심이 갑자기 고개를 쳐들고 길게 울부짖었다. 머리카락과 수염이 눈송이가 흩날리듯 나부꼈다. 눈에서는 검붉은 피가 줄줄 흘러내리고 있었다.

그는 큰 소리로 흐느껴 울며 더듬더듬 말했다.

"59억이면 되겠습니까? 남궁 장문님…… 59억입니다……. 이 늙은이를 불쌍히 여겨 죽을 때 관이라도 짜게 조금 깎아 준 다고 생각하시면 안 되겠습니까……. 그래도 안 되겠습니까? 안 되겠습니까?"

그는 조금도 두려워하지 않고 죽음을 맞는 자세로 핏대를 세 우며 길게 울부짖었다.

"안 되겠습니까!"

연달아 '안 되겠습니까'를 외치며 이무심은 또 한 번 피를 뿜 어냈다. 새빨간 핏방울이 사방팔방으로 튀자, 주위는 다시 쥐 죽은 듯이 고요해졌다.

곧이어 그는 그대로 픽 하고 바닥에 쓰러졌다.

상수진계에서 제일 부족한 문파의 존주. 친교를 맺을 수 있 는 모든 문파에 잘 보이려고 모진 애를 쓰며 어릿광대처럼 떠 돌아다니던 늙은이. 반평생을 발버둥 쳤지만 이렇다 할 성과를 이루지 못하고, 검보 세 권조차도 되찾아 오지 못해 웃음거리 로 남은 사람.

쓸모없는 인간, 졸장부.

그는 그렇게 눈도 감지 못하고 흙먼지에 쓰러졌다.

그는 그렇게 숨을 거뒀다.

바람이 윙윙 일었다. 사람들은 제각기 다른 표정으로 멍하니 서 있었다. 아무도 입을 열지 않았다.

묵연은 문득 문파를 다시 일으키기에 충분한 보물이 교산에 매장되어 있다는 사실이 떠올랐다. 강동당에서도 아는 사실이 었다.

벽담장과 유풍문이 사이가 그렇게 좋은데 그걸 모를 리가 없었다.

남궁류가 죽은 후 내로라하는 문파는 물론, 이름 없는 작은 문파들조차도 남궁사와 엽망석을 생포하려고 쫓아다녔다. 말로는 복수를 위해서라지만 속으로는 보물을 차지할 궁리를 하고 있었다.

그런데 벽담장은 달랐다.

벽담장은 그저 우둔하게 사생지전과 고월야와 친하게 지낼 방법만 고심하며 문파끼리 서로 보살피고 지지하기를 바랄 뿐이었다.

유풍문의 금은보화를 이무심은 꿈에서도 탐낸 적이 없었다.

한평생 유풍문의 착취를 당한 사람은 정작 그였는데 말이다.

어쩌면 그렇게 오랜 세월 괴롭힘을 당했기 때문에 의롭지 못한 재물을 취해서는 안 된다는 걸 깨달았는지도 모른다.

묵연은 멀찍이 떨어진 곳에서 우스울 정도로 피와 흙먼지로 더러워진 이무심의 늙어 빠진 얼굴을 바라봤다.

이윽고 그는 깨달았다. 유풍문이 몰락한 그날, 모두가 살겠다고 뿔뿔이 흩어질 때 왜 저 늙은이는 도망가고 싶어 하면서도 겁에 질려 벌벌 떨며 가지 않았는지.

능력도 없으면서 왜 억지로 불바다에 남았는지.

그는 칼 한 자루로 그와 아무 상관도 없는 사람을 열이나 구했다.

벽담장 창시자의 단수검법은 흐르는 물을 끊을 수 있고 하늘을 가를 수 있다고 했다. 사람들은 그를 '검성'이라 불렀다.

하지만 이무심은 검보 세 권이 모자라 모두를 놀라게 할 검술을 익히지 못했고 검성으로 거듭나지도 못했다.

그가 할 수 있는 건 고작 큰 검으로 맹렬한 불길에서 알지도 못하는 사람들을, 심지어 유풍문의 제자들을 하나하나 불바다에서 구해 내 인간 세상으로 데려오는 것뿐이었다.

198장 사존, 황산이 열렸어요

벽담장 제자들은 싸움을 시작하기도 전에 장주가 목숨을 잃을 거라고는 꿈에도 생각 못 했다.

이무심은 나이가 많아 동작 하나하나에 늙은 티가 났지만, 이 괴상한 결계의 몽마에 걸리지만 않았더라면 절대 이렇게 급사하지 않았을 것이다.

잠시 침묵이 흐르고, 파란 옷을 입은 벽담장 제자들이 하나둘 무릎을 꿇었다.

통곡 소리가 하늘에 울려 퍼지고 사람들은 슬픔에 빠졌다. 남궁사와 결판을 보려던 제자도 다른 건 신경 쓸 겨를 없이 엉엉 울며 장주 쪽으로 기어갔다. 옷소매로 연거푸 눈물을 훔쳤지만 눈물은 멈출 줄 모르고 후드득후드득 떨어졌다.

그때, 갑자기 황산 앞의 거대한 결계에서 귀가 찢어질 것 같은 소리가 울렸다. 강희가 낮빛이 확 변하더니 엄한 목소리로 소리쳤다.

"누가 좀 와서 이무심의 빈자리나 메꾸시오. 여기서 다 같이 죽기 싫으면!"

설정옹은 아예 고개를 돌리고 외쳤다.

"옥형! 어서 와서 거들게!"

망설일 게 없었다. 초만녕이 제일 잘하는 게 결계술이었다. 그 소리는 바로 봉황 악령이 남긴 저주였다. 저주를 건드렸다는 건 곧 장로들이 결계막을 찢기까지 얼마 남지 않았다는 것을 의미했다. 혹시라도 실패하면 저주는 반동이 되어 돌아오는데, 그 위력이 어마어마하여 유풍문의 겁화보다 더욱더 피하기 어려울 터였다.

그는 재빨리 붕 날아가 칼처럼 매서운 눈빛으로 소매를 탁 뿌리치고 팔을 들어 이무심이 남긴 빈자리를 공격했다.

닿자마자 초만녕은 화들짝 놀라며 옆에 있는 황소월을 쳐다봤다.

"……."

황소월은 이마에 구슬땀이 맺혀 있고 온몸은 후들후들 떨고 있었으며 얼굴이 시뻘게져 젖 먹던 힘까지 다하는 것처럼 보였다. 다른 장문들도 그렇게 생각하는 것 같았다.

그러나 남은 속여도 결계 종사인 초만녕까지 속일 수는 없었다.

이무심의 역할을 이어받자마자 초만녕은 그곳의 살기가 유난히 강하다는 걸 느꼈다. 이무심이 좀 전에 장문 둘이 감당해야 마땅할 사기를 혼자 감당하고 있었다는 말이다. 여럿이서 힘을 모으는 이런 진법을 사용할 때에는 이런 경우가 극히 드물었다. 오직 하나, 옆에 있는 시술자가 힘을 전혀 쓰지 않을 때만 가능했다.

황소월은 최선을 다하는 시늉만 하고 있었다!

초만녕은 화가 치밀어 새까만 눈썹을 확 추켜세우며 호통쳤다.

"당신…… 감히 장난을 쳐?"

"뭐, 뭐가……."

황소월은 헉헉거리며 기어들어 가는 소리로 말했다. 당장이라도 탈진해 죽을 것 같은 모양새였다. 그 말을 들은 주변의 몇몇 장문들은 너도나도 곁눈질로 그들을 살펴봤다.

"초 종사, 그게 무슨 말이오…… 장난이라니……."

"당신이 더 잘 알지 않는가! 당장 꺼지지 못해?"

설정옹이 참지 못하고 소리 질렀다.

"옥형, 왜 황 도사에게 화를 내고 그러나? 말도 제대로 못 할 정도로 애쓰고 있는 사람한테. 석연치 않은 데가 있더라도 결계부터 열고 얘기하세!"

황소월의 눈빛이 흔들렸다. 초만녕을 힐끔 봤을 뿐인데도 서슬 푸른 칼날같이 매서운 그 눈빛에 섬뜩했다.

사실 그는 봉황 결계를 열 실력이 아예 없었다. 자진해서 달려들어 도와주는 척한 건, 이참에 체면을 세우고 강동당이 아직 죽지 않았다는 걸 상수진계에 널리 알리기 위해서였다.

그런데 이무심 그 쓸모없는 놈이 혼자서 두 사람 몫의 사기를 버티지 못하고 봉황 결계의 반동력을 받아 즉사해 버릴 줄이야. 죽는 건 그렇다 쳐도 그를 대신한 사람이 하필이면 초만녕이라니…….

갈기갈기 찢어 버려도 시원찮을 초 종사라니!

번들거리는 황소월의 얼굴에서 땀방울이 줄줄 흘러내렸다. 억지로 만들어 낸 것이 아니라 진짜 식은땀이었다. 그는 정말로 식은땀이 줄줄 흘렀다.

이제 어떡하지?

위기의 순간, 황소월은 마음을 단단히 먹고 혓바닥을 확 깨물었다. 이내 뜨거운 피가 흘러나왔다. 그는 침과 피를 섞어 입가에서 새어 나오게 하고는 말했다.

"초 종사…… 정말 오해요……. 이 장주께서 물러난 후로 정말…… 더는……."

그가 갑자기 기침을 심하게 토해 냈다. 핏방울이 사방으로 마구 튀었다.

"정말 더 버티지 못할 것 같소……."

그런 것에 속아 넘어갈 초만녕이 아니었다.

이무심과 황소월 중에 누가 실력이 더 뛰어난지는 말할 것도 없었다. 두 사람 모두 최선을 다했다면 먼저 쓰러진 사람이 이무심일 리가?

그가 버럭 화를 내며 소매를 휘둘러 한 손으로 천문을 꺼내 들고는 황소월을 십여 척 밖으로 내동댕이쳤다.

"꺼져!"

"아이고!"

강동당 제자들이 깜짝 놀라 자기들의 선배 옆으로 모여들었다.

몇몇 사람들이 성난 얼굴로 초만녕을 노려봤다.

"초 종사가 왜 저렇게 억지를 부리는 거지?"

"황 도사도 할 만큼 했는데 무슨 근거로 대뜸 채찍부터 휘두르고 화를 내는 겁니까!"

"능력이 있다고 사람을 못살게 굴어도 된단 말입니까?"

초만녕은 사람들의 호통과 수군대는 소리에 전혀 아랑곳하지 않았다. 그는 치밀어 오르는 화를 주체할 수 없었다. 매서운 봉안에서 얼음처럼 차가운 눈빛이 뿜어져 나왔다. 결계의 붉은빛이 눈에 반사되어 눈동자가 주홍색으로 이글거리고 있었다.

"내 앞에서 당장 꺼져."

높지는 않지만 힘 있는 목소리였다.

초만녕을 조금이라도 아는 사람이라면 잘 알고 있을 터였다. 화를 내고 꾸짖으면 그나마 말이라도 붙여 볼 여지가 있지만, 지금처럼 차가운 표정을 지으면 아무도 말리지 못한다는 사실을.

겁 없이 나섰다간 격노한 천문에 목숨을 빼앗길지도 모르는 일이었다.

설정웅이 중얼거렸다.

"옥형이…… 도대체 왜 저러지…….'

"황소월, 당신 정말 결계를 열기 위해 힘썼나?"

결계에 얹은 초만녕의 손 힘줄이 분노로 붉끈붉끈 튀어나왔다.

"이무심이 당신 곁에서 겨우 버티고 있을 때 조금이라도 힘을 보냈냐고?"

"지금 무슨 말씀을 하시는 겁니까!"

강동당의 여제자가 소리를 빽 질렀다.

"우리 황 도사님께서 피까지 토하셨는데 어떻게 최선을 다하지 않았다고 말씀하십니까? 이 장주처럼 희생해야 만족하실 겁니까?"

초만녕이 시커먼 눈썹을 확 추켜세우며 뭔가를 말하려는 그때, 봉황 결계가 작정한 듯 격렬하게 출렁이고 핏빛이 장문들의 손바닥을 감쌌다.

강희가 다급하게 외쳤다.

"집중해! 마지막 한 겹이다! 거의 다 찢겼어!"

초만녕은 더는 저 미친놈들과 입씨름하고 싶지 않아 고개를 돌려 정신을 집중했다. 그는 두 손을 포개 결계에 올리고, 웅장하고 힘찬 영력에 훨훨 타오르는 노기를 가득 담아 균열 사이로 확 밀어 넣었다.

펑, 하는 굉음과 함께 지축이 흔들렸다.

황산 결계에 커다란 틈이 열렸다. 족히 8척은 되는 높이라 다섯 명이 어깨를 나란히 하고 통과할 수 있었다.

설정옹이 기뻐서 외쳤다.

"열렸어, 열렸네! 결계가 열렸네!"

갈라진 틈과 제일 가까이 있던 그가 고개를 쑥 들이밀었다. 그러자 갑자기 검붉은 더러운 공기가 훅 밀려왔다.

"왜 이렇게 썩은 내가 나지?"

다른 도사들도 벽담장과 강동당을 신경 쓸 겨를이 없이 너도나도 몰려들었다.

무비사의 현경 주지는 왜 썩은 내가 나는지 훤히 꿰고 있는지라, 염주를 휘리릭 돌리더니 가라앉은 목소리로 말했다.

"시체를 쌓아 둔 곳입니다. 이 황산에 쌓인 시체와 원한은 우리가 생각했던 것보다 훨씬 많고 깊을 겁니다."

강희의 낯빛이 잔뜩 어두워졌다.

"서상림 그 쥐새끼 같은 놈이 이 산에 숨어 있는 게 확실하군."

그가 뒤돌아보며 말했다.

"다들 듣거라. 다친 사람, 겁이 나는 사람, 도움이 안 될 것 같은 사람, 하는 척만 할 사람."

'하는 척만 할 사람'까지 말했을 때, 그는 깊은 눈동자로 바닥에 드러누워 있는 황소월을 힐끔 보며 냉소를 지었다.

"모두 여기에 남고, 나머지는 나를 따라오거라."

초만녕도 균열 속으로 들어갔다. 설몽 또한 서둘러 따라 들어가려고 했지만, 옆을 보니 묵연이 보이지 않았다. 주위를 둘러보던 그때, 남궁사가 있는 쪽이 소란스러웠다. 비통에서 조금이나마 벗어난 벽담장 제자들의 원한이 더욱 깊어져 남궁사에게 몰려들어 따지고 있었던 것이다. 남궁사는 잔뜩 일그러진 흉악한 얼굴들에 빼곡하게 둘러싸여 있었다. 선홍빛 혓바닥들이 온갖 저주와 욕설을 퍼부어 댔다.

설몽이 초조해하며 물었다.

"묵연, 거기서 뭐 하고 있어? 다들 올라갔는데, 얼른 따라가지!"

"먼저 가. 사촌과 사매 잘 지키고, 조금이라도 버티기 어렵다 싶으면 전음해당화로 알려 줘."

설몽은 어쩔 수 없이 먼저 따라나섰다.

산자락에는 벽담장 사람들과 강동당 사람들만 남았다. 묵연은 설몽의 뒷모습에서 시선을 거두며 말했다.

"여러분의 마음 잘 압니다. 그렇지만 검보 사건은 남궁 공자의 소행이 아니지 않습니까? 따지시려거든 서상림부터 잡고 따지세요."

"별개의 일입니다. 서상림도 남궁사도, 둘 중 한 놈도 도망갈 수 없습니다!"

"옳소! 둘 다 대가를 치러야 마땅합니다!"

이들 중에서 그나마 이성적인 사람은 견종명이었다. 그는 시뻘건 눈으로 묵연을 노려봤다.

"묵 종사, 당신은 이제 종사입니다. 당신 사존도 종사고요. 종사님들이 이렇게 죄인을 감싸고 사사로운 정에 얽매여 부정을 저질러서야 되겠습니까?"

묵연이 말했다.

"저는 여러분이 공정하게 처리하길 바랄 뿐입니다. 정 결판을 내리시려거든 일이 수습된 후에 수진계 규율에 따라 서상림 등을 천음각으로 보내 심문하고, 10대 문파가 함께 논의하여 공정하게 처리하면 되지 않습니까? 지금처럼 반항할 생각이 추호도 없는 사람을 갈기갈기 찢어 죽이는 게 말이 됩니까?"

견종명은 할 말을 잃었다.

누군가 소리쳤다.

"10대 문파라니요? 아홉 개죠! 유풍문이 낄 수나 있나요?"

견종명이 갑자기 입을 열었다.

"여덟 개입니다."

그의 얼굴에 묻은 핏자국은 사존의 피를 닦아 주고 그 손으로 눈물을 닦는 바람에 묻은 것이었다. 그 핏자국 때문에 그는 처량하고 망연해 보였다.

"8대 문파입니다……. 벽담장도 이제 주인을 잃었습니다."

"사형……."

그는 사제들의 통곡 소리에 아랑곳하지 않고 서서히 고개를 돌려 묵연을 바라봤다.

"천열 전역이 끝난 뒤, 사존께서는 사생지전을 공명정대한 문파라고 하셨는데 사존께서 당신들을 잘못 보신 것 같네요."

묵연은 말문이 턱 막혔다.

견종명이 물었다.

"묵 종사, 정말 유풍문의 저 짐승만도 못한 놈들을 감싸기로 마음먹은 겁니까?"

묵연이 미처 대답하기도 전에 남궁사가 잠긴 목소리로 말했다.

"묵연, 이만 가세요."

엽망석은 남궁사 옆에 반쯤 꿇어앉아 있었다. 그녀가 그를 부축해서 일으켰다. 정말 고생이 이만저만 아니었다. 그녀는 울지도 않았고 어찌할 바를 몰라 허둥대지도 않았다. 그저 잠 긴 목소리로 차분하게 말했다.

"묵 공자, 올라가십시오. 당신과 상관없는 일입니다."

묵연이 곁눈으로 그녀를 보며 말했다.

"내 사존을 스승으로 모시기로 했다면서요? 동문의 일인데 어떻게 저와 상관없는 일입니까?"

"묵연……."

남궁사가 무슨 말을 하려는 그때, 묵연이 견종명을 돌아봤 다. 그의 앞에 서 있는 사람은 벽담장 사람들만이 아니었다. 강 동당 제자들도 그를 노려보며 몰려왔다.

황소월도 두 여제자의 부축을 받고 비틀거리는 척하며 다가

왔다. 그는 헐떡이며 눈꺼풀을 까뒤집은 채 묵연을 쏘아보고 있었다. 그러고는 양옆의 제자들을 떼어 내고 고목 같은 손가락으로 힘껏 손가락질하며 말했다.

"어려서부터 상수진계 훈도(薰陶)를 받은 이 늙은이가, 당신들이 이런 짓거리를 벌이는데 앉아서 구경만 할 수 있나!"

묵연이 싸늘하게 말했다.

"황 도사님은 역시 상수진계의 본보기입니다. 조금 전까지만 해도 숨이 끊어질 것 같더니 그새 멀쩡해져서 정의를 실천하려 하시다니, 정말 탄복하지 않을 수 없네요."

"당신…… 컥컥컥!"

황소월은 울화가 심장을 공격했는지 가슴을 부여잡고 줄기침을 해 댔다. 연기 한번 실감 나게 했는데도 묵연은 거들떠보지도 않았다.

파란 옷의 벽담장 사람들과 자색 옷의 강동당 사람들이 세 사람을 가운데로 몰아넣고 한 걸음 한 걸음 바짝 다가섰다. 그러나 경거망동하는 사람은 아무도 없었다.

손을 대는 순간 엎지른 물처럼 다시 주워 담지 못하리라는 것을 모두 잘 알고 있는 듯했다.

견종명이 나지막하게 말했다.

"묵 종사, 마지막으로 묻겠습니다. 정말 물러서지 않을 작정입니까?"

"악!"

묵연이 미처 대답하기도 전에 한 여제자의 날카로운 비명이 앞에서 들려왔다. 곧이어 잿빛 흙모래와 돌덩이 따위가 황산 결계의 균열에서 세차게 쏟아졌다.

황소월이 경악했다.

"저게 뭐야? 산사태?"

묵연이 눈을 가늘게 뜨고 보니 산사태는 아니었다.

곧이어 사람들도 산사태가 아님을 확인하고는 헉, 하며 질겁했다.

균열에서 쏟아져 나오는 건 시커멓게 탄 강시들이었다! 강시들은 팔과 팔이, 살과 살이 들러붙어 있었는데, 진득진득한 진물이 새어 나와 겨우 얼굴만 알아볼 수 있을 정도였다.

"웩!"

누군가 참지 못하고 허리를 숙여 구역질했다.

"제기랄, 너무 역겹잖아…….."

"산꼭대기에 저런 것들이 가득한 건가?"

"시체가 얼마나 많은 거야…….."

묵연 역시 그 광경에 경악을 금치 못했다. 이때 하늘에서 심한 굉음이 한 번 울렸다. 장로들이 힘을 합쳐 겨우 찢은 결계가 출렁이더니 서서히 다시 닫히고 있었다.

자동으로 복구되는 결계였다! 더 많은 사람이 들어가는 것을 막기 위해, 열린 후 얼마 안 돼 다시 닫히는 것이었다!

묵연이 다급하게 말했다.

"얘기는 나중에 하고 우선 산꼭대기로 올라갑시다. 서상림이 버젓이 산에 있는데 악의 원흉을 저대로 놔둘 겁니까?"

벽담장 사람들이 동요하며 망설이기 시작했다. 반면 황소월은 수염을 매만지며 단호하게 말했다.

"천하의 고수들이란 고수들은 죄다 산속에 있으니 서상림을 못 잡을 염려는 없지요. 그런데 유풍문의 저 핏덩이들은 미꾸라지처럼 요리조리 잘도 도망가니, 이번에 놓치면 다음 기회는 없소."

"……황소월."

분노가 극에 달한 묵연은 손에서 붉은빛을 번쩍하며 견귀를 불러냈다.

"그만하시오!"

둘러싸고 있던 백여 명의 사람들이 묵연이 신무를 소환하자 패검을 착착 뽑아 들고 잔뜩 경계하며 그를 노려봤다.

이번에는 치열한 전투를 피할 수 없겠군. 묵연 자신이야 이러나저러나 상관없었지만, 나중에 오늘 이 싸움을 사생지전의 책임으로 돌릴 게 뻔했다.

등 뒤에서 문득 나지막하고 싸늘한 목소리가 들려왔다.

"여러분, 어서 산으로 올라가십시오. 저 남궁사, 절대 도망가지 않고 여기에서 기다리고 있겠습니다."

황소월이 콧방귀를 뀌며 말했다.

"말 한번 쉽게 하네. 그 말을 어떻게 믿겠소? 보이지 않는 감옥에 갇혀 꼼짝도 하지 않으시겠다?"

남궁사는 차갑게 그를 힐끔 보더니, 바닥에서 벌떡 일어나 팔을 뻗어 초만녕이 내린 결계 밖으로 엽망석을 밀어냈다.

"사야!"

그 결계는 안에 있는 사람은 밖으로 나올 수 있어도 밖에 있는 사람은 안으로 들어갈 수 없었다.

남궁사는 홀로 결계 안에 서서 천천히 자신의 패검을 꺼내 들었다. 시퍼런 빛이 조금씩 조금씩 그의 얼굴을, 턱을, 입술을, 코끝을, 그리고 눈동자를 비췄다.

그의 의도를 눈치챈 엽망석이 결계를 마구 두드리며 소리쳤다.

"함부로 굴지 마!"

"초대 장문께서는 문파를 세울 때 유풍문의 군자로서 절대 범해서는 안 되는 일곱 가지 계율을 만드셨습니다. 탐욕, 원망, 기만, 살인, 음란, 절도, 약탈입니다."

남궁사가 말했다.

"부친께서는 이 계율에 어긋난 과오를 저지르셨습니다만, 저는 태어나서 지금까지 이십육 년이라는 세월 동안 교만하고 방자하기는 했어도 한 번도 함부로 행동한 적은 없습니다. 일곱 가지 계율을 어긴 적도 없고, 하늘을 우러러 한 점의 부끄러움도 없습니다."

탱, 하는 소리와 함께 패검이 물 흐르듯 칼집에서 완전히 모습을 드러냈다.

"멈춰요!"

묵연도 그가 뭘 하려는 건지 알아채고 결계를 열려고 했지만, 결계가 너무 견고하여 짧은 시간 안에 열 수 없었다.

"남궁……."

남궁사는 엽망석을 외면할뿐더러 묵연도 상대하지 않고 계속해서 말했다.

"여러분께서 믿어 주지 않으시니 저로서는 다른 방법이 없네요. 다행히 감금 주술을 배워 두었으니 저 자신을 이곳에 가두겠습니다. 죄 없는 사람들에게 피해를 주지 마세요. 저 남궁사는 여기에서 한 걸음도 움직이지 않을 터이니 안심하고 다녀오십시오."

"남궁사!"

말을 마치기도 전에 핏방울이 마구 날렸다.

남궁사의 패검이 순식간에 땅을 파고들어 가 반쯤 박혔다.

그리고 그의 왼손도 함께 박혔다.

놀랍게도 그는 뱀의 급소를 찌르듯 자신의 손을 찔러 바닥에 단단히 고정했다. 패검 주위에 천둥과 번개가 치고 감금 주술의 주문이 사방에 휘날렸다.

엽망석은 결계 앞에 털썩 주저앉았다.

남궁사의 피가 칼날을 타고 흘러내려 바닥을 벌겋게 적셨다.

아무도 엽망석의 표정을 알 수 없었다. 그녀는 고개를 푹 떨구고 빛이 일렁이는 결계에 두 손을 힘껏 붙이고 있었다. 핏기 없는 손가락 마디마디가 파르르 떨렸다.

상수진계 고수들은 모두 알고 있는 악물, 악귀, 짐승 따위를 결박하는 감금 주술이었다.

남궁사는 그 주술로 자기 자신을 그 자리에 박아 버렸다.

그는 극심한 고통에 입술이 파리해지고 몸을 부르르 떨면서도 눈물을 보이지 않았다. 잠시 후 고개를 들었을 때는 눈동자마저 시뻘겠다. 그는 한 음절 한 음절 못을 박듯 말했다.

"가세요."

묵연은 놀라서 할 말을 잃은 적이 드물었다.

전생에는 단 한 사람, 엽망석이 그렇게 만들었다.

그런데 이번 생에는 엽망석이 좋아하는 사람이 그렇게 만들고 있었다.

한때 그는 엽망석이 도대체 남궁사의 어떤 면을 좋아하는지 의문스러웠다. 외모를 중요시하고 예쁜 여자들을 좋아하는 데다 멍청하기까지 한 도련님이 어디가 좋은 건지 도통 이해하지 못했다.

그런데 이 순간 그는 또 다른 엽망석을 보게 되었다.

피를 철철 흘리며 초라한 꼴로 무릎을 꿇고 있는, 뼛속까지 독기로 가득 찬 사람.

남궁사.

"가시라고요!"

남궁사가 울부짖었다.

"이렇게까지 했는데도 마음이 놓이지 않습니까? 다리까지 박아 버려야 성이 차겠습니까? 가라고요!"

견종명이 먼저 돌아섰다.

그는 이무심의 시체 옆으로 가서 유해를 단정하게 다듬어 주고는 번쩍 안고 되돌아갔다.

"사형!"

"사형, 여기에 남지 않으시고요?"

"사형? 그냥 가려고요? 설마 저자들을 이대로 놔주는 건 아니죠?"

견종명이 말했다.

"남아서 뭐 할 건데? 싸움이 언제 끝날지도 모르는데 제대로 된 관 하나 없이 장문님을 이대로 바닥에 눕혀 놓고 기다릴 셈이야?"

벽담장 제자들은 서로를 힐끔힐끔 쳐다보더니 하나둘 고개를 떨구고 아무 말도 하지 못했다.

견종명이 묵연을 스쳐 지나가며 말했다.

"묵 종사, 당신이 한 말을 기억하는 게 좋을 겁니다. 일이 마무리되면 천음각에서 뵙지요."

"그래도 정의를 바로 세울 천음각이 있어서 다행입니다."

눈이 시뻘겋게 부은 사람이 말했다. 침까지 뱉어 가며 초만녕에게 욕설을 퍼붓고 창피를 주던 그 제자였다. 그는 사형 뒤를 쫓아가며 깊은 원망의 목소리로 말했다.

"천음각 각주께서 사존이 눈을 감을 수 있게 공정한 결단을 내려 주실 거예요."

그러곤 뒤돌아보며 악담하듯 울부짖었다.

"묵연, 남궁사…… 악랄한 놈들, 두고 봐요! 당신들이 업보를 받는 날이 곧 올 테니!"

199장 사존, 당신을 어떻게 능욕하는 게 좋을까요?

벽담장 사람들이 떠나 버리자 황소월은 남아 있고 싶어도 명
분이 없었다.

그도 어쩔 수 없이 산에 올랐다.

묵연은 조금도 지체하고 싶지 않았기에 앞장서서 황산 결계
안으로 들어갔다. 강동당 사람들이 그 뒤를 따랐다. 결계에 발
을 들이자마자 강동당 사람들은 묵연과 달리 모두 비명을 질러
댔다.

죽은 사람들이었다.

시체가 도처에 널려 있었다.

땅에도 온통 시체였고, 나무에도 가득했다. 땅에 널브러져
있는 것도, 나뭇가지 끝에 빽빽하게 걸려 있는 것도 모두 시체
였다. 시체들은 하나같이 꿈틀꿈틀 기어서, 몸을 배배 꼬며 느
릿느릿 산 사람들 곁으로 다가왔다.

황산은 그야말로 시체 더미였다!

이 광경을 본 황소월은 앞장서서 불자를 꺼내 들고 뛰쳐나가 순식간에 시체 네다섯 구의 목을 휘감아 잘라 버렸다. 늙은이가 왜 갑자기 이렇게 용맹해졌는지 묵연이 미처 반응하기도 전에, 그는 '악!' 비명과 함께 상당히 과장된 자세로 나가떨어졌다. 그가 바닥에 나동그라져 눈을 까뒤집고는 피거품을 질질 흘렸다.

강동당 제자들이 황급히 달려갔다.

"황 선배님!"

"선배님……."

"괜찮다. 중상을 입긴 했지만 쓸모가 없진 않을 거야."

황소월은 일어서려고 버둥거렸지만, 두어 번 만에 무릎에서 힘이 풀려 다시 뒤로 자빠져서는 거친 숨을 몰아쉬었다.

제자들이 다급하게 설득했다.

"선배님, 밖에서 휴식을 취하시는 게 좋겠습니다. 이곳은 악마가 득실거려 더 계시면 심맥이 손상될 수도 있습니다."

"맞아요, 어서요."

황소월은 극구 거부했다. 거절의 뜻을 표하면서 피를 토해 냈는데, 피에는 진득진득한 침이 섞여 있어 뭐라 말할 수 없이 역겨웠다. 그는 거듭 사양하는 척하더니, 강동당의 제자 대부분을 거느리고는 유감스러워 죽겠다는 낯짝을 지어 보이며 황산 결계를 와르르 빠져나갔다.

들어가는 사람은 막아도 나오는 사람은 막지 않는 결계였다. 얼마 안 돼 강동당 사람들 몇 명만 남겨 놓고 모두 나가 버렸다. 그때, 갑자기 산기슭에서 한 청년이 내려왔다. 연한 금색 머리에 깊고 파란 눈동자를 가진 청년은 매서운 표정을 하고 있었다.

묵연과 청년은 서로를 알아보고 잠시 얼떨떨했다.

묵연이 먼저 정신을 차리고 말했다.

"……매(梅) 사형?"

매함설은 고개를 까딱하고는 쌀쌀맞게 아무런 대꾸도 하지 않았다.

묵연이 다급하게 물었다.

"제 사촌을 못 보셨습니까?"

"앞에 계십니다."

대답하는 순간 매함설의 등 뒤에 있던 시체 한 구가 휘청휘청하며 일어섰다. 묵연이 알려 주려던 그때, 검의 광채가 번쩍이더니 매함설이 패검을 꺼내 들었다. 그는 돌아보지도 않고 손을 뒤로 돌려 시체의 가슴팍에 구멍을 시원하게 뚫어 버렸다.

푹 하고 검을 뽑아내자 시커먼 액체가 주르륵 흘러내렸다. 매함설은 냉담하고 준엄한 표정으로 검에 묻은 피를 쓱 닦아내며 말했다.

"앞으로 쭉 올라가다 보면 첫 번째 갈림길이 있을 겁니다. 거기서 왼쪽으로 가십시오. 시체가 너무 많아서 길을 트고 있습니다. 모두가 거기에 있어요."

묵연이 인사를 하고 쫓아가려는데 매함설이 그를 불러 세웠다.

"잠깐."

"매 형, 하실 말씀이라도?"

"궁주와 용 부인이 오랜 벗인지라 마음이 놓이지 않으셨는지 나더러 돌아가서 유풍문의 두 사람이 괜찮은지 보고 오라고 하시더군요. 어떻게 됐습니까? 아직 밖에 있습니까?"

묵연은 돌연 마음이 시큰했다.

"아직 밖에서 기다리고 있습니다. 남궁사가 스스로 감금 주술을 걸었습니다. 그런데 황소월이 다시 나갔어요. 그들을 곤경에 빠뜨릴지도 모르니 잘 살펴봐 주십시오."

매함설은 입을 다물고는 더 말하지 않고 뒤꿈치를 살짝 들어 순식간에 결계 끄트머리로 사라졌다.

묵연도 더는 지체하지 않고 서둘러 사람들이 있는 쪽으로 향했다.

이렇게 시체가 널려 있는데 이상하리만치 아는 얼굴의 시체는 하나도 없었다. 잘린 시체 조각과 썩은 살점들만 여기저기 나뒹굴어 구역질을 자아낼 뿐, 도사의 시체는 한 구도 섞여 있지 않았다.

장문들이 특출한 인재들만 골라 데려와서 그런 걸까?

더 생각할 겨를도 없이 그는 산기슭 소탕 작전에 뛰어들었다. 조금 전 사람들이 한바탕 휩쓸고 지나간 곳이라 강시들이 힘을 별로 못 썼다고 쳐도, 지금 보니 어딘가 이상했다.

간단했다.

흉악한 악령과 싸우는 게 아니라 닭 잡을 힘도 없는 보통 사람을 죽이고 있는 것같이 느껴졌다.

묵연은 저도 모르게 불안한 마음이 들었다. 이윽고 소름 돋는 짐작을 하게 되었다…….

삐그덕.

눈앞 큰 나무에 걸려 있던 시체 한 구가 머리카락을 휘날리며 팔을 뻗어 묵연의 목을 조르려고 달려들었다. 묵연은 재빨리 뒤로 한 걸음 물러섰다. 그러자 강시가 고개를 휙 돌려 콧구멍을 벌렁거리며 묵연의 한쪽 어깨를 꽉 잡았다. 썩어 문드러지고 일그러진 얼굴을 당장이라도 바짝 가져다 댈 것처럼 굴었다.

묵연은 속이 메스꺼웠지만 이를 틈 타 시체를 자세히 관찰했다. 그러고는 뒤따라 밀려오는 시체 무리 쪽으로 그것을 확 걷어차서 썩은 시체들을 와르르 무너뜨렸다.

"묵연!"

이때 설몽이 치고 나와 그와 등을 맞댔다. 거친 숨을 몰아쉬는 설몽의 얼굴에 시커먼 핏방울이 주르륵 흘러내리고 있었다. 그는 번개 같은 눈빛으로 나지막이 말했다.

"어떻게 된 거야. 이놈의 시체들 지금 장난하나? 인해전술? 왜 이렇게 약한 거야!"

묵연의 눈에 음산한 빛이 어렸다. 전생에 답선제군이었던 그는 온갖 사술을 두루 겪어 봤는지라 어렴풋이 짐작이 갔지만, 아직은 단서가 부족해서 섣불리 단정할 수 없었다.

묵연이 어금니를 악물고 말했다.

"도사가 아니라 보통 사람들이야!"

"뭐?"

설몽이 화들짝 놀라서 돌아봤다.

"제기랄, 하나같이 검댕처럼 썩었는데 도사인지 아닌지 네가 어떻게 알아? 이놈들이 남자인지 여자인지도 구별하지 못하겠는데!"

묵연은 대답 대신 이렇게 말했다.

"만약에 내가 너랑 싸우다가 미처 피하지 못하고 어깨를 잡혔어. 그럼 어떻게 할 거야?"

"……네가 어깨를 나한테 내줄 리가 있나. 싸움에서의 금기야. 열한두 살짜리 제자들도 그런 실수는 안 해."

"왜 금기지?"

"영핵과 가까우니까 그렇지! 어깨를 잡았다는 건 영핵의 반을 잡은 거나 마찬가지야. 그 상태에서 다른 한 손으로 가슴을 찌르면 생사가 바로 결정되니까!"

"그래. 좀 전에 어떤 강시 놈이 날 그렇게 잡았어."

설몽이 경악했다.

"왜 그렇게 조심성이 없어? 죽고 싶어 환장했어?"

묵연이 그의 말허리를 잘랐다.

"놈은 움직이지 않았어."

"응?"

"상당히 가까웠는데도 다른 손으로 내 영핵을 공격할 생각을 못 하더라고. 밀착한 상태에서 자기 영핵을 보호하고 상대의 영핵을 습격하는 건 수진계 사람들에게는 뼛속까지 파고든 습관이잖아. 네 말처럼 열한두 살짜리 어린 제자들이라도 그렇게 할 거야. 죽어서 강시가 되어도 이 습관은 바뀌지 않아. 그런데 그 시체 놈은 그러지 않았어."

묵연이 잠시 멈추더니 나지막이 말했다.

"왜 하지 않았을까? 두 가지 가능성밖에 없어. 할 수 없거나,

생각도 못 했거나."

묵연은 다시금 말을 이었다.

"손발이 멀쩡하고 어렵게 얻은 기회인데 못할 리가 없어. 그렇다면 생각도 못 한 거겠지……. 이 시체들은 대부분 생전에 보통 사람이었을 거야. 죽어서도 걸출한 인재들의 상대가 되지 않는 거야. 지금까지 다친 사람이 한 명도 없잖아."

설몽이 놀라서 물었다.

"어떻게 이럴 수가! 서상림이 보통 사람을 황산에 이렇게나 쌓아 둔 이유가 도대체 뭘까? 그럴 여유가 있으면 도사들을 조종하지 않고?"

묵연이 대답했다.

"아까랑 같아. 두 가지야. 못하거나 생각을 못 했거나."

"생각 못 했을 리가 없어!"

"그럼 다른 가능성, 못하는 거지."

묵연의 눈빛이 깊어졌다. 견귀의 불꽃이 팔팔 끓는 쇳물처럼 밤하늘 같은 새까만 눈동자에서 번쩍였다.

"서상림의 영력은 진롱기국으로 많은 도사를 조종하기에 역부족이야."

"그렇다고 이 겁쟁이들을 조종하는 건 아무 도움도 안 되잖아?"

설몽은 강시 한 무더기를 발로 걷어차 물리치고 어처구니없다는 표정으로 말했다.

"뭘 할 수 있는데? 뭘 막을 수 있는데?"

묵연은 더는 아무 말도 하지 않았다. 속으로 짐작했던 가능성이 점점 더 선명해졌다.

사람들과 엉겨 붙어 싸우는 강시들을 보며 그는 이내 괴이한 현상을 발견했다. 손발이 잘리고 머리가 떨어져 나간 시체들이 바닥에 자빠지자마자, 작은 덩굴들이 뻗어 나와 곧장 가슴팍을 파고들어 '픽' 하는 소리와 함께 가슴팍의 살점과 심장을 땅속으로 빨아들였다.

발견하기 쉬운 장면이었지만, 혼란스러운 상황에 잠시도 한눈팔 겨를이 없는 데다가 덩굴이 워낙 작아서 옆에서 조용히 관찰하지 않는 이상 발견하기 어려웠다.

"묵연?"

설몽이 계속 불렀지만 묵연은 그의 목소리를 듣지 못했다.

묵연은 갑자기 몸을 날려 다가오는 강시의 목을 와락 움켜잡더니 암살 무기를 꺼내 곧장 강시의 심장을 푹 찔렀다.

시커먼 피가 순식간에 그의 얼굴을 뒤덮었다!

설몽은 입을 하, 벌리고 뒤로 두 걸음 물러서서 아무 말도 하지 못했다.

저 자식, 미친 게 틀림없어…….

묵연은 윤곽이 뚜렷한 얼굴을 반쯤 돌리고 순간적으로 힘을 팍 줘서 강시의 잿빛 심장을 끄집어내 부숴 버렸다. 그러자 그 속에 숨어 있던 새까만 바둑돌이 모습을 드러냈다.

놀랄 것도 없었다. 황산의 시체 무리는 진룡기국의 조종을 받아 서상림의 개가 된 것이 분명했으니까. 묵연이 확인하려고 한 것은 바둑돌이 아니었다. 그는 코를 찌르는 피비린내를 참아 가며 핏물 속을 휘적휘적하며 뭔가를 찾았다.

설몽은 참지 못하고 허리를 숙여 한바탕 게워 냈다.

"너! 너 제정신이야? 아…… 메스꺼워…… 우웩……."

묵연은 아랑곳하지 않고 손가락으로 핏덩이를 헤집어 이내 물건을 찾아냈다.

아니나 다를까, 바둑돌 뒷면에 시뻘건 작은 벌레가 딱 붙어 있었다. 다름 아닌 흡혼충이었다.

그 순간 가늘고 부드러운 덩굴 수십 줄기가 바닥에서 뻗어나와 피가 뚝뚝 떨어지는 묵연의 손을 향해 덮쳐 왔다! 그가 재빨리 몸을 돌려 피했지만, 덩굴은 스르륵 스르륵 점점 속도를 내며 죽기 살기로 바둑돌과 벌레를 땅속으로 빨아들이려고 악을 썼다.

묵연은 서상림의 의도와 수법을 완전히 파악했다.

머리털이 곤두서고 온몸의 피가 차가워지는 것 같았다.

이렇게 사악하고 지독한 방법을 생각해 낼 만한 사람은 전생의 답선군밖에 없었기 때문이다!

초만녕이 만도회랑을 만들었듯이 눈앞에 펼쳐진 모든 것들, 바둑돌이며 흡혼충, 시체 무리 그리고 이러한 배치가 묵연에게는 누구보다 익숙했다. 이 모든 건 하나의 진법을 떠올리게 했다.

공심신법.

그가 전생에 직접 창조한 진법이었다!

예전까지는 추측에 불과했는데 똑같이 재현된 그 진법을 보고 있노라니 머리를 한 방 얻어맞은 것 같았다. 이로써 두 가지 사실이 증명된 셈이다.

첫째, 묵연처럼 환생한 사람이 또 있다.

둘째, 환생한 사람은 답선군의 정체를 잘 알고 있다.

묵연의 손이 가볍게 떨렸다. 시커먼 핏방울이 손가락 사이에서 주르륵 떨어졌다. 그는 새카만 바둑돌과 시뻘건 벌레를 손바닥에 꼭 움켜잡았다.

여기저기서 날아오는 덩굴을 피하며 그는 머릿속이 새하얘졌다. 혼돈과 공포 속에서 전생의 기억이 번쩍 떠올랐다.

그때 그는 고작 열아홉이었다.

귀계의 천열이 메워진 직후였고, 사매가 희생된 지 얼마 지나지 않은 때였다. 아무도 모르게 진롱기국을 수련한 지 반년이 넘었지만 아무런 성과 없이 실패만 반복하던 때였다.

그리고 마침내 그날이 왔다.

열아홉의 묵미우가 책상다리를 하고 앉아 서서히 눈을 떴다.

손을 펼치니 창백한 손바닥에 검은 바둑돌 두 알이 올려져 있었다. 평생 처음으로 단련해 낸 진롱기국 바둑돌이었다.

전에도 오만 가지 방법을 시도했지만 모두 실패로 돌아갔다. 금지 술법 잔본에 쓰여 있는 어려운 글귀를 도무지 이해할 수 없었지만 초만녕에게 물어볼 수도 없는 노릇이었다. 사실 그때 그는 초만녕과 말을 섞고 싶지 않았다. 사매의 죽음이 둘 사이에 영원히 허물 수 없는 벽을 쌓았다.

사제의 관계는 이미 유명무실했다.

악마의 몰골을 드러내기 전, 마지막 몇 달 동안 묵연은 흰옷의 남자와 가끔 마주치곤 했다. 그러나 매번 못 본 척 입을 굳게 닫은 채 쌩하고 스쳐 지나갔다.

내하교에서 옆을 스쳐 지나갈 때마다 몇 번이고 그에게 뭔가 말하려는 것 같은 초만녕의 모습이 곁눈질로 보였다. 그러나 유감스럽게도 스승의 자존심 때문에 초만녕은 끝까지 먼저 제자를 불러 세우지 않았다. 묵연 역시 더 망설일 틈도 주지 않고 미련 없이 가던 길을 가곤 했다.

결국 둘은 늘 엇갈렸다.

누구의 도움도 받지 않고 묵연은 오랜 시간을 들여 금지 술법 잔본에 내포된 의미를 깨닫고 진롱기국의 핵심 내용도 알아내기에 이르렀다.

검은 돌이든, 더 강력하고 시술자와 감정을 공유할 수 있는 흰 돌이든, 모두 시술자의 영력이 응결되어 만들어졌다.

바둑돌 한 알을 만들어 내는 데에 소모되는 영력은 놀라울 정도로 많았다. 검은 돌 한 알을 만들기 위한 영력이면 초식을 100회 가까이 펼칠 수 있고, 흰 돌은 심지어 초만녕 같은 대종사의 영력을 일순간에 소진할 수도 있었다.

말인즉슨, 제아무리 총명하고 최고의 진롱기국을 펼칠 수 있다 한들 영력이 부족하면 빈 껍데기에 불과하다는 뜻이다. 묵연은 비록 재능을 타고났고 영류가 풍부했지만 스무 살도 안된 소년이었는지라 모든 심력을 다 써 봐도 실패만 거듭했다. 결국 검은 돌 두 알밖에 만들어 내지 못했다.

그렇게 만들어 낸 바둑알이 그의 손바닥에 놓여 있었다.

바둑알을 바라보는 묵연의 눈에 수상한 눈빛이 감돌았다. 암실에는 거의 다 타 버린 촛대 하나만이 그의 얼굴을 비추고 있었다.

마침내 해냈다.

그는 바둑돌 개수에는 연연하지 않고 진롱기국의 검은색 바둑돌을 만들어 냈다는 사실에 미칠 듯이 기뻐했다. 마침내 만들어 냈다!

그러자 그토록 영민하고 준수했던 사람이 돌연 산짐승처럼 흉악한 모습으로 변했다.

수행 암실을 나서자 머리가 핑핑 돌았다. 반은 극도의 흥분 때문이고 반은 바둑돌 두 알에 온몸의 영력을 모두 쏟아붓는 바람에 탈진해서였다. 밖으로 걸어 나와 눈부신 햇살을 받으니 정신이 아찔하고 숨이 제대로 쉬어지지 않았다. 얼굴이 붉으락푸르락하고 눈앞은 흐릿하고 아른거렸다. 저 멀리서 사생지전의 제자 둘이 다가오는 게 보였다. 그는 재빨리 검은색 바둑돌 두 알을 건곤낭에 숨겼다. 그러고는 이내 다리의 힘이 탁 풀려, 그대로 자빠지면서 정신을 잃었다.

그는 비몽사몽간에 제자 방의 그다지 넓지 않은 침상에 옮겨졌다. 눈을 슬쩍 떠 보니 침상 옆에 누군가 앉아 있었다.

열이 올라 머리가 지끈지끈 아팠다. 얼굴은 제대로 보이지 않았지만 자신을 바라보는 상대의 눈이 얼마나 따뜻하고 부드러운지, 얼마나 집중하고 있는지 알 수 있었다. 심지어 자책하고 있는 것처럼 느껴졌다.

"사……."

그는 입술만 열었다 닫았다 할 뿐 목이 메어 말을 제대로 하지 못했다. 이내 눈물이 왈칵 터졌다.

흰색의 형체는 잠자코 있더니 따뜻한 손으로 그의 얼굴을 쓰다듬으며 두 볼을 타고 줄줄 흐르는 눈물을 닦아 주고 가벼운 한숨을 내쉬었다.

"울긴 왜 울어?"

사매, 돌아온 거야?

안 가면 안 돼? 죽지 마……. 나를 혼자 두고 가지 마…….

어머니께서 돌아가신 후에 세상에서 사매처럼 나를 따뜻하게 대해 주고, 날 버리지 않고 늘 곁을 지켜 주는 사람은 없었어…….

사매, 가지 마…….

뜨거운 눈물이 좀처럼 멈추지 않았다. 그도 그런 자신이 참 못났다고 생각했지만 울음을 멈출 수 없었다. 잠을 자는 동안에도, 꿈을 꾸는 동안에도 내내 울었다. 흰옷의 그 사람은 그저 그렇게 침상 옆에 가만히 앉아 그와 함께했다. 그의 손을 꼭 잡은 채 아무 말도 하지 않고 그토록 서툴게, 한순간도 떠나지 않고 곁을 지켰다.

묵연은 건곤낭에 숨겨 둔 바둑돌을 떠올렸다. 그것이 악의 원천이고 악마의 종자라는 것을 그 역시 잘 알았다.

그렇지만 그것은, 간절히 원했으나 얻지 못한 것들을 하늘과 싸우고 땅과 겨뤄 얻을 수 있게 해 줄 승부수이기도 했다.

바둑돌을 얻기 위해 필요한 것은 영력만이 아니었다. 마지막으로 바쳐야 하는 제물은 그런대로 깨끗한 그의 영혼이었다.

묵연은 촉촉해진 속눈썹 아래 희미한 눈으로 사매의 환영을 바라보며 중얼거렸다.

"미안해……. 사매가 곁에 있었다면 나도……."

나도 이 길을 가지 않았을 텐데.

그런데 뒤의 말은 기력이 다해 미처 뱉지 못하고 그대로 잠들었다. 다시 깨어났을 땐 흰옷의 남자는 이미 떠난 뒤였다. 묵연은 의식이 몽롱한 상태에서 꾼 꿈이라고 확신했다. 기억나는 건 설정옹이 그를 진정시키기 위해 피워 둔 훈향뿐이었다. 향기롭긴 했지만 그가 좋아하는 향은 아니었다.

훈향은 이미 꺼져 있었다.

긴 소용돌이 모양의 훈향이 다 타지도 않았는데 누군가 비벼 꺼 버린 것이다.

누가 다녀간 걸까?

그는 몸을 일으켜 침상에 걸터앉아 멍하니 향로를 바라보며 오랫동안 생각했지만 도통 알 수 없었다. 이윽고 그는 생각을 그만뒀다. 주위를 둘러보니 옷가지며 장신구, 신무 맥도, 그리고 건곤낭도 탁자에 가지런히 놓여 있었다.

그제야 정신이 번쩍 든 그는 허둥지둥 맨발로 뛰어가 건곤낭을 확인했다.

쓰러지기 전에 일부러 매듭을 세 번 묶어 놨는데 다행히 그대로였다. 아무도 열어 보지 않은 것 같았다.

묵연은 안도의 숨을 내쉬며 주머니를 열었다. 밤하늘처럼 시커먼 진롱기국 바둑돌이 한쪽 모퉁이에 딱 붙어 있었다. 나쁜 마음을 품고 있는 귀신 눈깔처럼 당장이라도 그를 삼켜 버릴 것 같았다.

그는 바둑돌 두 알을 한참이나 넋 놓고 바라봤다.

운명이었을까. 만약 초만녕이 묵연의 건곤낭을 뒤져 봤더라면 모든 게 달라졌을까.

그러나 초만녕은 남의 물건에 함부로 손대는 사람이 아니었다. 주머니가 활짝 열려 있었다고 해도 눈길을 주지 않았을 것이다.

묵연은 조심스레 바둑돌을 꺼내 들었다. 목젖이 움찔움찔하고 가슴이 쿵쾅쿵쾅 요동쳤다.

이제 뭘 하면 되지? 두 개의 바둑돌을 어떻게 써먹어야 할까…….

태어나서 처음으로 무기를 만들어 낸 묵연은 한시라도 빨리 시험해 보고 싶었다. 누가 좋을까? 별안간 머릿속에 광적인 생각이 번뜩였다.

초만녕.

그는 바둑돌을 초만녕의 몸속에 박아 넣어야겠다고 생각했다.

그러면 무정하고 위선적인 그 남자가 설설 기지 않을까? 무릎을 꿇으라면 바로 꿇고, 절대 감히 서 있지 못하게 되지 않을까?

초만녕더러 무릎을 꿇고 사과하게 하고, 납작 엎드려 주인님이라고 부르게 하고, 그놈을 마구 찌르고 물어뜯을 수 있지 않을까!

묵연의 눈동자가 극도의 흥분으로 이글거렸다.

그래, 괴롭히는 거야…….

어떻게 해야 이 고고하고 드높은 선존이 가장 고통스럽고 수치스러울까?

능욕하는 거야…….

묵연은 입이 바짝바짝 마르고 온몸이 달아올랐다. 그가 바둑돌을 으스러지게 움켜잡았다.

그는 강력한 자극과 초조함에 갈라 터진 입술에 침을 한번 발랐다. 당장이라도 초만녕이 자기 앞에서 창백한 목덜미를 드러내며 머리를 조아리게 하고 싶었다. 손을 뻗어 그의 미세한 떨림을 느낀 다음…….

모가지를 부러뜨릴까? 뼈를 으깨 버릴까?

어떻게 해도 속이 시원치 않았다.

이유 없이 허탈하고 성에 차지 않았다.

초만녕을 죽이는 건 너무 시시했다. 상상만으로도 내키지 않았다. 눈물 콧물 쥐어짜는 모습을, 쩔쩔매는 몰골을, 죽지 못해 사는 모양새를, 수치와 분노로 일그러진 낯짝을 두 눈으로 똑똑히 지켜보고 싶었다.

제대로 분풀이할 다른 절묘한 방법이 필요했다.

그는 바둑돌 하나를 입술에 갖다 대고 얼음처럼 차가운 촉감을 느끼며 나지막이 중얼거렸다.

"나를 막을 순 없어, 초만녕. 언젠가는 네가……."

네가 뭐?

그때까지만 해도 결정을 내린 건 아니었다. 그 순간 솟구치는 욕망의 대부분이 초만녕에 대한 정복욕과 성욕이라는 걸 그는 알지 못했다.

그는 오래전부터 그런 무서운 수컷의 본능을 가지고 있었다.

그는 처음 만들어 낸 악마의 종자를 초만녕의 몸속에 심고 싶었다.

그를 더럽히고 싶었다.

묵연은 벌떡 일어나 문을 박차고 나갔다.

200장 사존은 처음으로 악마를 만났다

그러나 홍련수사 바깥에서 몇 바퀴 어슬렁거린 후 냉정을 되찾은 묵연은 결국 그런 미친 짓을 벌이지 않았다.

너무 위험했다.

진롱기국 바둑돌을 만들어 내자마자 효과를 시험해 보지도 않고 천하제일의 종사에게 함부로 사용하는 건 제 발로 목숨을 갖다 바치는 것과 다를 바 없었다.

묵연은 한참 망설이다가 충동을 억누르고 홍련수사를 떠났다. 몇 번이고 고민한 끝에 그 바둑돌을 사생지전의 두 어린 제자의 몸속에 박아 넣기로 했다. 시험을 거듭해야 했다. 기초가 탄탄하지 못한 어린 제자들에게 손을 쓰는 것이 가장 안전하고 확실한 방법이었다.

어둠이 산꼭대기를 뒤덮은 선선한 밤이었다. 묵연은 재빨리 거사를 치렀다. 조금 전까지 강가에서 물수제비뜨며 놀고 있던 두 소년의 뒷모습을 보며, 그는 긴장한 나머지 손을 파르르 떨었고, 동공도 움츠러들었다. 달빛이 하얗게 질린 얼굴을 환하게 비췄다. 그는 입술을 한번 오므리고는 손끝까지 부들부들 떨며 자리를 떠났다.

처음으로 용서받지 못할 금지 술법을 시행했다. 그는 흥분되고 긴장되었다.

"으."

소년들이 갑자기 털썩 주저앉았다. 묵연은 화살에 놀란 새처럼, 막 사람의 숨통을 끊어 버린 살인자처럼 풀잎이 바스락거리는 소리에도 깜짝깜짝 놀랐다. 그는 냉큼 옆에 있는 나무숲에 몸을 숨겼다. 심장이 목구멍에서 튀어나올 것만 같았다.

쿵쾅쿵쾅.

한참이나 진정한 후에 보니 두 사람은 그대로 제자리에 굳은 채 미동도 없었다. 미친 듯이 날뛰던 마음이 비로소 천천히 가라앉았다.

속옷은 벌써 식은땀에 흠뻑 젖었고, 두피까지 저릿저릿했다. 그는 조심조심 걸어 나갔다.

다시 달빛을 받으며 강가의 자갈을 밟고 섰다.

감히 숨소리도 내지 못하고, 오밤중에 쉭쉭 미끄러져 가는 뱀처럼 신중하긴 했지만 아까보다는 침착했다.

묵연은 고개를 숙여 어린 사제들을 살펴봤다.

조금 전까지 시시덕거리며 장난치던 두 사람은 얼굴에 핏기가 하나도 없었다. 고여 있는 물처럼 평온하게, 꼼짝 않고 무릎을 꿇고 있었다. 묵연이 아무리 노려봐도 고개조차 들지 않았다.

묵연은 이번에는 손가락을 움직여 법술을 시도했다.

줄곧 꿇어앉아 있던 사제들이 벌떡 일어서더니 눈동자를 되록되록 굴렸다. 두 쌍의 시커먼 눈동자에서 묵연은 자신의 그림자를 보았다.

그림자는 또렷하지 않았지만 묵연은 그 어느 때보다 더 선명히 발견했다.

눈으로 시뻘건 빛을 내뿜으며 얼굴이 파리해서 달빛을 등지고 서 있는 귀신이었다.

묵연은 떨리는 목소리로 떠보았다.

"이름을 대거라."

곧 모든 감정이 제거된 것 같은 메마른 목소리가 대답했다.

"이름이 없습니다."

묵연은 심장이 벌렁거리고 온몸의 피가 제멋대로 용솟음쳤다. 그는 침을 한번 삼키고 계속해서 낮은 소리로 물었다.

"이곳이 어디냐?"

"모릅니다."

"지금이 언제냐?"

"노릅니다."

진룡기국의 통제를 받는 저급 검정 바둑돌은 이름, 장소와 시간을 모두 주인이 정해 준다.

잔본에 기록된 그대로였다.

묵연은 무서워서 몸을 벌벌 떨었다. 자신이 직접 만든 두 바둑돌 앞에서 묵연은 이상하게도 날아갈 듯이 기쁘기는커녕 두려움이 앞섰다.

뭘 두려워하고 있는 걸까? 답은 알 수 없었지만 마음이 복잡했다.

그는 자신이 벼랑 끝에 서 있다는 걸, 아니 이미 벼랑에서 떨어졌다는 걸 잘 알고 있었다. 밑에는 온통 어둠이고 끝없는 심연이어서, 바닥이 보이지 않았다. 어디가 죽음이고 어디가 종말이며, 어디에 불이 있고 어디가 최후인지 알 수 없었다.

그의 몸속 영혼 하나가 고통스러워 울부짖고 있었다. 그러나 영혼은 이내 산산이 부서져 가루가 되어 버렸다.

바들바들 떨리는 손이 한 바둑돌의 얼굴에 닿았다.

그는 마른침을 한번 삼켰다. 입술은 군데군데 갈라 터지고 준수한 얼굴은 잔뜩 일그러졌다. 그는 어린 사제를 노려보며 마지막 질문을 던졌다.

"원하는 게 무엇이냐?"

"주인님의 바둑돌로서 몸이 가루가 될 때까지 싸우는 것입니다."

묵연은 더 이상 떨지 않았다.

사방이 갑자기 얼음처럼 싸늘하고 고요해졌다.

그는 바둑돌을 두 알 만들었다. 단 두 알만으로도 이름도 모르는 어린 사제 둘이 그의 꼭두각시가 되었다. 그가 동쪽으로 가라고 하면 그들은 절대 서쪽으로 가지 못할 것이며, 그가 서로 싸우고 죽이라고 하면 절대 서로 사정을 봐주지 않을 것이다.

그는 그들의 주인이 되었다.

진롱기국은 죽은 사람은 물론이요, 산 사람도 통제할 수 있었다.

묵연은 포악하고 사나운 영력을 타고나 그런 면에서 천부적인 재능을 보였다. 처음 만든 바둑돌로 살아 있는 도사들을 통제할 수 있다니. 물론 아직 어리고 갓 입문한 도사들이긴 하지만.

처음의 두려움은 어느새 극도의 자극과 흥분으로 바뀌었다. 커다란 화폭이 서서히 눈앞에 펼쳐지는 것만 같았다. 거기에는 퇴폐적이고 음탕한 생활이, 오색찬란하여 눈부신 세상이 그려져 있었다. 그곳에서는 모든 게 그의 손아귀에 있었다.

사랑하는 것들은 꼭 움켜잡을 수 있었다.

증오하는 것들은 산산조각 낼 수 있었다.

묵연은 흥분을 주체할 수 없었다. 심장은 여전히 빨리, 심지어 조금 전보다 훨씬 빨리 뛰었다. 두려움과 불안함 때문이 아닌 흥분 때문이었다. 진룡기국! 3대 금지 술법!

몰래몰래, 수천 번의 실패를 거쳐 마침내 알아냈다……. 드디어 성공했다…… 그것도 완벽하게.

이제 그는 천하를 손에 넣을 수 있게 되었다!

검은 돌만 있으면 전에는 할 수 없었던 많은 일을 할 수 있다. 막북부터 강남까지 그의 앞잡이들을 쫙 깔아 놓을 수 있다!

눈앞에 펼쳐진 광경은 화려하고 현란하기 그지없었다.

놋할 일이 없을 것만 같았다.

"묵연."

그때, 쌀쌀맞은 익숙한 목소리가 그를 단꿈에서 깨웠다.

그 목소리는 찬물을 확 끼얹어 주루며 축대를 순식간에 와르르 무너뜨렸다. 구름을 밟고 둥둥 떠다니다가 차갑고 딱딱한 바닥으로 뚝 떨어져 침울한 현실로 돌아온 것만 같았다.

묵연은 천천히 고개를 돌렸다. 시뻘건 눈이 흉악하게 번쩍였다. 흰옷의 남자가 달빛을 맞으며 자갈밭에 쓸쓸하게 서 있었다.

이 순간만큼은 초만녕과 마주치지 않기를 바랐는데.

"여기서 뭐 하는 게냐?"

묵연은 초만녕 몰래 주먹을 꼭 쥐고 입술을 한번 오므리고는 바로 대답하지 않았다.

등 뒤에는 여전히 진롱기국 바둑돌들이 서 있었다. 완벽하게 만들지 못해 초만녕이 가까이 다가와 자세히 살펴본다면 틀림없이 수상한 점을 알아챌 것이고, 그러면 모든 게 탄로 날 터였다.

초만녕의 성격이라면, 그의 힘줄을 뽑아 버리고 다리를 부러 뜨린 뒤 영핵을 없애 버리고 장서각 금지에서 베낀 고서 잔본을 불살라 버릴지도 몰랐다.

그가 아무런 대꾸도 하지 않자 초만녕은 얼굴을 약간 찡그리더니 새하얀 비단신으로 자갈을 밟고 한 걸음 다가섰다.

딱 한 걸음이었다. 그러고는 발걸음을 멈추고 묵연 뒤에 서 있는 괴상한 제자들을 살펴보았다.

더는 물러설 곳이 없게 된 묵연은 새끼손가락 끝을 한 번 까딱하고는 온 힘을 다해 속으로 명령을 부르짖었다. 그리고 마침내 두 제자가 그의 바람대로 움직였다.

한 제자가 너털웃음을 터뜨리며 말했다.

"너무 가깝잖아. 좀 전에 내가 던진 게 이것보다 훨씬 멀어."

"허풍 치지 마. 어차피 너는…… 아, 옥형 장로님!"

그들의 행동은 평소와 전혀 다를 바 없이 자연스러웠다. 언제나처럼 소란스럽게 떠들어 대다가 초만녕을 보더니 흠칫 놀라기까지 하며 허겁지겁 예를 갖췄다. 초만녕은 그들을 유심히 살펴보았다. 어딘가 수상하다는 생각이 들었지만 뭐라고 콕 집어 말하기는 어려웠다.

"장로님께 인사 올립니다."

"옥형 장로님께 안부 여쭙습니다."

제자들은 웃음기를 싹 거두고 예의 바르게 인사를 올리고는 눈치껏 자리를 떠나려고 했다.

초만녕은 여전히 미간을 찌푸린 채, 바둑돌들이 강가에서 걸어와 자신의 옆을 스쳐 지나 대나무 숲으로 걸어 들어가는 내내 그들에게서 눈을 떼지 않았다…….. 그는 두 사람을 한참이나 지켜본 후에야 고개를 돌려 묵연의 몸에 시선을 떨궜다. 묵연은 몰래 안도의 한숨을 내쉬었다. 그런데 숨을 끝까지 내뱉기도 전에 초만녕의 엄숙한 목소리가 울려 퍼졌다.

"거기 서거라."

묵연의 낯빛이 살짝 어두워졌다. 주먹을 너무 세게 쥐는 바람에 손바닥에 손톱자국이 벌겋게 패었다. 그는 숨죽이고 초만녕의 미세한 표정 변화와 일거수일투족을 관찰했다.

초만녕은 멈춰선 형체들에 소리쳤다.

"돌아와라."

들킬 걸 알면서도 묵연은 어쩔 수 없이 명령에 따라 바둑돌들을 대나무 숲 끄트머리에서 다시 초만녕 앞으로 돌아와 서게 했다.

구름이 흘러가고 둥근 달이 모습을 드러냈다.

환한 달빛 아래에서 초만녕은 두 제자의 얼굴을 잠시 주시하더니 문득 손을 들어 손끝으로 그중 한 제자의 목을 짚어 봤다.

묵연은 초만녕의 표정을 빤히 쳐다보았다. 그는 전혀 내색하지 않았지만, 심장이 마구 날뛰었다.

초만녕이 낌새가 이상한 것을 눈치챈 게 틀림없다고 그는 생각했다. 그러지 않고서야 갑자기 맥박을 짚어 볼 리가. 처음 진롱기국을 수련한 사람은 보통 시체만 통제할 수 있을 뿐 산 사람은 통제할 수 없다. 이 두 사람은 살아 있는 상태에서 바둑돌로 만들어졌지만, 묵연은 확신이 들지 않았다. 검정 바둑돌을 두 사람의 심장에 박아 넣는 순간 그들의 목숨까지 앗아 갔는지 그는 알 수 없었다.

얼마나 지났을까. 드디어 초만녕이 손을 툭 떨어뜨리고 옷소매를 탁 뿌리치며 말했다.

"가 보거라."

묵연은 목 위에 내내 도사리고 있던 시퍼런 칼날이 거둬진 것만 같았다. 그러나 초만녕은 그런 그의 마음을 알아채지 못했다. 초만녕의 코앞에서 살아남다니, 정말 하늘이 도왔다.

제자들이 자리를 떠난 후 초만녕은 그를 두어 번 힐끔거리더니 물었다.

"시간도 늦었는데 여기서 뭐 하는 게냐."

"지나가는 길이었습니다."

도둑이 제 발 저려 뜬금없이 살갑게 대하는 게 아닌, 딱 적당한 말투였다. 어쩌면 그런 냉담하고 반항적인 모습 때문에 초만녕도 입만 벙긋벙긋할 뿐 아무 말도 못 했는지도 모른다.

잠시라도 초만녕과 함께 있고 싶지 않았던 그는 시선을 돌리고 앞으로 걸어갔다. 스쳐 지나가려는 그때, 초만녕의 한마디가 그를 얼어붙게 했다.

"최근 장서각 금지 구역에 잠입한 사람이 있다."

묵연은 고개를 돌리지 않았지만 눈동자가 미세하게 흔들렸다.

"너도 알다시피 그곳에는 10대 문파에서 나눠서 보관하고 있는 금지 술법의 잔본이 있지."

묵연이 발걸음을 멈추고 대답했다.

"알고 있습니다."

"그중에서도 제일 중요한 잔본을 누군가 펼쳐 본 흔적이 있다."

묵연이 코웃음을 쳤다.

"그게 저랑 무슨 상관입니까?"

천문을 꺼내 단단히 휘감고 심문하면 그의 추악한 짓거리며 움트는 심마가 낱낱이 폭로되리라는 것을 알면서도 묵연은 한 번 버텨 보려 했다.

그렇게 되면 그는 야망을 펼쳐 보지도 못하고 끝장나 버릴 것이다.

초만녕이 잠시 침묵하더니 물었다.

"묵연, 언제까지 고집 피울 셈이냐?"

목소리에는 어느새 울분이 섞여 있었다.

묵연은 아무 말도 하지 않았지만 무슨 일이 일어날지 예상할 수 있었다.

번쩍 스쳐 가는 천문의 금빛을 예상할 수 있었다.

초만녕이 성인군자인 척하며 어떻게 짐승만도 못한 짓을 할 수 있냐고 엄하게 문책하는 장면을 예상할 수 있었다. 어차피 초만녕의 눈에 자신은 늘……

"얼마나 위험한 일인지 아는 거냐, 모르는 거냐?"

'구제 불능'이니까.

그는 속으로 이 네 글자를 떠올렸다.

묵연은 얼빠진 사람처럼 멍한 얼굴로 달빛 아래 서 있는 초만녕을 돌아봤다.

하얗게 질린 얼굴은 불안한 표정을 짓고 있었다. 모든 걸 알고 있다는 눈으로 묵연을 바라보고 있었지만 초만녕은 아무것도 꿰뚫어 보지 못했다.

"정말 누군가 그 금지 술법을 수련했다면 살인을 저지를 수도 있다. 오밤중에 잠은 안 자고 이런 황량하고 외진 곳에서 뭐 하는 게냐? 개죽음당하려고 작정했어?"

초만녕은 목소리를 한껏 낮추며 어금니를 악물고 말했다.

"천열 전역에서 그렇게 많은 사람이 희생되었는데 아직도 목숨 아끼는 법을 배우지 못한 것이냐? 잔본을 훔쳐본 사람이 있다는 것도 아는 놈이 어찌하여 그렇게 천하태평이야!"

묵연은 아무 말도 하지 않고 흑갈색 눈동자로 상대를 물끄러미 바라봤다.

이마에는 땀이 송골송골 맺혀 있었다. 서서히 냉정을 되찾고 있는 그때, 바람이 훅 불어와 으슬으슬한 느낌마저 들었다.

그는 차츰차츰 긴장이 풀어지면서 마음속에서 형언할 수 없는 요상한 느낌이 감돌아 결국 빙긋 웃었다.

"사존……."

초만녕의 봉안이 희미하게 반짝였다.

사매가 죽은 후 묵연은 한 번도 그를 보고 웃지 않았고 사존이라고 부르는 일도 드물었다.

묵연이 미소 지으며 물었다.

"지금 저를 걱정하시는 거예요?"

묵연은 더욱 활짝 웃었다.

그 웃음은 날카로운 칼처럼 날아와 초만녕의 가슴을 푹 찔렀다. 칼날에서 핏방울이 뚝뚝 떨어졌다. 묵연은 악귀처럼 입을 쩍 벌리고 전갈이 집게발을 꺼내듯 시허연 이를 드러냈다.

"천열 전역이라……."

그가 하하 웃으며 말했다.

"사존께서 천열 전역 얘기를 꺼내시다니, 이렇게 좋을 수가. 그 싸움에서 제가 뭘 배웠는지는 하나도 중요하지 않아요. 중요한 건 사존께서 사람 아끼는 법을 배우셨다는 거죠."

초만녕의 눈빛이 흔들리더니 이내 굳었다. 그 굳은 모습은 미처 피하지 못하고 막다른 골목에 몰린 모양새 같았다.

묵연은 더욱 과장해서 악랄하고 잔인하게 웃었다.

그는 초만녕을 침략하고 물어뜯고 울대를 잘근잘근 씹으며 속이 시원해져 소리 내어 껄껄 웃었다.

"하하하, 좋아, 아주 좋아. 정말 괜찮은 장사네요. 이름도 없는 제자로 초 종사의 양심을 샀으니. 초 종사가 드디어 주변 사람들의 생사를 걱정하네요. 사존, 오늘에야 사매가 잘 죽었다는 생각이 드네요."

초만녕처럼 침착하고 냉정한 사람도 독수리처럼 귓가를 맴도는 실성한 듯한 웃음소리에 절로 몸서리가 쳐졌다.

"묵연……."

"사매 잘 죽었네요, 가치 있고 정의롭게 죽었네요!"

"묵연, 너……."

웃지 말아라.

그만해.

그런데 도저히 입이 떨어지지 않았다. 용서를 빌며 애원하고, 도도한 척하며 실성한 제자를 훈계하고, 네가 잘못 알고 있는 거라고, 구하지 않은 게 아니라 심력이 남아 있지 않아서였다고 말하는 것.

나 역시 상처를 입어서 영력을 조금이라도 더 쓰면 죽은 목숨이 되는 상황이었다고 실토하는 것, 그렇게는 할 수 없었다.

그는 말할 수 없었다.

그렇게 말하는 건 너무 연약해 보여서였을까.

아니면 묵연의 마음속에서 자신은 죽으나 사나 사명정보다 못한 존재라고 생각해서였을까.

초만녕은 결국 목소리의 떨림을 억누르려고 안간힘을 쓰며 나지막하게 한 글자 한 글자 짜냈다.

"묵미우, 언제까지 억지를 부릴 셈이냐?"

그는 참담함을 숨기며 말했다.

"당장 돌아가거라."

분노가 슬픔을 불태우면서 목이 턱 메어 왔다.

"사명정은 너 같은 미치광이를 살리자고 죽은 게 아니야."

"사존, 틀리셨습니다."

묵연이 빙긋 웃었다.

"사매의 죽음으로 바꾼 게 어찌 저겠습니까?"

그는 전갈처럼 벌처럼 개미처럼 마음을 아프게 후벼 팠다.

"그가 죽으면서 살린 건 분명 사존이에요."

벌침이 살갗에 깊숙이 박혔다.

허옇게 질린 초만녕의 얼굴을 보니 그는 고통스러우면서도 통쾌했다. 그는 죽어도 좋다는 듯이 초만녕을 자극하고 비꼬았다. 심장을 도려내는 고통을 감내하며 초만녕을 죽느니만 못하게 헐뜯었다.

좋아.

같이 지옥으로 떨어지는 거야.

"저도 돌아가고 싶어요."

묵연은 보조개가 폭 파이게 활짝 웃으며 태연자약하게 맞받아쳤다.

"저도 야밤에 돌아다니고 싶지 않다고요. 그런데 제 방 맞은 편이 바로 그 사람 방인걸요."

묵연은 누구라고 말하는 대신 '그 사람'이라고 지칭했다.

그 속에 담긴 애정이 초만녕을 더욱 괴롭게 만들었다.

"그 사람 방의 등불은 영영 켜질 수 없어요."

초만녕은 눈을 질끈 감았다.

한참을 미친 듯이 웃던 묵연의 얼굴에서 웃음기가 가셨다.

"물만두를 얻어먹으러 가고 싶어도 이제는 먹을 수 없다고요."

그 순간 초만녕의 속눈썹이 파르르 떨리고 입술이 움찔하며 뭔가를 말하려는 것 같았다.

그런데 묵연은 그에게 말할 기회도 용기도 주지 않았다. 그가 조롱하듯 말했다.

"사존, 물만두는 촉 사람들이 제일 잘 빚어요. 고추기름, 고추씨, 산초, 어느 것 하나 빠져서는 안 돼요. 모두 사존이 싫어

하는 것들이죠. 저에게 만들어 주시려고 했던 거, 마음은 받을 게요. 그런데 당신이 만든 거라면 먹어 보지 않아도 알 수 있어요. 그 맛은 이 말로밖에 표현할 수 없거든요."

초만녕은 여전히 두 눈을 꼭 감은 채 미간을 찌푸리고 있었다.

그렇게 하면 그 날카로운 말들을 피해 갈 수 있을 것만 같았다.

"무식한 제가 혼자서는 절대 생각해 내지 못할 말이죠. 다행히 얼마 전에 설몽이 말하는 걸 들었는데, 사존이 만든 물만두에 아주 딱 맞더라고요."

뭘까?

헛수고?

쓸데없는 노력?

초만녕은 머릿속에서 허겁지겁 알맞은 말을 찾기 시작했다. 심한 말을 듣기 전에 몸에 딱 맞는 갑옷으로 무장해 너무 초라해지지 않으려는 듯.

한 푼의 가치도 없다?

정작 묵연은 아직 아무 말도 하지 않았는데, 이 말이 계속 입 속에서 맴돌았다.

그래, 한 푼의 가치도 없다.

초만녕은 그보다 더 가슴 아픈 말은 없다고 확신했다.

그리고 침착하게 기다렸다.

묵연이 차분하게 이 말을 내뱉을 때까지.

"동시효빈.[9]"

#9 동시효빈 東施效顰. 미녀 서시가 아파서 눈썹을 찡그리는 모습이 아름다워 같은 마을의 추녀도 따라서 얼굴을 찌푸렸다는 고사에서 비롯된 말로, 맥락도 모르고 덩달아 흉내 낸다는 사자성어. 비슷한 말로 '망둥이가 뛰면 꼴뚜기도 뛴다', '뱁새가 황새걸음 걷는다' 등이 있다.

초만녕은 망연한 표정으로 눈을 떴다.

상대가 이렇게까지 악독한 말을 쏟아 낼 줄은 몰랐다. 옷소매에 가려진 손이 부르르 떨렸다.

밀가루를 반죽하고, 간을 맞추고, 소를 만들고…….

≪파촉식기≫를 옆에 놓고 한 글자라도 놓칠세라 손으로 짚어 가며 꼼꼼하게 읽어 보고 얼굴에 밀가루를 잔뜩 묻힌 채, 찌그러지고 삐뚤어진 만두에서 속이 꽉 차고 보기 좋은 만두를 빚기까지 그는 죽어라 배우고 연습했다.

그 모든 과정에 대한 평가가 고작 그거였다.

동시효빈.

밤하늘 아래 강물이 은은하게 빛나고 있었다. 묵연이 그를 뚫어져라 바라봤다. 한참을 제자리에 굳어 있던 초만녕은 갑자기 아무 말도 없이 돌아서 자리를 떠났다.

그런데 왠지 그날의 초만녕은 평소의 차분하고 여유로운 모습과는 달리 발걸음이 유난히 황망해 보였다. 마치 패배를 인정하고 줄행랑치는 사람처럼.

왠지 모르게 확신이 서지 않았다. 묵연은 미간을 찌푸리고 멀어져 가는 초만녕의 뒷모습을 한참이나 바라보다가 거의 사라질 때쯤에야 소리 내어 불렀다.

"잠깐만요!"

201장 사존이 놓아준 악귀

그러나 초만녕은 발걸음을 멈추지도, 돌아보지도 않았다.

아니, 돌아볼 수 없었다.

이를 악물고 참았는데도 눈물이 새어 나왔다.

너무 서러웠다.

서러운들 어쩌겠는가?

변명할까?

화를 내며 혼낼까?

이제 와서 무슨 낯으로 묵연에게 진상을 털어놓겠는가? 그가 원망과 조롱을 마구 쏟아 낼 때 주절주절 구차하게 변명을 늘어놓겠단 말인가? 동시효빈이라는 말로도 모자라 구점작소[#10] 라는 말까지 들어야 정신 차릴 셈인가?

초만녕은 그대로 자리를 떠났다.

#10 구점작소 鳩占鵲巢. '비둘기가 까치집을 차지한다'는 말로, 남의 물건이나 업적을 강제로 빼앗는 행위를 의미함

그날 밤 내하교 황천 옆에서 스승과 제자 두 사람이 나눴던 그 대화는 세찬 강물에 실려 산으로, 바다로, 저승으로 흘러가 버렸는지도 모른다.

연꽃처럼 온화한 그 소년은 저승에서 그들의 대화를 듣고 두 사람의 불화를 안타까워하고 괴로워했는지도 모른다.

묵연은 강가에 홀로 남아 한참을 멍하니 서 있었다. 그는 이 모든 게 운명의 장난이라고 생각했다.

초만녕은 남을 의심하면서도 유독 묵연만은 의심하지 않았다. 생각해 보면 참 공교로웠다. 묵연을 만나기 전에 초만녕은 뒷산을 순찰하다가 잡귀를 만났고, 천문을 소환해 사용하고는 회수하는 걸 잊고 그대로 허리춤에 매달아 두었다.

금색의 천문은 초만녕의 흰옷에서 휘황찬란한 빛을 내뿜었다. 진실을 털어놓게 심문하고, 훗날 답선제군까지 힘겹게 만든 그 버드나무 채찍은 내내 밝게 빛났다.

그러나 초만녕은 그것을 꺼내 들어 그를 심문하지 않았다.

천문의 심문을 성공적으로 피한 묵연은 이파리가 사락사락 흔들리는 대나무 숲 깊숙이, 어둠이 가장 짙은 곳으로 천천히 걸어 들어갔다.

그 뒤로 그는 철저한 계획을 품고 몰래 바둑돌을 만들었다. 두 알, 네 알, 열 알.

개수도 날로 늘어났다.

그는 그것들을 하나하나 사생지전 제자들의 몸속에 심어 그들을 자신의 귀와 눈, 발톱과 이, 그리고 비밀 무기로 삼았다.

그러나 처음의 희열은 길게 지속되지 못했고, 묵연은 점점 더 초조하고 음울해졌다. 그는 날이 갈수록 쉽게 화를 내고, 난폭해지고, 만족할 줄 모르게 되었다.

너무 느렸다.

너무 부족하다는 생각이 들었다.

초만녕이 눈치챌까 봐 처음처럼 바둑돌을 만드는 데 힘을 깡그리 쏟지 않고 한 번에 하나씩만 만들어 정력(定力)을 아꼈다. 당장이라도 싸움을 벌일 태세를 거두고, 날카로운 발톱을 숨긴 채 초만녕 밑에서 수행했다.

초만녕의 도움을 받으면 최단 시일 내에 수련의 경지를 높이고 천하를 손에 넣기 더 수월할 것이라는 생각에서였다. 그러니 기꺼이 하지 않을 이유가 없었다.

그날, 묵연은 수행에 너무 매진한 나머지 기진맥진하여 가느다란 나뭇가지에서 떨어지고 말았다.

위기의 순간, 초만녕이 흰옷을 펄럭이며 붕 날아올라 묵연을 받아 안았다. 그 바람에 손이 없어 결계를 내리지 못하고 그와 함께 나가떨어졌다. 묵연에게 제대로 깔린 초만녕은 가벼운 신음을 내뱉었다. 묵연이 눈을 떠 보니, 그의 손은 살이 터지고 피부가 찢어져 피가 뚝뚝 떨어지고 있었다.

묵연은 그 상처를 뚫어져라 쳐다보며 흥분을 주체할 수 없었다. 그때 이미 심성이 삐뚤어진 그는 고마움과 미안함 따위는 별로 느끼지 않았다. 그저 그 시뻘건 피가 참으로 보기 좋았다. 더 콸콸 흘렀으면 좋겠다 싶은 마음뿐이었다.

그러나 아직은 때가 아님을, 음산하고 흉악한 몰골을 드러내기엔 너무 이르다는 걸 잘 알고 있었다. 그는 초만녕의 피를 닦아 주고 붕대를 감아 주었다.

그들은 각자 속마음을 감춘 채 아무 말도 하지 않았다. 새하얀 붕대가 겹겹이 꽁꽁 감겼다.

처치를 마치자마자 묵연이 의미심장한 한마디를 던졌다.

"사존, 고맙습니다."

초만녕은 이 갑작스러운 인사가 너무 뜻밖이었다. 그가 눈을 들어 묵연의 얼굴을 바라봤다. 구릿빛 피부가 햇빛을 받아 옅게 빛났다.

사실 묵연은 초만녕의 생각이 궁금했다.

탕아가 마침내 마음을 고쳐먹고 돌아왔다고 생각할까?

아니면 드디어 관계가 풀어지기 시작했다고 생각할까?

그런데 초만녕은 아무 말도 없이 속눈썹을 떨어뜨리고 옷소매를 내렸다.

부드러운 바람이 일고, 햇빛이 알맞게 비쳤다.

전생에 묵연은 끝끝내 스승을 꿰뚫어 보지 못했다. 스승이 그를 영영 잘못 본 것처럼.

그 후로 묵연의 법력은 일취월장했다. 그의 천부적 재능은 가히 놀라웠다. 영력의 반만 써서 만들어 낼 수 있는 바둑돌은 한 알에서 두 알로, 나중에는 네 알이 되었다.

그래도 부족하게만 느껴졌다.

그가 원하는 건 단번에 사생지전을 손에 넣고, 초만녕을 짓밟을 만한 막강한 힘을 가진 백만 정예 부대였다.

묵연은 산수에 약했다. 얼마 후 답선제군이 될 그가 탁자 앞에서 타닥타닥 주판알을 튕겼다.

마침 그 광경을 목격한 설몽이 신기하다는 듯 머리를 바짝 들이밀며 물었다.

"어이, 뭐 해?"

"계산."

"무슨 계산?"

묵연은 잠시 멈추더니 어두운 눈빛으로 빙긋 웃으며 말했다.

"맞혀 봐."

"전혀 모르겠는데."

설몽은 묵연 앞에 놓인 수첩을 집어 들고 꼼꼼히 살피며 중얼거렸다.

"하나…… 삼백육십오 일…… 365알…… 네 알…… 삼백육십오 일…… 이게 다 뭐야?"

묵연이 태연하게 말했다.

"사탕이나 살까 하고."

"사탕이라니?"

"월성재(月晟齋)에서 제일 잘 팔리는 사탕 한 알이 1푼이거든. 매일 동전 1닢씩만 모아도 삼백육십오 일이면 365알 살 수 있겠지. 매일 4닢씩 모으면……."

그는 고개를 숙이고 손가락을 꼽아 가며 계산하더니, 안 되겠는지 고개를 설레설레 젓고는 토도독토도독 주판알을 한참이나 튕겼다.

"그러면 천……."

설몽은 암산을 해도 그보다 빨랐다.

"1,460알."

묵연이 머리를 들고 잠시 멍해 있다, 감탄했다.

"계산 한번 빠르네."

간만에 묵연의 칭찬을 받은 설몽은 얼떨떨해서 호탕하게 웃으며 어깨를 으쓱했다.

"당연하지, 어려서부터 어머니 약장사를 도와드렸으니까."

묵연은 잠시 망설이다가 웃으며 청했다.

"내가 숫자에 약해서 그러는데 적선한다 생각하고 좀 도와줄래?"

사매가 세상을 떠난 후 오랜만에 보는 묵연의 편안하고 고요한 모습이었다. 설몽은 햇빛을 등지고 서서 그를 멍하니 바라보다, 조금 안타까운 마음이 들었다.

그래서 그는 고개를 끄덕이고 의자를 빼 묵연 옆에 앉았다.

"자, 말해 봐."

묵연이 부드럽게 물었다.

"하루에 열 알이면 일 년에 몇 알이지?"

"3,650알. 이건 계산도 필요 없잖아."

묵연이 한숨을 푹 내쉬었다.

"좀 더해서, 하루에 열다섯 알⋯⋯."

하지만 매일 그만큼 만드는 것은 한계를 벗어나는 일이라는 생각에, 고쳐 물었다.

"하루에 열두 알이면 얼마야?"

"4⋯⋯ 4,380알."

"5천 알을 모으려면 얼마나 더 걸려?"

"얼마나 더⋯⋯."

설몽은 답이 재깍 나오지 않자 머리를 긁적이고는 물었다.

"사탕을 그렇게 많이 사서 뭐 하게? 다 먹지도 못하잖아."

묵연은 시선을 떨궈 눈동자에 비친 음산한 기운을 숨겼다.

"내년이면 사생지전이 창건된 지 30주년이잖아. 그 기념으로 모두에게 사탕 한 알씩 나눠 주려고. 그러려면 오늘부터 모아야겠네."

설몽은 어안이 벙벙해졌다.

"네가 이렇게 마음을 쓰다니……."

"응."

묵연이 웃으며 말했다.

"놀랐어? 네 몫도 있어."

"난 됐어."

설몽이 손사래를 쳤다.

"나까지 신경 안 써도 돼. 자, 내가 계산해 줄게. 얼마나 오래 모아야 사탕을 5천 알 넘게 살 수 있는지 한번 보자."

설몽은 말을 마치고는 주판을 들고 창가의 꽃나무 그림자 아래에서 열심히 계산하기 시작했다. 일렁이는 눈빛으로 옆에서 한참이나 턱을 괴고 지켜보던 묵연의 얼굴에 엷은 미소가 번졌다.

"고맙다."

설몽은 짧게 대꾸하고는 다시 계산에 집중했다.

그는 타닥타닥 경쾌한 소리를 내는 새까만 주판알밖에 보이지 않는 듯했다. 한 알, 두 알, 검은색 바둑돌처럼 하나하나 쌓여서 점점 많아졌다.

그때의 설몽은 자기가 계산하는 게 사탕이 아니라 사람 목숨이라는 걸, 사생지전을 뒤집어엎을 사람들이라는 걸 꿈에도 생각지 못했을 것이다.

창가에서 도와주던 자기 모습이 묵연의 마음속에 마지막으로 남아 있던 한 가닥의 선심을 자극했다는 사실도 알지 못했을 것이다.

그리하여 묵연은 옛정을 생각해서 그에게 '사탕'을 나눠 주지 않았다.

"그렇게 오래 걸려?"

설몽이 적어 준 숫자를 보고 묵연은 고개를 가로저으며 중얼거렸다.

"너무 오래 걸리네."

"아니면 내가 돈 좀 빌려줄까?"

묵연이 미소를 지으며 사양했다.

"그럴 필요 없어."

설몽이 떠난 후 그는 고민을 거듭하며, 뒤죽박죽 놓여 있는 족자들을 두루 살펴보면서 계획을 세웠다. 그리고 그 계획은 훗날 답선제군의 '공심진법'으로 발전했다.

그날 밤, 묵연은 한꺼번에 바둑돌 열 알을 만들었다. 정력을 몽땅 쏟지 않아 바둑돌들은 하나같이 온전하지 못하여, 산 사람은 물론 좀 강하다 싶은 시체조차 통제하지 못했다.

그는 그 바둑돌 열 알을 주머니에 넣고 콧노래를 흥얼거리며 하산해 무상진 교외의 학귀(鶴歸)언덕으로 갔다.

사람이 죽으면 학을 타고 구천에 오른다는 설이 있지만, 사실 그런 것은 모두 속인들의 아름답고도 순박한 환상에 지나지 않았다. 까놓고 말하면 이 언덕은 묘지인 셈이었다. 무상진에서 사람이 죽으면 모두 이 산으로 옮겨 묻었다.

묵연은 지체하지 않고 빽빽이 늘어선 무덤 사이를 돌아다니며 비석에 적힌 글을 훑기 시작했다. 그리고 이내 필적이 선명하고, 신선한 과일이며 찐빵이 그대로 놓여 있는 새 무덤 앞에 멈춰 섰다. 팔을 뻗어 다섯 손가락을 꽉 조이자 무덤이 펑 하고 갈라지더니 모래와 자갈 속에서 허름한 관 하나가 모습을 드러냈다.

어릴 적 기억 때문에 묵연은 시체를 전혀 무서워하지 않고 경외심을 품지도 않았다. 그는 봉긋한 흙더미 속으로 뛰어 들어가 맥도를 소환해 관에 박힌 대못을 뽑아내고, 얇디얇은 관 뚜껑을 발로 툭 차서 젖혔다.

달빛이 시체의 얼굴을 훤히 비췄다. 묵연은 바짝 다가가 마치 돼지고기 육질을 가늠해 보듯 안에 누워 있는 몸통을 살펴봤다.

묻은 지 얼마 되지 않은 늙은이는 몸에 수의를 두르고 있었다. 얼굴은 바싹 말라 쭈글쭈글하고 뺨은 움푹했다. 무덤 주위의 환경이 좋지 않은 데다 부식을 방지할 만한 껴묻거리[11]도 넣지 않아서 관 안은 비릿한 악취가 코를 찔렀고, 시체 구석구석이 썩기 시작해 구더기가 득실거렸다.

묵연은 일그러진 얼굴로 악취를 견디며 재빨리 금속 장갑을 끼고 노인의 목을 덥석 잡아 관에서 들어냈다. 노인의 고개가 뻣뻣하게 앞으로 툭 떨어졌다. 묵연은 싸늘한 눈빛으로 손바닥

#11 **껴묻거리** 시체를 묻을 때 함께 넣는 물건을 통틀어 이르는 말

을 한번 번쩍하더니 진롱 바둑돌을 그의 가슴팍에 박아 넣었다.

"착하지."

묵연은 다정하게 시체의 얼굴을 한번 쓰다듬더니 뺨을 후려 갈기며 음산하게 웃었다.

"왜 이렇게 매가리 없이 축 처져 있어? 똑바로 서야지, 내 새끼."

완전하지 않은 바둑돌은 건장한 시체는 통제하지 못해도 말라깽이 늙은이는 조종하고도 남았다.

시체는 삐거덕삐거덕 움직이더니 굳게 감고 있던 눈을 번쩍 떴다. 희뿌옇게 먼지가 낀 눈동자가 드러났다.

묵연이 명령을 내렸다.

"이름을 대거라."

"이름이 없습니다."

"이곳이 어디냐?"

"모릅니다."

"지금이 언제냐?"

"모릅니다."

묵연은 실눈을 뜨고 나머지 아홉 알을 매만졌다. 역시……
이 정도의 시체를 통제하는 데에는 완전하고 순수한 바둑돌을 만들기 위해 많은 영력을 사용할 필요가 없었다.

그는 보조개가 폭 파일 정도로 입을 옆으로 찢어 벌리고 상당히 멋스러운 미소를 지으며 여유롭게 마지막 질문을 던졌다.

"원하는 게 무엇이냐?"

노인이 잠긴 목소리로 대답했다.

"주인님의 바둑돌로서 몸이 가루가 될 때까지 싸우는 것입니다."

묵연은 아주 흡족한 듯 소리 내어 호탕하게 웃었다. 그는 남은 바둑돌로 아홉 구의 시체를 손봤다. 모두 갓 매장해 싱싱한, 적어도 벌레가 뜯어 먹지 않아 살가죽이 온전한 시체들이었다.

시체들은 하나같이 늙고 병들거나 어디 한 군데가 고장 나서 바람이 불면 픽 쓰러질 정도로 힘이라곤 없었지만 그들을 바라보는 묵연의 눈은 광기와 환희로 번들거렸다.

건곤낭에서 작은 상자 열 개를 꺼내 하나를 열어 보니, 핏빛 벌레 두 마리가 헤어지기 아쉬운 듯 딱 달라붙어 교미하고 있었다.

"됐어, 적당히 즐겼으면 그만들 하고 이제 일해야지."

묵연은 느긋하게 말하며 손가락으로 교미 중인 벌레들을 갈라놓았다. 그러고는 그중에서 수컷을 손에 잡아 첫 바둑돌로 만든 노인에게 말했다.

"형씨, 수고스럽지만 그 더러운 주둥이 좀 벌리시지요."

노인은 고분고분 입을 쩍 벌려 썩어 문드러진 혓바닥을 드러냈다. 묵연은 수컷 벌레를 그의 입 안에 툭 던지고 말했다.

"먹어."

노인은 저항하지도 않고 망설임도 없이 얌전하게 흡혼충을 꿀꺽 삼켰다.

묵연은 정해진 처방대로 약을 짓듯이 상자 안의 수컷들을 일일이 시체들의 입 속에 밀어 넣으며 말했다.

"됐어, 다들 돌아가서 누워. 쉬고 있어."

다음 날 묵연은 또 바둑돌 열 알을 만들었다. 이번에도 완전하지 않은 것들이라 영력을 많이 소모하지 않았다. 그는 법술로 남은 암컷 벌레들을 바둑돌에 딱 붙여 아무도 모르게 초급 제자들의 몸속에 심어 넣었다.

제자들은 그저 등이 간질간질했을 뿐, 별다른 느낌은 없었다. 묵연은 조급해하지 않고 차분하게 기다렸다.

암컷들이 제자들의 심장에 알을 까고 그 알들이 수컷들과 서로 호응할 유충이 될 때까지.

그렇게 되면 아무 연관이 없는 두 바둑돌이 성충과 유충으로 쌍을 이루어 부자 꼭두각시가 된다.

연날리기와 비슷했다. 유약한 시체들은 연줄처럼 한쪽은 묵연과 연결되고 다른 한쪽은 더 강력한 진롱 바둑돌과 연결된다. 성충을 품은 시체에 명령을 내리면, 상응하는 유충을 품은 다른 몸도 똑같이 움직이게 되는 것이다.

마음이 연결되는 이른바 공심(共心)이다.

묵연은 스스로 이 절묘한 방법을 궁리해 냈다. 그보다 앞서 진롱기국을 접한 사람들은 모두 대종사들이라 영력이 부족하지 않았을뿐더러, 수천수만 개 내지는 수십만 개의 진롱 바둑돌을 만들어 내려고 미쳐 날뛰지 않았기 때문에 애초에 이런 잔꾀를 부릴 필요가 없었다.

당시 사술(邪術)에 심취한 묵연은 수만 년 동안 수진계에서 아무도 해내지 못한 무서운 일을 저질렀다는 것을 알지 못했다.

그는 모든 걸 파괴할 사술을 아무나 손에 넣을 수 있게 했다.

누구나 해낼 수 있게 만들었다.

"형!"

문득 큰 소리가 귓가에 울려 퍼졌다.

정신이 확 돌아온 그때, 눈앞에서 핏빛이 번쩍였다.

황산 땅속에 숨어 있던 봉황 악령이 전보다 훨씬 많은 덩굴을 만들어 내 찢어 죽일 듯한 기세로 그에게 날아왔다. 봉황은 날짐승인지라 그 속도가 어마어마했다. 묵연은 미처 피하지 못하고 순식간에 어깨에 상처를 입고 새빨간 피를 왈칵왈칵 쏟아냈다.

설몽이 경악하며 물었다.

"괜찮아?"

"오지 마!"

묵연은 숨을 한번 내쉬고는 오싹한 눈빛으로 촉수[#12]처럼 흐느적거리며 습격할 기회를 호시탐탐 노리는 핏빛 덩굴들을 노려보았다. 그는 엄한 목소리로 설몽을 제지하며 말했다.

"얼른 사존한테 가서 전해. 멈추라고! 다들 멈추라고!"

핏방울이 뚝뚝 떨어졌다. 그는 쥐고 있던 심장과 바둑돌을 꼭 움켜잡았다.

머리가 팽팽 돌아가며 수만 가지 생각이 솟구쳤다.

공심진법이 틀림없었고, 심지어 상대는 전생의 그보다 더 능숙했다. 그런데 아무리 개량해 봤자 원리는 어디 가지 않는다. 이쪽에서 성충을 품은 모체가 유지되어야 저쪽에서 유충을 품은 자체(子體)가 힘을 발휘할 수 있다.

묵연은 진룡 바둑돌을 만지작거리며 몸을 바르르 떨었다. 어

#12 촉수 觸手, 하등 무척추동물의 몸 앞부분이나 입 주위에 있는 돌기 모양의 기관

깨 통증 때문이 아니라 발끝부터 서서히 휘감아 오르는 한기와 공포감 때문이었다.

누군가 환생했다는 것은 의심의 여지가 없었다.

그렇다면 환생한 그 사람은 자신이 한 생을 다시 살고 있는 악귀라는 것을 알까? 알고 있다면, 그렇다면…….

묵연은 갑자기 등줄기에 소름이 쫙 돋으며 깊은 절망에 빠졌다.

답선군의 창백한 얼굴이, 구류관 아래 음험한 미소가 눈앞에서 아른거렸다.

그는 손으로 턱을 괴고 용상에 비스듬히 앉아 실실 빈정대고 있었다.

'묵 종사, 어디 도망가 보시지. 어디까지 도망갈 수 있는지 한번 보자고.'

귀신 형체들이 흔들흔들하며 밀물처럼 몰려왔다. 모두 전생에 그가 죽인 사람들, 그가 진 빚들이었다.

그는 피가 낭자한 사매를 보았고, 핏기 없는 얼굴의 초만년을 보았다. 3척 백릉[#13]을 휘날리는 목맨 여자를 보았고, 바닥 가득 내장을 쏟아 내는 배가 갈린 남자를 보았다.

그들은 그에게 원수를 갚으려고 덮쳐들었다.

'언젠간 잡힐 것이다.'

핏빛 울음 같은 환청이 이어졌다.

'네 놈의 껍데기에 얼마나 더러운 영혼이 담겨 있는지 아는 사람이 있다. 네놈은 영원히 다시 환생하지 못할 거야.'

묵연은 눈을 질끈 감았다.

#13 **백릉** 白綾. 흰빛의 얇은 비단

그자가 나의 환생을 알고 있으면, 전생에 저지른 온갖 짓거리들을 폭로하면, 그러면…… 어떡하지?

그는 도저히 생각을 이어 갈 용기가 나지 않았다.

202장 사존이 나를 보호하셨다

한편, 설몽은 혼전이 펼쳐지는 곳으로 뛰어가 팔을 휙휙 휘두르며 소리쳤다.

"그만! 다들 그만하세요! 멈추세요! 소용없어요!"

사실 그가 도착하기 전에 사람들은 이미 심상치 않음을 느꼈다.

천여 명이 넘는 걸출한 인재와, 전략도 체계도 없이 마구잡이로 달려드는 시체 떼의 난투는 얼핏 웅장하고 용맹해 보였지만 싸울수록 사람들은 얼떨떨했다. 아무리 봐도 치열한 전투가 벌어질 모양새는 아니었기 때문이다.

놀랍게도 이곳까지 쳐들어오는 과정에서 단 두 사람이 가벼운 상처를 입었을 뿐, 다른 도사들은 모두 멀쩡했다. 그러니 설몽이 꽥 소리를 지르자 다들 싸우던 것을 멈추고 그를 돌아봤다.

"저……."

처음으로 그렇게 많은 사람의 시선을 한 몸에 받은 데다 대부분 영향력 있는 거물급 인사와 선배들인지라, 설몽은 몹시 당황하여 말문이 막히고 말았다.

초만녕이 물었다.

"왜 그러느냐?"

스승의 목소리가 들리자 그제야 차분해진 설몽은 묵연이 덩굴과 치열하게 싸우고 있는 쪽을 가리키며 말했다.

"묵연이 어떻게 된 일인지 알아낸 것 같습니다. 이 강시들은 죽여 봤자 아무 소용 없습니다."

사람들은 어리둥절해서 서로 얼굴만 쳐다볼 뿐 어찌할 바를 몰랐다. 장문들은 절대로 호락호락한 사람들이 아니어서 손아랫사람의 지시에 따를 리가 없었다. 그들은 모두 대뜸 낯빛부터 붉혔다. 그중에서도 강희의 표정이 제일 험상궂었다.

"갓 스물이 넘은 핏덩이가 뭘 안다고 그러느냐?"

다른 사람이었다면 공손하게 대했을 테지만 상대는 강희였다. 설몽은 그를 보기만 해도 화가 치밀어 발끈하며 쏘아붙였다.

"당신이 스무 살 때 젖도 못 뗐다고 모두가 그런 건 아니에요! 편협하고 옹졸하기는!"

헉, 이렇게 많은 사람 앞에서 강희에게 창피를 주다니! 고월야의 제자들이 가만히 있지 못하고 너도나도 맹비난을 쏟아 냈다.

"지금 뭐라고 했어?"

"설몽, 말 좀 곱게 해!"

사람들이 아무 말도 하지 않고 쳐다볼 땐 그렇게 부담스러워하더니, 이런 상황에서는 오히려 겁도 없고 여유 만만했다. 묵연과 티격태격한 세월이 있다 보니 도발하거나 되받아치는 데에는 도가 튼 것이다. 설몽이 눈썹을 확 추켜세우며 말했다.

"왜, 내 말이 틀렸어? 너희 강 장문이 큰일 앞에서 경중을 분별하지 못하잖아. 때가 어느 때인데 나이로 자질을 따져!"

강희도 둘째가라면 서러운 성깔이었다. 최고 문파를 이끄는 수장의 체면에도 불구하고 모두가 지켜보는 가운데 눈을 가느스름하게 뜨고 후배와 설전을 벌였다.

"나이와 자질은 밀접하게 연계되어 있다. 너도 이 나이가 됐으면 어른들과 얘기할 때에는 예를 갖춰야 한다는 것 정도는 알아야 하지 않나?"

설몽이 버럭 화를 내며 말했다.

"강 장문처럼 속 좁은 양반이 무슨 어른입니까?"

"됐다, 몽아."

설정옹이 미간을 찌푸리며 말렸다.

"그만하거라. 연이는 어디에 있느냐? 얼른 앞장서라."

설정옹이 제때 꾸짖어 제지하는 바람에 강희는 더 따지지 못했다. 그가 소매를 탁 뿌리치며 한마디 덧붙였다.

"설정옹, 정말 자식 농사 한번 잘 지었군."

실정옹은 얼굴이 붉으락푸르락해져서 뭔가를 말하려다가, 천하제일 존주라는 체면이 마음에 걸렸는지 결국 말을 삼키고 무리를 따라 곧장 산허리로 달려갔다.

산 중턱에 도착하니 묵연이 검은 옷을 휘날리며 달려왔다. 그는 소매가 반 이상 피로 얼룩진 채 바둑돌을 으스러지게 잡고 있었다. 등 뒤의 덩굴은 모두 불타 버렸고 새로 튀어나오는 덩굴은 아직 없었다.

상처 입은 그를 발견한 초만녕과 설정옹의 낯빛이 어두워졌다. 설정옹이 다급하게 물었다.

"연아, 괜찮으냐? 치료…… 아무나 얼른 와 보거라! 사매! 와서 도와주거라!"

사매도 많이 놀랐는지 피가 뚝뚝 떨어지는 묵연의 팔을 넋 놓고 바라보며 새하얗게 질린 얼굴로 제자리에 굳어 있었다.

고월야의 한린성수가 먼저 나섰다. 소매를 살짝 걷었을 뿐인데도 묵연은 얼얼하던 상처 부위의 아픔이 천천히 가시는 것 같았다. 그가 화벽남에게 고개를 끄덕이며 말했다.

"고맙습니다."

"별말씀을."

화벽남이 냉랭한 목소리로 말했다.

"묵 종사, 어서 알아낸 걸 말하시지요."

사실 묵연은 이미 기분이 엉망진창이었다. 이 판국에 '공심진법'을 폭로하면 필시 사람들의 의심과 억측을 받게 되리라는 것을 모르지 않았다.

그런데 이것저것 고민할 겨를이 없었다. 진롱기국이 강호에 무더기로 출현하면 어떤 피바람을 몰고 올지 예상되었다. 그건 그와 초만녕 모두 바라지 않는 것이었다.

"이것 좀 보세요."

묵연은 주먹을 펴서 손에 쥐고 있던 검은 바둑돌을 사람들에게 보여 줬다.

강희가 픽 하고 비웃었다.

"진롱 바둑돌? 모르는 사람도 있나? 묵 종사, 알아냈다는 게 겨우 이건가? 진롱 바둑돌이 아니고서야 이 시체들을 어떻게 휘두르겠나?"

묵연이 입술을 한번 오므리더니 말했다.

"진롱 바둑돌 말고 바둑돌에 붙어 있는 흡혼충을 봐 주세요."

그가 벌레를 가리켰다.

"여기요."

강희는 뒷짐을 지고 서서 더 말하지 않고 그를 쌀쌀맞게 바라봤다.

"……."

설정옹은 코를 바짝 들이대고 유심히 봤지만 아무리 봐도 까닭을 알 수 없었다.

"벌레가 왜? 석연치 않은 데가 있느냐?"

"바둑돌마다 한 마리씩 붙어 있어요."

묵연이 말했다.

"이 진롱기국은 보이는 것처럼 간단하지 않습니다."

수백 쌍의 눈이 그를 지켜보고 있었다. 그가 한 쌍 한 쌍의 눈을 빙 훑어보았다.

자신이 지금 무슨 일을 벌이고 있는지 물론 그도 잘 알았다.

그런데도 모두에게 털어놓는 것은 대재난을 막기 위해서였다.

그 대가가 무엇인지, 물론 분명히 인지하고 있었다.

이 점은 이 모든 사건을 꾸민 배후 인물의 머리와 계략이 얼마나 뛰어난지 잘 보여 주는 대목이기도 했다. 묵연이 독한 마음을 먹고 재난이 닥치든 말든 옆에서 구경하고 있지 않는 이상, 공심진법은 묵연이 환생한 몸인지 아닌지를 알아보는 가장 좋은 미끼였으니까.

입을 여는 순간 자신의 정체를 배후 인물에게 알려 주는 꼴이 된다.

답선제군이 환생했다고 말이다.

그러나 묵연에겐 선택의 여지가 없었다. 그가 고민하며 말했다.

"다들 꼭두각시극을 보신 적이 있으신가요."

누군가 바로 대답했다.

"당연하죠. 그런데 그건 왜요?"

"저도 본 적 있습니다. 다만 어릴 때라 키가 작았는데, 맨 앞줄까지 비집고 들어가지 못해서 무대 뒤에서 한두 번 봤습니다."

묵연이 말했다.

"그런데 제가 본 꼭두각시극은 여러분께서 보신 것과 조금 다릅니다. 여러분이 보신 건 아마도 헝겊 꼭두각시 몇 개가 무대에서 치고받고 싸우거나 노래를 부르는 거였을 겁니다."

강희가 지루하다는 듯이 물었다.

"그래서 하고 싶은 말이 뭔가? 좀 간단명료하게 말할 수 없나?"

"그럴 수 없습니다."

묵연이 말했다.

"모든 사람이 강 장문 당신처럼 이해력이 빠른 게 아닙니다. 다들 알아들을 수 있게 설명해야 합니다."

강희가 어두운 표정으로 입을 꾹 닫자, 묵연이 이어서 말했다.

"무대 위의 꼭두각시가 저절로 움직일 수 있습니까?"

설정옹이 대답했다.

"당연히 못 움직이지."

"그럼 이것들은 어떻게 움직인다는 말이냐? 몇몇이 무대 밑에 쪼그리고 앉아 끈을 잡고 조종하기라도 한단 말이냐?"

"그러게 말입니다."

"네."

묵연이 말했다.

"제 짐작은…… 서상림도 그렇게 생각했는지는 모르겠지만, 거의 틀림없을 겁니다. 지금 저희가 있는 이곳 '황산'이 무대 밑입니다. 이 비실비실한 강시들은 무대 밑에서 꼭두각시를 조종하는 사람인 셈이고요. 이들은 많은 능력을 갖출 필요도 없습니다. 꼭두각시를 들고 움직일 수 있으면 충분하니까요."

강희가 다그쳤다.

"계속해 봐."

"제 생각이 맞는다면, 황산은 무대 밑에 불과하고 진짜 연극은 이곳이 아니라 무대 위에서 펼쳐지겠죠."

묵연이 말했다.

"서상림이 바로 이 극단의 단장입니다. 그렇다면 그는 지령을 누구에게 내릴까요?"

설정옹이 냉큼 대답했다.

"당연히 끈을 잡고 막 뒤에 쪼그리고 앉아 있는 사람이지."

"맞습니다, 바로 그겁니다. 황산의 이들이 바로 끈을 잡은 사람들입니다. 서상림이 지령을 내리면, 이들은 수중의 꼭두각시들을 일으켜 세워 연극을 하게끔 조종합니다."

강희는 끝까지 듣더니 실눈을 뜨고 말했다.

"그럼 묵 종사의 말은 이곳 황산 외에도 시체가 산처럼 쌓여 있는 곳이 하나 더 있다는 말인가? 그곳이 이른바 '무대 위'고, 그곳의 시체들이 '꼭두각시'고?"

"강 장문, 이해력이 뛰어나십니다."

"알랑거릴 것 없다."

강희가 말했다.

"얼핏 듣기엔 그럴듯하고 하나하나 사리에 들어맞는 것 같지만 사실은 뜬구름 잡는 생각에 지나지 않는다. 묵 종사, 말로만 하면 소용없으니 근거를 대 보거라."

"……근거가 충분하지는 않습니다."

묵연이 대답했다.

"이런 생각을 하게 된 건 시체에서 흡혼충이 붙어 있는 이 바둑돌을 우연히 발견했기 때문입니다."

그의 손에 들려 있는 새까만 바둑돌에는 피가 얼룩덜룩 묻어 있고, 시체에서 떨어진 지 얼마 되지 않은 흡혼충도 아직 죽지 않고 그 위에 나른하게 엎드려 있었다.

잠시 침묵하던 묵연은 눈을 들어 강희가 아니라 강희 뒤에 서 있는 한린성수 화벽남을 바라보며 말했다.

"흡혼충이 어떤 특성이 있는지는 한린성수가 제일 잘 아시리라 믿습니다."

"이 흡혼충들은 특성이 아주 많습니다. 묵 종사, 어떤 걸 말씀하시는 건지?"

"모방 능력이요."

화벽남이 설명했다.

"그거야 물론 잘 알고 있죠. 흡혼충의 유충은 모방 능력이 상당히 뛰어납니다. 수컷 성충과 마음이 서로 연결되어 있어 성충이 될 때까지 수컷의 동작 하나하나를 모두 따라 합니다.”

“좋아요. 그럼 만약에 이 바둑돌에 상응하는 유충을 다른 사람의 몸속에 넣으면 어떻게 됩니까?”

“…….”

화벽남의 안색이 조금 달라지더니 말했다.

“……이쪽 시체가 하는 행동을 저쪽 시체도 똑같이 따라 하게 됩니다.”

“어떻게 해야 법술을 해제할 수 있습니까?”

“벌레가 죽지 않는 한 해제할 방법은 따로 없습니다.”

묵연이 고개를 끄덕이며 말했다.

“여러분, 멀찍이 떨어져서 보세요.”

말이 떨어지기 바쁘게 그의 눈동자에 싸늘한 기운이 스쳤다. 그가 돌연 바둑돌에 붙어 있는 흡혼충에 공격을 가했다. 그러자 갑자기 땅이 흔들리면서 가느다란 덩굴들이 솟아올라 다시 한번 묵연에게 돌진해 왔다. 모두가 경악하는 그때, 묵연은 재빨리 살기를 거둬들여 덩굴의 공격을 피했다.

그가 한숨을 돌린 후 한 손으로 뒷짐을 지고 제자리에 서서 말했다.

“다들 보셨죠. 황산은 지금 이 벌레들이 죽임을 당하지 않게 보호하고 있습니다. 이걸 보시고도 이 벌레들이 진롱 바둑돌에 나타난 게 우연이라고…… 또는 장식일 뿐이라고 우기신다면 저로서는 더 할 말이 없습니다.”

잠시 침묵이 흘렀다. 모두 묵연의 짐작을 곱씹으며 소화하고 있는 듯했다.

엉뚱하고 터무니없을 정도로 대담한 짐작이었다.

그렇다고 별다른 허점을 발견해 내지도 못했다.

정말 말도 안 되는 생각이었다. 그런데 묵연은 전혀 흔들림 없는 눈빛으로 단호하게 말했다.

서상림의 속내와 일거수일투족을 훤히 꿰뚫고 있다는 듯이 열성적으로 모두를 설득했다.

그런데 확신은 언제나 무서운 법이다. 다른 사람들은 물론, 초만녕마저도 불안한 마음이 드는 것은 어쩔 수 없었다. 그는 미간을 잔뜩 찌푸리고 멀리서 묵연의 창백한 얼굴을 바라봤다. 문득 두려웠다. 숨겨져 있던 실마리가 조금씩 드러나는 것 같았다. 무언가가 날카로운 이빨을 조금씩 드러내며 덮쳐 오는 것 같았다.

생각이 단순한 설정웅은 묵연이 어떻게 짧은 시간 안에 괴이하고 수상쩍은 '꼭두각시 조종법'을 생각해 냈는지 별로 신경 쓰지 않았다. 자못 진지하게 궁리하던 그가 이마를 '탁' 치며 말했다.

"그러니까 서상림이 여기에 없다는 게냐?"

"제 생각엔 그렇습니다."

선기 장로는 모두가 관심을 가지는 것과 다른 점에 주목했다. 그가 미간을 찌푸리며 말했다.

"오는 길에 처단한 강시가 적어도 9천 명이야. 어디서 그렇게 많은 시체를 구했단 말이냐? 갑자기 그렇게 많은 사람이 죽었는데 10대 문파가 몰랐을 리가 없다."

묵연이 한숨을 쉬며 말했다.

"죽은 지 얼마 안 됐습니다. 잊으셨어요?"

"어디에서 죽었다는 게냐?"

의아해하는 사람들을 보며 묵연은 간단명료하게 두 글자를 내뱉었다.

"임기."

"그럴 리가 없어요!"

누군가 즉각 반박하고 나섰다.

"당시 임기는 그야말로 불바다였어요. 겁화가 활활 타올라 잿더미가 되었는데 시체가 남아 있을 수 있겠어요?"

"공간의 틈 때문이죠."

묵연이 차분하게 말했다.

"공간의 틈을 쓸 줄 아는 누군가가 서상림을 도왔을 겁니다."

이번에는 아무도 반박하지 못했다.

믿어서가 아니라 너무 황당하고 우스워서였다.

한참 만에야 강희가 입을 열었다.

"그건 일찍이 실전된 최초의 금지 술법이⋯⋯."

"최초의 금지 술법은 시공간의 틈입니다."

묵연이 말했다.

"공간이 아니라."

"이곳에는 지금 수천 명이 있다. 서상림 하나가 아니라."

강희가 싸늘한 표정으로 말했다.

"재주가 얼마나 좋아야 겁화가 덮치기 전에 수천 명을 황산으로 옮긴단 말이냐?"

"강 장문, 생각을 달리해 보세요."

묵연이 말했다.

"이 사람들은 살아 있을 때 옮겨진 게 아니라 타 죽은 후 잿더미가 되기 직전에 옮겨진 것 같습니다. 이런 전송술은 산 사람보다 죽은 사람을 옮기는 게 훨씬 쉬우니까요."

강희는 후배가 유도하는 대로 생각하는 게 언짢아 분노가 왈칵 치밀어 올랐다. 그가 눈을 가늘게 찌푸렸다. 그런데 미처 뭐라 하기 전에, 가늘고 긴 뽀얀 손이 그를 눌렀다. 한린성수 화벽남이 미소를 지으며 묵연을 바라보며 말했다.

"묵 종사, 두 눈으로 직접 본 것처럼 확신하는군요. 무슨 근거라도?"

화 종사까지 나설 줄 몰랐던 묵연은 흠칫했다.

"강시들의 살점이 불에 탄 것인지 썩은 것인지 화 종사보다 더 잘 아는 사람은 없을 테죠."

화벽남은 두 다리가 잘려 바닥에 널브러진 채 다시는 일어나지 못하는 강시들을 힐끔 보더니 다시 시선을 거둬들이고 담담하게 말했다.

"불에 탄 거라고 칩시다. 그런데 임기에서 죽은 시신이라는 건 어떻게 확신합니까?"

묵연의 새까만 눈동자가 조금도 양보하지 않고 고집스럽게 그를 노려봤다.

"그저 추측일 따름입니다. 화 종사, 황당하다 느껴지거든 서상림이 문파들의 눈을 피해 쥐도 새도 모르게 수천 구의 시신을 화산으로 옮길 만한 다른 방법을 말해 주시지요."

화벽남이 빙긋 웃으며 말했다.

"저는 사술에 능하지 않아 그럴듯한 생각이 떠오르지 않네요."

"……."

순간, 더는 아무도 입을 열지 않았다.

한린성수의 말은 사람들의 허를 제대로 찔렀다.

묵연이 흡혼충 유충과 성충의 용도를 추측할 때부터 사람들은 이미 으스스한 느낌이 들어 모골이 송연했다.

아는 만큼 보인다고 하지 않는가.

이곳에 있던 사람들은 누구 하나 천진난만한 양반이 아닌지라 단번에 문제의 핵심을 파악했다. 이토록 짧은 시간 안에 묵연은 어떻게 무섭고 치밀한 추측을 할 수 있었을까?

서상림과 한패는 당연히 아니었다. 한패였다면 절대 이런 짐작을 폭로하지 않았을 것이다.

그렇다면 줄곧 '청렴결백'한 척하던 묵 종사가 이미 남몰래 이런 사술을 접했거나 연구했던 게 아닐까?

화벽남의 얼굴을 덮은 면사가 바람에 살랑거렸다. 그가 미소를 지으며 말했다.

"어쨌거나 서상림의 속내를 알아내는 일에는 묵 종사보다 한수 아래라는 걸 인정합니다."

묵연은 순간 반박하고 싶었지만 '짐작일 뿐이다', '나도 사술에 능하지 않다'라는 말이 왠지 당당하게 나오지 않았다.

그때 갑자기 누군가 싸늘하게 말했다.

"화 종사, 그렇게까지 헐뜯을 필요 있습니까."

"네?"

화벽남이 웃으며 말했다.

"초 종사."

초만녕은 눈처럼 새하얀 옷차림으로 달빛 아래에 우뚝 서서 아무런 표정 없이 말했다.

"각자 처한 위치에 따라 생각도 다르기 마련입니다. 관중석에 앉아 있으면 꼭두각시극만 보이지만, 무대 뒤에서 구경하는 사람 눈에는 막 뒤에 쪼그리고 앉아 있는 사람만 보이는 법입니다. 화 종사, 내 말 무슨 뜻인지 알겠습니까?"

화벽남이 난처해하며 대답했다.

"저의 우둔함을 용서하십시오."

"묵연도 자기만의 견해가 있다는 말입니다."

초만녕이 쌀쌀맞게 말했다.

"내 문하 제자이니 쓸데없는 억측은 그만두고 말조심하십시오."

그의 이 같은 믿음에 묵연은 목이 메어 중얼거렸다.

"사존……."

화벽남은 초만녕을 잠시 바라보며 뭔가를 말하려다가, 결국 아무 말도 하지 않고 빙그레 웃으며 고월야 무리 속으로 사라졌다.

간신히 체면을 지킨 강희는 여전히 얼굴이 잔뜩 일그러져 있었다.

그가 냉담하게 한마디 했다.

"어찌 됐든 끝까지 올라가 보고 다시 얘기하지."

도착해 보니 휑한 산꼭대기에는 거대한 주술 진 하나가 펼쳐져 있었다. 진안(陣眼)은 시뻘건 빛을 끊임없이 내뿜었다.

묵연은 진을 보자마자 심장이 쿵 내려앉고 손끝이 시려 왔다.

역시나 공심진법이었다. 공심 바둑돌을 만들고 흡혼충을 진룡 바둑돌에 붙일 때만 사용하는 진법이었다.

답설궁 궁주가 미간을 찌푸리고 그 괴이한 진법을 살피며 말했다.

"이게 무슨 진이지? 한 번도 본 적이 없군요. 설 장문, 당신은 견문이 넓으니 알 수도 있겠습니다. 어때요?"

설정옹이 바짝 다가가 훑어보더니 고개를 설레설레 저었다.

"본 적 없소."

강희의 흑갈색 눈동자에 어두운 빛이 어렸다. 그는 진안을 잠시 살피더니 조심스럽게 팔을 뻗어 더듬거렸다. 벌레를 이용한 단약 제조 진법에도 능한 그는 눈을 감고 한참이나 탐색하더니, 갑자기 손을 떼고 묵연을 돌아보며 말했다.

"다른 짐작이 또 있느냐?"

그의 이런 반응은 모두의 앞에서 묵연의 추측이 대체로 정확하다고 인정한 것이나 다름없었다!

"……있습니다."

"말해 보거라."

"말씀드린 것처럼 유충과 성충은 무대 위와 무대 뒤에 각각 배치되었습니다. 때문에 서상림이 이곳에 만들어 놓은 진룡 바둑돌 수만큼 그곳에도 시체가 있을 겁니다. 그들 역시 서상림의 명령을 따를 테고요."

묵연이 잠시 멈추더니 핵심을 강조했다.

"그런데 그곳에 쌓인 시체들은 닭 잡을 힘도 없는 보통 강시가 아니라 생전에 수련의 경지가 상당히 높았던 도사들의 유해일지도 모릅니다."

설몽이 경악하며 말했다.

"서상림이 이렇게 많은 사람을 죽인 이유가 고작, 도사들의 시체를 더 손쉽게 조종하기 위한 거라고?"

"그런 것 같아."

"……."

설몽은 산 전체를 뒤덮은 시체 더미와 피바다를 돌아보며 대뜸 새하얗게 질렸다. 역겹고 놀라워서인지, 다른 곳에 도사들의 시체가 이만큼 더 있다는 생각 때문인지 알 수 없었다.

어쩌면 둘 다인지도 몰랐다. 설몽은 저도 모르게 휘청거렸다.

그때 갑자기 누군가 다급하게 소리쳤다.

"여기 좀 보세요! 시체가 있어요!"

산꼭대기에는 관목 숲 외에는 시야를 가릴 만한 게 없었다. 눈썰미가 있는 사람이라면 삐져나온 흰 옷자락을 쉽게 발견할 터였다.

203장 사촌, 엄청난 재앙이 닥칠 거예요

몇 사람이 가까이 다가가 그것을 관목 숲에서 끌어냈다. 온몸이 새까맣게 탄 시체는 한눈에 봐도 죽기 직전 불바다 속에서 몸부림쳤다는 걸 알 수 있었다. 끈적끈적한 점액이 얼굴을 뒤덮어 이목구비를 알아볼 수 없었다. 체형과 불에 타지 않은 순백색의 옷감으로 여자임을 짐작할 뿐이었다.

초만녕이 시체 위에 손을 뻗고 눈을 감은 다음 감지하더니 말했다.

"진룡기국의 흔적은 없습니다."

누군가 중얼거렸다.

"이상하네. 서상림이 산 전체에 진룡기국을 깔았는데, 이 여자는 왜 빠뜨린 걸까요?"

곧장 또 다른 누군가가 반박하고 나섰다.

"진룡기국이 산 전체에 깔렸는데 시체 혼자 산꼭대기에 버려질 수가 있소?"

묵연 역시 가까이 다가가 시체를 이리저리 꼼꼼히 살폈다. 전생에 진롱기국의 최고 경지에 올랐던 그는 이 법술의 금지된 부분을 너무나도 잘 알고 있었으므로, 이 시체가 생전에 어떤 신분이었는지 어느 정도 확신이 있었다. 그러나 증거가 더 필요했다.

증거는 곧바로 나타났다.

묵연은 그녀의 손에서 새까맣게 그을린 팔찌를 풀었다. 위에 덮인 재를 털어 내자 연홍색의 영석이 모습을 드러냈다.

그가 팔찌를 강희에게 건네며 말했다.

"송추동입니다."

"……자네가 어찌……."

강희는 말을 멈추고 팔찌를 집어 들더니 질문을 마저 했다.

"어찌 이 팔찌를 알아본 건가?"

"송추동이 혼인할 때 제가 준 축하 선물입니다."

묵연의 대답은 짧았지만 의미심장했다.

"송추동은 접골미인석 일족으로 봉황의 악령을 굴복시킨 송성이의 계승자예요. 황산의 금지된 땅을 열 수 있는 열쇠지요."

누군가 물었다.

"서상림이 송추동을 죽이고, 송추동을 이용해 황산의 문을 열었다는 겁니까?"

묵연이 고개를 저었다. 그러고는 송추동의 얼굴을 빤히 바라보았다. 그녀가 불쌍하다거나 연민이 느껴지진 않았지만 알 수 없는 복잡한 감정이 피어오른 건 사실이었다. 그가 말했다.

"아니요. 서상림에게 붙들려 산에 올라갈 때까지 그녀는 살아 있었을 겁니다."

"어째서요?"

이번엔 묵연이 입을 열기 전에 강희가 먼저 대답했다. 구겨진 체면을 만회하려는 듯, 자신이 쉽게 대답할 수 있는 건 후배가 나서게 두지 않을 모양이었다. 그가 담담하게 말했다.

"황산에 명령을 내리기 위함이지."

묵연은 그를 쳐다보며 생각했다. 이게 낫겠어. 나만 계속 애기하다가 의심이라도 사는 날엔 점점 해명하기가 힘들어질 거야. 그래서 그는 한쪽으로 물러나 자리를 강희에게 내주고, 강희가 말하게 두었다.

또 누가 물었다.

"명령이요? 송추동 같은 힘없는 여자가 무슨 명령을 내릴 수 있단 말입니까?"

"그녀는 약하지만, 그녀의 선대까지 얕뜨기는 아니라오. 황산에 있는 봉황의 악령은 자신을 굴복시킨 자의 혈통에게만 복종하지."

강희도 그렇게 어리석은 사람은 아니었다. 그가 말했다.

"송추동이 바로 이 혈통의 마지막 계승자란 말이오."

질문을 했던 사람이 헉 하고 놀랐다.

"아, 봉황의 악령을 굴복시킨 게 접골미인석이란 말입니까?"

"그렇소."

"그런 말은 금시초문인데……."

강희가 말했다.

"들어 보지 못한 게 정상이지. 4대 사산은 군대를 주둔시켜 놓는 것 외에 다른 쓸모가 없소. 그래서 열 수 있는지, 누가 여는지에 대해 다들 크게 관심이 없지. 예전에 송추동은 갈 곳을 잃고 헤매다가 경매 상품이 되었는데, 황산에 숨을 수 있을 거라고는 생각하지 못했을 거요. 자신의 선대가 봉황의 악령을 제압했다는 사실조차 몰랐을 테고."

"그래서…… 서상림에게 끌려간 거로군요?"

"그런 것 같소."

강희가 계속 설명했다.

"유풍문에 겁화가 일어나자 모두가 뿔뿔이 흩어졌고, 그 힘없는 여자를 구하러 주전으로 돌아간 사람은 아무도 없었소. 그녀를 구할 수 있는 사람은 오직 서상림, 혹은 서상림의 배후에 있는 자뿐이었소."

옆에서 곰곰이 생각하던 설정용이 고개를 끄덕였다.

"배후 인물이 공간의 틈을 열고 서상림을 다른 곳으로 데려갈 정도의 능력이 있다면, 송추동 하나 더 데려가는 것쯤은 일도 아니었겠지. 그가 송추동을 황산으로 데려갔다고 가정해 봅시다. 송추동은 원래부터 권세가에게 아부하며 빌붙는 여자이니, 지푸라기를 붙잡은 이상 복종할 수밖에 없었을 거요. 그렇다면 이때 그녀를 황산에 데려가 명령을 내리게 하면 거절할 수 없었을 테지."

또 질문이 있었다.

"그렇다면 왜 진롱기국으로 송추동을 조종하지 않았을까요?"

"봉황의 악령은 자신에게 명령하는 사람이 조종받고 있는지 알 수 있소."

강희가 말했다.

"필사적으로 살려고 하는 자의 명령에만 복종하지."

사람들은 차차 이해하기 시작했다. 누군가 경악하며 말했다.

"그럼 우리가 여기 있으면 안 되지 않나요? 모두가 속아서 '무대 뒤'까지 온 것 아닙니까? 게다가 이 망할 놈의 황산 땅에선 흡혼충을 없애는 것도 불가능한데…… 이제 어찌해야 합니까?"

강희가 미간을 찌푸렸다. 묵연이 예로 든 '무대'와 '무대 뒤'의 비유가 마음에 들지 않았지만, 그도 어쩔 수 없이 그 말을 차용해 설명했다.

"그 '무대'를 찾아 서상림의 꼭두각시들을 쓸어버려야지."

말을 마친 강희가 갑자기 묵연을 불렀다.

"묵 종사."

팔짱을 낀 채 옆에서 집중하며 듣던 묵연은 자신의 이름이 들리자 깜짝 놀랐다.

"네? 왜 그러십니까?"

강희가 낮은 목소리로 말했다.

"조금 전 묵 종사의 분석 하나하나 모두 정확했군. 묵 종사가 조금 더 가르침을 주시게. 무대는 어디고, 어떻게 찾아야 하는 건가?"

묵연이 말했다.

"……견귀를 써 볼까요?"

"견…… 뭐라고?"

묵연이 가볍게 헛기침을 했다. 그의 손바닥에 불꽃이 반짝이

더니 버드나무 가지가 나타났다.

"이거요. 이름이 견귀랍니다."

강희는 말문이 막혔다.

견귀는 천문과 마찬가지로 심문할 수 있었다. 산 사람도, 귀신도, 혼이 육체를 떠난 시체도 심문할 수 있었다. 다른 점이 있다면 산 사람이나 시체를 심문할 때는 그들의 입을 통해 답을 얻지만, 귀신을 심문할 때는 그 혼령과 직접 소통해야 한다는 것이었다.

송추동은 죽은 지 한 달이 넘었기 때문에 영혼은 이미 떠난 지 오래였다. 하지만 다행히 황산은 음기가 가득해 시체가 아직 썩지 않았다. 묵연이 낮은 목소리로 말했다.

"견귀, 심문하라."

휙, 하는 소리와 함께 견귀가 묵연의 명령에 따라 곧장 가지를 뻗어 송추동의 시체를 세 바퀴 휘감았다. 그녀의 시신이 눈부신 붉은빛으로 빛났다.

붉은빛은 묵연의 얼굴까지 물들였다. 그가 시험 삼아 질문했다. 목소리는 낮고 묵직했다.

"널 이곳에 데려온 자가 서상림이냐?"

새카맣게 타 이목구비를 구분할 수 없는 송추동은 아무 움직임이 없었다.

"……안 먹히는 거 아닌가."

누군가 중얼거렸다.

묵연이 눈을 가늘게 뜨고 다시 물었다.

"널 이곳에 데려온 자가, 서상림이냐?"

여전히 꼼짝도 하지 않았다.

강희가 말했다.

"아직 너무 젊어서 그런 것 같으니 차라리 종사의 사촌께 맡겨 보지?"

그런데 이때, 송추동의 목이 꿈틀하고 움직였다! 뻣뻣하고 느렸지만, 확실히 고개를 가로저은 것이 분명했다.

설정옹이 놀라며 말했다.

"서상림이 아니라고?"

묵연은 견귀를 더욱 꽉 움켜쥐었다. 손등의 핏줄이 불거졌다. 그가 또 물었다.

"그렇다면 널 이곳에 데려온 사람을 똑똑히 봤느냐?"

또 잠깐의 침묵이 이어진 후, 송추동이 갑자기 입을 벌렸다. 그러나 말 없는 그녀의 입에서 나온 것은 크고 끈적끈적한 뱀이었다. 바닥에 떨어진 뱀은 쉭쉭 소리를 내며 미끄러졌다.

고월야의 제자가 그 뱀을 알아봤다.

"배 속에 탄언사(呑言蛇)가 있어요!"

탄언사. 이 사악한 짐승은 독은 없지만 온몸이 영갑(靈甲)으로 덮여 있어 사람의 장에서 이십여 년을 살 수 있었다.

상수진계의 많은 문파에서 사용했던 독사였다. 주로 암위에게 썼는데, 탄언사를 삼킨 암위는 오직 탄언사의 주인하고만 진실을 이야기할 수 있었고, 그 외의 사람은 무슨 질문을 하든 거짓, 혹은 거짓과 진실이 섞인 얘기만을 할 수 있었다. 그러지 않으면 독사가 잠에서 깨어나 순식간에 오장육부와 목구멍 그리고 혀를 갈기갈기 찢어 놓았다.

갑자기 견귀의 붉은빛이 꺼졌다. 송추동의 몸이 덜덜 떨리더니 계속 고개를 저었다. 입에서는 핏덩어리가 울컥울컥 쏟아져 나왔다. 마구 으깨어진 오장육부와 혀, 목구멍인 듯했다.

다시는 진실을 말하지 못하게 된 것이다.

우려하는 사람들 틈에서 누군가 제안했다.

"말을 하지 못하게 되었으니, 쓰라고 하는 게 어떻습니까?"

탄언사를 본 순간, 묵연은 배후에 있는 자가 매우 주도면밀하고 비범하다는 것을 깨달았다. 그러면서도 앞으로 나와 송추동의 두 손을 들고 자세히 살폈다.

설정옹이 물었다.

"어떠냐?"

묵연이 고개를 저었다.

"근육과 뼈가 전부 끊어지고 부러졌어요. 아무것도 쓸 수 없어요."

사방에서 조여 오는 느낌이 들었다. 음산한 바람이 불어와 숲의 나뭇잎들이 끔찍한 소리를 내며 비웃었다. 도처에서 시체들의 울부짖는 소리까지 들리니, 산꼭대기의 분위기는 금세 꽁꽁 얼어붙어 버렸다. 도포산장(桃苞山庄)의 장주 마운이 적막을 깨뜨렸다.

"그…… 그러면 결국 단서를 찾지 못한다는 얘기입니까?"

아무도 입을 열지 않았다.

묵연이 견귀를 집어넣었다. 송추동의 시신이 땅바닥에 축 늘어졌다.

곧이어 황산의 버드나무 넝쿨이 바스락거리며 뻗어 나와 이곳 주인의 시신을 꽁꽁 옭아매더니 관목 숲 안으로 끌어당겼다. 마치 이 작은 관목들로 그녀를 보존하려는 것처럼.

묵연은 조금 전까지만 해도 서상림과 그의 배후 세력이 어째서 송추동을 죽인 후 완전히 불에 태워 버리지 않았는지, 그리고 왜 그렇게 힘을 들여 손목의 힘줄을 끊고 탄언사를 삼키게 했는지 이해되지 않았다. 그러나 지금 이 상황을 보니 모든 것이 분명해졌다.

황산은 처음부터 끝까지 접골미인석에게 복종했다. 그녀의 시신이 황산에 있는 한, 봉황의 악령은 다른 사람이 자신의 주인을 불살라 재로 만들어 버리는 것을 허락하지 않을 터였다.

무슨 감정이었는지는 몰라도, 묵연은 갑자기 전생의 자신을 떠올렸다. 그가 죽어도 시신을 수습해 줄 사람은 아무도 없었다. 그래서 숨을 거두기 전에 자신이 미리 파 놓은 관 안에 누워야 했다. 사실 굳이 그럴 필요는 없었다. 공격하러 산에 오른 봉기군이 나중에 그의 시신을 능지처참한다고 해도 이상하지 않았기 때문이었다.

전생에 자신의 죽음은 송추동보다도 처량했다. 마지막에는 그를 지켜 줄 버드나무 가지조차 없었다.

사람들이 주위를 둘러싸고 이야기를 나누고 있었다. 미간을 찌푸린 채 이제 어떻게 하면 좋을지 토론했다. 그러나 강희, 초만녕처럼 눈을 감고 생각에 잠긴 사람도 있었다.

묵연도 눈을 감고 지금까지 일어난 모든 일들을 마음속으로 정리해 보았다. 이렇게 잔인한 방법은 전생의 그가 했던 것과 너무나 비슷했다. 어쩌면 그 비슷함 때문에 서상림의 모든 생각과 행동을 예측하는 게 그리 어렵지 않게 느껴졌다.

그는 삼생별원에서 맨발로 천천히 어슬렁거리던 서상림의 모습을 떠올렸다. 서상림이 골똘히 생각에 잠긴 채 자문했다. 영력이 충분치 못하면 수사 시체들을 제어할 수 없다. 그럼 어찌해야 하지?

그는 방법을 생각해 냈다.

공심진법이었다. 같은 수의 속인을 죽이고 수사 하나와 속인의 시체 하나를 잇는다. 꼭두각시처럼 조종할 수 있는 인형을 만드는 것이다.

어디서 하는 게 가장 안전할까?

4대 사산.

황산의 결계를 열지 못하면 어떡하지?

송추동의 시신을 데려가야지.

실낱같은 단서들이 빠르게 이어졌다. 묵연의 까맣고 어두운 눈동자는 깊은 생각에 잠겨 있었다.

속인들의 시체는 어디서 데려오지?

……임기에 겁화를 일으켜 죄다 불살라야지.

추측이었지만 모든 게 딱딱 들어맞았다. 묵연의 눈동자에 빛나는 광택이 흩어졌다 모이고, 모였다 흩어졌다. 그가 곧 서상림이고, 서상림이 곧 그인 것처럼 느껴졌다. 황산의 꼭대기에서서, 광기 어린 눈빛으로 산 아래에서 용솟음치는 시체들의 물결을 바라보았다.

점점 또렷해지고 점점 분명해지다가, 어느 순간 갑자기 한지점에 멈췄다.

그가 서상림이라면, 이 일들을 하고 나면, 자신이 심혈을 기울여 만든 꼭두각시들의 연극을 위한 '무대'를 만들지 않을까?

'무대'는 어디가 좋을까?

어디에서 용맹하고도 충분히 많은 수사 시신을 찾을 수 있을까?

들키지도 않고 비호도 받을 수 있는…….

점점 밝아지던 하늘이 순식간에 어두워졌다.

"교산……."

묵연이 중얼거렸다.

강희가 곁눈질로 그를 보았다.

"뭐라고?"

묵연의 안색이 급변했다. 순간, 그가 동쪽을 바라보며 분노했다.

"교산입니다! 영웅묘……! 그가 찾은 무대가 바로 교산의 영웅묘예요! 임기에서 일어난 겁화로 많은 속인이 죽었어요. 서상림은 속인들의 시체는 얻었지만 법력이 높은 수사들의 시체는 얻지 못했어요! 영웅묘예요!"

강희가 말했다.

"종사의 말은, 서상림이 불러내려는 게 유풍문의 영웅들이 대대로 묻혀 있는 영웅묘의 뼈들이라는 건가?"

그와 쓸데없는 말을 섞을 마음이 추호도 없던 묵연은 속으로 욕하며 쏜살같이 산 아래로 내달렸다.

서상림, 이 미친놈! 영웅묘엔 유풍문의 역대 장문들이 묻혀 있는 데다 신선이 된 초대 장문도 있어! 보통의 수사들은 그렇다 쳐도, 공심진법으로 그 사람들까지 조종하겠다고?

서상림의 법력이 버텨 내지 못하면, 그 사나운 해골들은 분명 벗어나려고 필사적으로 몸부림칠 것이다. 그러면 서상림은 도리어 그들에게 죽임을 당하고, 수백 년을 통틀어 유풍문에서 전력이 가장 강한 시체 군대가 폭주하게 될 터였다.

그건 무간지옥의 천열과 다를 바 없는 엄청난 재앙이 될 거야!

204장 사존, 저는 도대체 누구인가요?

묵연은 물밀듯 쏟아지는 시체들을 지나 산 아래로 내달렸다. 결계를 빠져나오자 남궁사가 보였다.

남궁사의 결박은 이미 풀렸고, 엽망석이 한쪽 무릎을 꿇고 앉아 그의 상처를 동여매고 있었다. 매함설은 차가운 얼굴로 강동당 사람들과 남궁사 사이에 앉아 공후를 연주했다. 손가락으로 가볍게 공후를 튕기니 물 흐르는 소리가 났다.

매함설은 곤륜 답설궁에서 교육을 담당하는 대사형이었다. 게다가 이자는 신출귀몰하고 몸놀림이 매우 민첩하며 자기 모습을 마음대로 바꾸곤 했다. 어떨 때는 한없이 진지하고 공손하다가도, 또 어떨 때는 정체를 알 수 없는 요사스러운 재주를 부렸다.

강동당 사람들은 남궁사를 찢어 죽이고 싶어 안달이었지만, 매함설 때문에 그저 바위 위에 얌전히 앉아 눈만 멀뚱거릴 수

밖에 없었다.

묵연을 발견한 매함설이 연주를 멈췄다. 그러고는 공후를 집어넣고, 일어나 고개를 끄덕였다.

참으로 차분하고 기품이 흐르는 모습이었다.

"산 위는 어떻습니까?"

묵연이 말했다.

"모두 가짜예요."

"가짜?"

매함설이 미간을 약간 찌푸렸다. 강동당 사람들도 이를 듣고 너 나 할 것 없이 묵연을 둘러쌌다. 황소월은 여전히 옆에 있는 정자에 누워서 제자들의 안마를 받으며 곧 죽을 사람처럼 앓는 소리를 내고 있었지만, 내심 소식이 궁금했는지 눈을 가늘게 뜨고 귀를 쫑긋 세웠다.

묵연이 말했다.

"서상림은 이 산이 아니라 교산에 있는 것 같습니다. 전……."

그의 말이 끝나기도 전에, 얼굴이 백지장처럼 하얘진 남궁사가 눈을 동그랗게 떴다.

"서상림이 교산에 있다고요?"

"아마도요. 확실한 건 아니에요."

남궁사는 어안이 벙벙한 표정을 지으며 중얼거렸다.

"그럴 리가 없어요. 교산은 남궁 가문의 명령만 따르는데, 서상림은……."

불현듯 뭔가 떠올랐는지, 말문이 막힌 그의 얼굴에서 그나마 남아 있던 핏기마저 사라졌다. 까만 눈동자가 묵연의 얼굴을 응시했다.

그도 잊고 있었다, 서상림도 원래는 남궁씨였다는 것을.

남궁 세가의 남궁류와 남궁서는 모두의 인정을 받았던 소년 영웅들이었다. 사람들은 이 형제 덕분에 유풍문이 다시금 하늘의 태양과도 같은 전성기를 맞으리라고 생각했다. 두 사람과 유풍문의 결말이 이런 식이 될 것이라고는 아무도 예상하지 못했다.

남궁사는 조용히 고개를 떨구고 입을 다물었다.

이때, 사람들이 황산에서 잇달아 내려오기 시작했다. 수천 명의 사람들이 떼 지어 되돌아오는 물고기들처럼 산 아래로 몰려들었다.

초만녕도 내려왔다. 그의 뒤에는 설몽과 사매가 있었다. 그가 남궁사를 쳐다보았다.

"손은 어찌 다친 것이냐?"

"괜찮습니다. 제가 그런 거예요."

남궁사가 말했다.

"종사님의 큰 은혜에 감사드립니다."

설몽이 한숨을 쉬며 말했다.

"사존이라고 해요. 종사님이 뭡니까, 정말. 체면을 봐줘도 싫다고 하니, 공자도 참……."

"전 사존을 모신 적이 없습니다."

남궁사가 메마른 입술을 천천히 열었다.

"종사님께 배운 겁니다. 어릴 적 어머니의 바람이었으니, 종사님께선 마음에 담아 두지 마십시오."

"……."

"죄송합니다. 당시 삼배의 예는 기억이 나질 않네요."

초만녕이 대답하기도 전에 강희와 다른 문파의 몇몇 장문들이 그들이 있는 곳을 향해 걸어왔다. 그들을 옹호하는 자들이 그 뒤를 따랐다. 초만녕은 이렇게 많은 사람 앞에서 사적인 이야기를 하는 것이 불편했다. 그래서 입을 닫으며 더는 말하지 않고 건곤낭에서 작은 약병을 꺼내 남궁사에게 건넸다.

"매일 바르거라. 사흘이면 나을 게다."

그가 짤막하게 말을 마치자마자 사람들이 도착했다.

황소월도 부축을 받으며 정자에서 비틀비틀하며 걸어 나왔다. 이렇게 맛있는 안줏거리를 강동당이 놓칠 리가 없었다.

지금은 고월야가 문파 중에서 제일 으뜸이니, 큰일에 대해 마땅히 강희가 먼저 말을 해야 했다. 그러나 남궁사를 본 강희는 어떤 태도로 말해야 가장 적절할지 갈피를 잡지 못했다.

유풍문은 오랫동안 제멋대로 횡포를 부리며 많은 문파의 원한을 샀다. 이런 원한들을 표출할 곳이 없자 결국 남궁사가 표적이 되었다.

그러나 남궁사에게 무슨 잘못이 있는가? 벽담장의 검보는 그가 가져간 게 아니었고, 터무니없는 가격도 그가 제시한 게 아니었으며, 심지어 그 검보가 어디에 있는지도 몰랐다. 그의 부친 남궁류는 지은 죄가 너무 커 죽음으로 갚는다고 해도 아쉬워할 사람이 없을 정도였다. 사람들은 아비가 진 빚은 자식이 갚아야 한다고 말한다. 그러나 모든 자식이 아비가 진 빚을 정말 갚아야 한다면, 이 자리에 있는 사람들 중 떳떳한 사람이 몇

이나 될까?

게다가 이 젊은이는 남궁 집안의 유일한 혈통이자 교산의 문을 열 수 있는 열쇠였다.

"남궁……."

강희가 곰곰이 생각하다 입을 열었다.

한마디밖에 하지 않았는데, 옆에서 누군가 부들부들 떨며 말했다.

"남궁 시주, 함께 가야 합니다. 결자해지란 말도 있잖습니까. 유풍문 때문에 생긴 골칫거리니, 시주가 수수방관해선 안 되지요."

무비사의 주지 현경대사였다. 강희는 자기도 모르게 속으로 비웃었다. 속까지 썩어 문드러진 늙은 중놈이 오히려 앙심을 드러내려고 하는군.

그래도 나쁘진 않았다. 어차피 그 역시 빈말뿐인 맞장구에는 서툴렀기 때문에, 못마땅한 듯 입을 다물고 옆에 서서 현경대사가 지팡이를 짚은 채 아미타불 어쩌고저쩌고하며 남궁사와 이치를 논하는 것을 지켜봤다.

남궁사는 몇 마디 듣지도 않고 곧장 대답했다.

"그러죠. 제가 교산으로 같이 가겠습니다."

그가 이렇게 흔쾌히 교산의 결계를 열어 주겠다고 하자 현경대사는 멍한 표정을 지었다. 그러고는 이내 합장을 하고 말했다.

"아미타불, 시주가 이렇게 사리에 밝으시니 부처님께서도 시주님의 죄를 감해 주실 것입니다."

남궁사는 뭔가를 말하고 싶었으나 곧 생각을 접었다. 노백금이 밖으로 나오고 싶은지 그의 전갑에서 울부짖었지만, 그는 아무 일 없다는 듯 노백금을 손가락으로 꾹 눌렀다.

"제가 교산으로 가는 건, 수백 년 역사가 있는 유풍문의 영웅호걸들이 꼭두각시가 되어 나쁜 일에 이용되는 걸 바라지 않기 때문입니다."

남궁사가 꾹 참으며 말했다.

"어쨌든 제게 바른길을 알려 주신 대사님의 호의는 감사하게 생각합니다."

그리하여 교산을 여는 열쇠도 생겼다.

4대 사산은 산마다 특징이 제각각이었다. 황산과 달리 교산에 가려면 남궁 혈족은 물론이고 남궁 집안이 데려가는 사람은 누구든 두 가지를 지켜야 했다.

첫째, 열흘 동안 재계해야 한다.

둘째, 교산의 반룡군산(盤龍群山)에 도착하면 걸어서 가야 한다. 어검 비행을 해서도 안 되고 말을 타서도 안 된다. 오직 두 다리로 산 세 개를 넘는 정성을 보여야만 한다.

설정옹이 숫자를 세더니 말했다.

"여기서부터 반룡군산까지 말을 타면 열흘이 걸리니 재계가 끝나는 날과 딱 맞는군요. 제군들께 급한 일이 없으면 굳이 문파로 돌아가 재계와 벽곡을 할 필요 없이 같이 가시지요."

답설궁 궁주가 말했다.

"좋습니다. 같이 가면서 다음 대책도 상의할 수 있겠군요."

설정옹이 말했다.

"다만 최소 3천 명이니 말을 구하기가 어려울 것 같습니다만……."

이때 무리에서 가느다란 목소리가 들리더니 손 하나가 불쑥 올라왔다. 생김새가 고약하고 교활해 보이는 남자였다. 붉은 비단 장포를 걸쳤는데, 그 테두리에는 부엉이를 숭배하는 토속 신앙의 검은색 문장(紋章)이 수놓여 있었다. 그가 말했다.

"우리 산장에 있소. 아마 충분할 거요."

"마 장주?"

강희가 눈썹을 추켜세웠다.

남자는 바로 상수진계 9대 문파 중 하나인 '도포산장'의 장문인 마운이었다. 설몽이 샀던 '아무거나 순위'에선 수진계 부호 3위였지만, 지금은 남궁류가 황천길로 갔으니 부유한 것으로 따지자면 이제 2위일 터였다.

강희와 비교해 마운은 훨씬 평범해 보였고 장사꾼 티가 났다. 물론 두 사람이 재물을 긁어모으는 방식은 완전히 딴판이었다. 강희는 포악하고 발이 넓은 데다, 진귀한 보물도 많았고 암시장에 몸담고 있었다.

그러나 마 장주는 수진계 곳곳에 크고 작은 역참을 세워 소포를 배송하고 말이나 배, 영력 마차 등을 빌려주었다. 마 장수의 도포산장은 편리한 배와 마차를 만드는 기술이 뛰어났고, 힘센 소와 말을 많이 키웠다. 마 장주에게 '접객마'[14]라는 별명이 붙을 정도였다.

불쾌한 표정의 흉신(凶神) 같은 강희를 보자 접객마는 두려운 듯 고개를 움츠리며 말했다.

"아니면…… 임령서로 갈까요? 강 장문께서 가진 말이 저보

#14 접객마 接客馬. 손님을 맞는 말이라는 의미

다 훨씬 많을 테니 말입니다. 하, 하하…….”

모두가 할 말을 잃었다.

마 장주의 주름투성이 미소를 보며 강희는 어이없다는 표정을 지었다. 잠시 후, 그가 말했다.

“난 그저 돕고자 하는 마 장주의 마음에 감명받았을 뿐, 다른 뜻은 없소. 도포산장은 여기서 가까우니, 마 장주께서 말을 내줄 의향이 있다면 그보다 좋은 게 어딨겠소.”

이 말을 들은 마 장주는 안도의 한숨을 내쉬며 웃었다.

“그럼 다들 저희 산장으로 가시지요. 곧 날이 어두워질 테니 산장에서 하룻밤 묵었다가 내일 함께 출발합시다.”

도포산장은 서호 옆, 고산(孤山) 꼭대기에 있었다. 고산은 이름만 산일 뿐 작은 언덕에 불과해서, 걸어서 반 시진이면 정상에 도착하고도 남았다.

“다 왔습니다!”

마 장주가 한껏 흥분된 표정으로 붉은 옻칠을 한 거대한 산문 앞에 서서 수호 결계를 풀었다.

“여러분, 들어오시지요. 들어오세요.”

황산에서 온 장문들은 모두 초조하고 걱정이 가득했는데, 마 장주만 마치 아무 일도 없었던 사람처럼 열의에 찬 미소를 지어 보였다. 사람들은 서로를 멀뚱멀뚱 쳐다보며 쓴웃음만 지을 뿐 아무 말도 하지 않았다. 장문들이 맨 앞에 서고 그다음이 장로, 몸소 가르친 제자 그리고 각 문파의 제자들이 끝없이 이어지며 차례대로 도포산장의 결계 대문으로 들어섰다.

설몽이 묵연에게 소곤거렸다.

"이 접객마 무슨 꿍꿍이지? 웃는 표정에 닭살이 다 돋았어. 설마 서상림이랑 한패는 아니겠지? 우리가 놓은 덫에 우리가 걸려드는 거 아니냐고."

"……아니야."

"어떻게 확신해?"

묵연이 말했다.

"9대 문파의 존주들과 인재들이 다 여기에 있고 다들 잔뜩 경계하고 있잖아. 마 장주가 서상림과 한패라면 아무것도 하지 못하고 들킬 거야."

"그럼 왜 저렇게 신난 거야?"

묵연이 한숨을 쉬며 말했다.

"돈을 벌어서 좋은 거겠지."

"무슨 돈? 마 장주가 지금 하는 건 분명히 손해 보는 장산데."

설몽은 정말 어리석었다. 그는 아버지인 설정옹과 마찬가지로 장사 쪽으론 아예 재주가 없었다. 들리는 바에 따르면 그가 어릴 때 어머니인 왕 부인이 그에게 은전을 주며 바꿔 오라고 했는데, 결국 바꿔 온 건 작은 연 하나와 기름때 묻은 엽전 세 개가 전부였다고 한다. 처참하게 속았으면서도, 그는 그 연이 예쁘다고 생각했고 아주 가치 있는 기쁨을 산 것이라고 여겼다.

이런 사람이 아무리 머리를 굴린들 접객마의 속셈을 알 리가 있겠는가.

설몽이 한참을 생각하다 결국 멍한 표정으로 말했다.

"너 잘못 들은 거 아니야? 분명 우리한테 돈 받고 빌려준다고 안 했어. 공짜라고. 마……."

이때, 방을 배정해 주기 위해 도포산장의 하급 제자가 그들을 맞이했다. 묵연은 손을 저으며 설몽에게 그만 말하라고 표시했다. 복숭앗빛의 겹옷을 입은 시녀가 빙그레 웃으며 그들을 오늘 밤 묵을 곳으로 안내했다.

여러 마당이 산을 따라 죽 늘어서 있고, 한 곳에 여섯 명이 묵었다. 황혼이 내려앉자, 묵연은 자신이 묵을 방의 창문 앞에 서서 먼 산의 차가운 푸른빛과 서호의 안개를 바라보았다.

황산에서 내려온 후부터 묵연은 내내 심한 불안과 초조함을 느꼈다. 그는 방문을 닫고 나서야 그러한 감정을 완전히 쏟아냈다. 한 손으로 창틀을 문지르면서 다른 한 손으로는 무의식적으로 손 안에 들린 따뜻한 물건을 만지작거렸다.

지금 그에겐 강남의 빼어난 경치를 감상할 마음의 여유가 없었다. 날이 저물고 있었다. 누군가 그의 얼굴에 떠오른 표정을 본다면, 그가 정말 정직하고 순박한 묵 종사가 맞는지 의심할 수밖에 없을 것이다.

지금 그의 표정은 전생의 답선제군이었다.

음흉하고 악랄한 얼굴.

석양빛이 그의 옅은 갈색 눈을 비췄다.

황혼 속에서 묵미우의 얼굴이 변했다.

서상림의 배후에 있는 환생자는 생각만으로도 소름이 끼쳤다. 묵연은 자신의 목에 칼이 들어온 것만 같았다. 칼날이 피부에 닿고, 살이 베이고, 피가 스며 나오는 기분이었다.

그러나 환생자는 힘주어 목을 베지 않았고, 그 역시 고개를 돌릴 수 없었다. 묵연은 자신의 뒤에 서서 언제든 자신의 목숨을 앗아 갈지도 모르는 환생자를 볼 수 없었다.

마음이 복잡했다. 자신이 환생했다는 사실이 밝혀질 날이 얼마 남지 않은 것 같았다.

결전의 날이 오면, 그러니까 진실이 까발려지는 날이 오면 난 어떻게 해야 하지?

백부님과 백모님은 날 어떻게 보실까? 사매는 어떻게 생각할까? 설몽은 뭐라고 할까?

그리고 초만녕은.

초만녕…….

전생의 일이 드러나면 초만녕은 얼마나 날 증오할까? 앞으로 날 거들떠보지도 않겠지?

너무나 심란했다. 생각할수록 오한이 들었고, 추위가 뼛속까지 파고들었다.

……툭.

갑자기 소리가 들렸다. 손으로 만지작거리던 그 물건이 바닥에 떨어진 것이다.

그는 얼떨떨한 기분으로 그것을 주워 무심하게 흘겨보았다.

물건에 먼지가 잔뜩 묻었다. 도포산장의 이 숙소는 사용을 안 한 지 오래되었고, 관리도 제대로 하지 않은 모양이었다. 바닥이 온통 먼지였다.

잠깐.

묵연의 얼굴에서 핏기가 사라졌다.

그는 불현듯 자신이 만지작거리던 물건이 뭔지 알아차렸다.

그의 손바닥 안에 있는 것은 까맣고 윤이 나는 바둑돌이었다.

진롱 바둑돌!

묵연은 머리카락이 곤두서며 질겁했다!

전생에서, 그는 죽기 전 이 년 동안 습관이 하나 있었다. 머리가 너무 복잡하거나 극도로 불안할 때마다 자기도 모르게 영력을 손바닥에 모아 검은 바둑돌 하나를 만들어 낸 다음, 손안에서 이리저리 굴리는 것이었다.

그의 이런 습관은 당시 궁 안의 많은 시종들을 두려움에 떨게 했다. 묵연은 우연히 궁인들이 이에 관해 이야기하는 것을 듣게 되었다. 궁인들은 모두 묵연이 화가 나면 바둑돌을 만들어 사람들을 죽이거나 산 사람을 꼭두각시로 만들 거라고 두려워했었다.

— 폐하께서 언제 그 바둑돌을 꺼내실지 모르니 무서워 죽겠어.

— 솔직히 나는, 차라리 죽은 사람의 두개골을 꺼내시는 게 나을 것 같아.

— 자네들이 뭐가 무섭다고 그래. 난 폐하를 가까이에서 모시잖아. 다리가 후들거린 적이 얼마나 많은 줄 알아? 폐하께서 바둑돌을 만들려면 영력이 얼마나 소모되는데, 만지작거리기만 하시진 않을 거 아냐? 분명 무슨 목적이 있을 텐데, 분풀이하신다거나……. 만약 나한테 불똥이라도 튀면 어찌해야 하나.

이를 들은 묵연은 정말 어이가 없었지만 조금 웃기기도 했다.

그는 궁인들의 황당한 생각을 이해할 수 없었다. 무슨 근거로 나의 속내를 단정할 수 있지?

사실 그의 바둑돌 만들기는 아무 의미가 없었다. 답선제군의 사사로운 취미, 그게 다였다. 그러나 궁인들의 대화를 듣고 난 후, 그는 가끔 고약한 마음이 생겼다. 손에 쥔 바둑돌을 어떤 시녀에게 붙이는 척하면, 시녀는 깜짝 놀라 다리를 사시나무 떨듯 떨며 연신 자신에게 용서를 구하곤 했다. 그는 언제나 그랬듯 차가운 표정을 지었지만 속으로는 그 상황을 신나게 즐겼다.

그가 죽기 전 이 년 동안의 유일한 취미였다.

그가 진롱 바둑돌을 만들어 내지 않은 지도 오랜 시간이 흘렀다.

마치 무의식적으로 과거의 자신과 분리하려는 듯, 환생한 이후 묵연은 한 번도 이 법술을 쓰지 않았다.

눈 깜짝할 사이에 칠팔 년이 흘렀다. 그는 자신이 그 심법, 그 주문을 잊은 줄 알았다.

그러나 그는 사실 벗어난 적이 없었다.

죄악의 씨앗은 그의 영혼 깊이 박혀 있었다.

묵연은 그 검은 바둑돌을 노려보았다. 손이 계속 떨렸다.

순간 극도의 절망감이 그를 덮쳤다.

갑자기 자신이 누군지 의문이 들었다. 답선군인가? 아니면 묵 종사인가?

자신이 어디에 있는지도 혼란스러웠다. 서호 옆인가? 아니면 무산전 앞인가?

꿈인지 현실인지조차 구분되지 않았다. 그는 부들부들 떨었다. 끊임없이 떨었다. 검은 바둑돌이 무거운 악몽처럼, 시커먼 핏자국처럼 그의 눈동자에서 빛났다. 머릿속에서 무시무시한 목소리가 미친 듯이 웃으며 소리쳤다.

'묵미우! 묵미우! 넌 벗어날 수 없다! 도망칠 수 없다! 넌 영원히 악인이고, 귀신이다! 넌 재앙의 별이야! 재앙의 별!'

그 소리가 귀를 울렸다.

똑똑. 갑자기 문 두드리는 소리가 났다.

묵연은 퍼뜩 정신이 들었다. 식은땀이 온몸을 적셨다. 그는 바둑돌을 손에 꼭 쥐고 소리쳤다.

"누구세요?"

"나야."

바깥에서 대답했다.

"설몽."

205장 사촌, 말씀드릴 게 있어요

묵연이 문을 열었다.

아주 살짝만 열어 문틈으로 보니, 햇빛을 받으며 서 있는 설몽과 푸른 윗옷을 입은 사매가 있었다.

설몽이 말했다.

"약 좀 갖다주려고 왔는데…… 뭐 해? 들어가게 문 좀 열어 봐."

묵연은 잠시 말이 없다가, 문틀을 잡고 있던 손을 놓았다. 두 사람이 방 안으로 들어왔다. 설몽이 창가로 걸어가더니 고개를 내밀고 바깥의 노을빛을 바라봤다. 그러곤 다시 고개를 집어넣으며 말했다.

"이 방 경치가 아주 좋네. 내 방은 바깥에 심어 놓은 녹나무 몇 그루가 다 가려서 아무것도 안 보이는데."

묵연이 건성으로 말했다.

"여기가 좋으면 나랑 바꾸든지."

"아냐, 짐도 다 풀었는데 뭐. 그냥 해 본 말이야."

설몽이 손을 내저으며 탁자 앞으로 걸어갔다.

"사매한테 약 좀 발라 달라고 해. 버드나무 덩굴에 맞은 어깨 상처 말이야. 그냥 두면 곪을 거야."

묵연의 흑갈색 눈동자가 설몽을 바라보았다. 설몽이 전생의 일을 알게 돼도, 사촌 형의 껍데기 속에 어떤 영혼이 들어앉아 있는지 알게 돼도 이렇게 활짝 웃으며 약을 갖다줄까.

설몽은 묵연이 빤히 쳐다보자 괜히 주눅이 들어 물었다.

"왜? 내 얼굴에 뭐 묻었어?"

묵연은 고개를 저으며 탁자 옆에 앉아 눈을 내리깔았다.

옆에 선 사매가 그에게 말했다.

"윗도리 벗어 봐. 상처 좀 보자."

묵연은 우울한 기분으로 별생각 없이 윗옷을 벗으며 말했다.

"번거롭게 만들었네, 나 때문에."

사매가 고개를 저으며 한숨을 쉬었다.

"너 말이야, 정말 조심성이 없어. 사존을 따라다니면서 좋은 건 안 배우고 나쁜 것만 배웠다니까. 위험한 일에 1등으로 나서서 결국 다른 사람들한테 걱정이나 끼치고 말이야."

그는 약상자에서 약을 꺼내 묵연의 상처에 꼼꼼히 바르고, 붕대를 감아 주었다.

처치를 끝낸 사매가 말했다.

"한동안은 물에 들어가지 마. 너무 많이 움직이지도 말고. 버드나무 가지에 독이 있어서 쉽게 나을 상처는 아니야. 그리고 손 좀 내밀어 봐, 맥 짚어 보게."

묵연이 팔을 내밀었다.

사매의 가늘고 하얀 열 손가락은 부드러운 옥 같았다. 손목을 잠시 짚고 있던 그의 눈에 걱정의 눈빛이 스쳤다.

순식간에 지나간 눈빛은 우연히 묵연의 눈에도 띄었다.

"왜 그래?"

정신을 번쩍 차린 사매가 말했다.

"아무것도 아니야."

"독이 심한 거야?"

사매는 고개를 저으며 머뭇거리다가 희미하게 웃어 보였다.

"아주 조금. 푹 쉬어야 한다는 거 잊지 마. 안 그러면 후유증이 남을 거야."

그가 고개를 숙이고 약상자를 정리한 뒤 말했다.

"난 약 좀 정리해야 할 게 있어서 먼저 갈게. 얘기 마저 나눠."

그의 뒤에서 문이 닫혔다.

설몽은 사매가 나간 곳을 바라보다가 미간을 찌푸렸다.

"요즘 기분이 안 좋은 것 같단 말이야. 이상해. 무슨 걱정이 있나."

묵연도 기분이 안 좋기는 마찬가지였다. 그가 말했다.

"진맥을 해 보니 내게 남은 날이 길지 않아서 슬퍼졌나?"

"아, 진짜. 그놈의 주둥아리."

설몽이 눈을 부라렸다.

"그렇게 스스로 저주하는 사람이 어딨어? 나 지금 진지해. 사매가 요 며칠 계속 저기압이야."

묵연은 그제야 그의 말에 주의를 기울이며 손을 멈추고는 물었다.

"그래?"

"그렇다니까."

설몽이 확신에 찬 목소리로 말했다.

"얼마 전에는 툭하면 멍하니 앉아 있더라고. 두세 번 불러야 겨우 대답했어. 혹시……."

"뭐?"

"좋아하는 사람이 생겼나?"

묵연은 할 말이 없었다.

사매가 좋아하는 사람이 생겼다고? 팔 년 전에 설몽이 이렇게 말했다면 묵연은 아마 끓어오르는 질투심을 주체하지 못하고 펄펄 뛰며 욕했을 것이다. 그러나 지금은 약간의 놀라움과 의아함뿐이었다. 다시 곰곰이 되짚어 보았지만, 요 몇 년 동안 사매에 대한 관심이 너무 줄어들었다는 것 말고는 깨달은 게 없었다.

"나한테 묻지 마. 어쨌든 날 좋아하는 게 아니라는 건 확실하니까."

묵연이 풀었던 옷깃을 여미며 매무새를 다듬었다.

"그리고 남의 감정 문제에 그렇게 관여해서 뭐 하게."

민망해진 설몽이 붉게 달아오른 얼굴로 헛기침을 하며 말했다.

"관여라니! 그냥 말한 것뿐인데!"

그가 험상궂게 묵연을 노려보았다. 몸매가 죽여주는 녀석이 옷 갈아입는 모습을 빤히 노려보다 보니 문득 이상한 느낌이 들었다.

다시 한번 자세히 훑어보던 그의 시선이 묵연의 탄탄한 가슴에서 멈췄다.

묵연은 별생각 없이 말했다.

"뭘 봐? 나 좋아해?"

설몽은 말이 없었다.

묵연은 여전히 제삿날을 받아 놓은 사람 같은 말투였다.

"그만 봐. 우린 불가능해."

설몽은 복잡한 마음을 숨긴 채 얼굴을 돌리며 침착한 척 말했다.

"흥, 헛소리는 참 잘해."

그러나 그의 심장은 쿵쾅쿵쾅 뛰었다. 묵연의 목에 걸려 있는 새빨간 수정석이 매우 낯익었기 때문이었다. 어디선가 똑같이 생긴 것을 본 것 같았다. 당장은 생각이 안 났지만, 불현듯 온몸에 닭살이 쫙 돋더니 머릿속이 윙윙거렸다.

어디서 봤더라?

옷을 다 입은 묵연은 탁자 위에 약 몇 방울이 떨어져 있는 걸 발견하고는 설몽에게 물었다.

"손수건 있어?"

"응? ⋯⋯아, 있어."

설몽이 정신을 차린 후 주머니를 뒤져 손수건을 건넸다.

"넌 손수건 맨날 까먹더라."

"습관이 안 돼서."

설몽이 정색하고 말했다.

"지난번에 사존께서 너 하나 주기로 했다며. 허풍도 참."

묵연은 그제야 초만녕에게 해당화 손수건을 달라고 했던 것이 생각났다. 그러나 초만녕은 잊어버린 건지, 아니면 귀찮아서 미루고 있는 건지는 몰라도 여태 주지 않았다. 그는 조금 민망해져서, 헛기침을 몇 번 하고는 말했다.

"사존도 요즘 바쁘셔서 시간이 없으실……."

"시간이 있으셔도 너만 줄려고 만들지는 않으실 거야."

설몽이 한껏 비웃으며 말했다.

"나도 분명 주시겠지. 그 누구냐…… 남궁사도 받을지도."

남궁사의 이름이 나오자 묵연은 안 그래도 좋지 않던 기분이 더욱 나빠졌다.

"만났어?"

"아니, 내가 뭐 하러."

설몽이 말했다.

"남궁사랑 엽망석은 강희 그 노인네 옆에 묵어. 난 그쪽에서 더 멀리 떨어지고 싶어."

묵연이 고개를 끄덕였다.

"괜찮을 거야. 강희가 성질이 고약하고 까칠하지만, 그래도 사리에 밝은 사람이니까 괴롭히진 않을 거야."

설몽이 씩씩거리며 말했다.

"그가? 강희 그놈이 사리에 밝은 사람이면 내가 성을 바꾼다. 설몽이 아니라 강몽이라고 불러."

"……."

설몽은 늘 세상의 부조리에 분개하고 증오하면서 입만 열면 시원시원하게 남을 욕했다. 그래도 그의 이런 시끄러움 때문에 묵연은 집 안에 사람이 사는 것 같은 왁자지껄한 분위기를 느낄 수 있었다.

전생의 무시무시한 악몽이 그제야 천천히 희미해졌다.

설몽이 말했다.

"그런데 말이야, 사존이 정말 남궁사를 제자로 들이시려는 건 아니겠지?"

"예전의 사존이라면 분명 싫어하셨을 거야."

묵연이 말했다.

"그러나 지금은 너와 나조차도 막지 못할걸."

설몽은 어리둥절했다.

"왜?"

묵연이 한숨을 내쉬었다.

"예전에 이무심은 남궁사를 두려워했어. 분명 자신이 선배인데도 남궁사에게 한 번도 말대꾸하지 않았고. 왜 그랬겠어?"

"걔네 아버지가 대단한 사람이니까. 수진계 제일 문파의 장문이잖아."

"그래, 그럼 다시 물어볼게. 지금 황소월 같은 사람도 그렇고, 직책 없는 사람들도 그렇고, 전부 남궁사를 비난하는 이유는 뭐겠어?"

"⋯⋯원한 때문에?"

묵연은 말없이 생각했다. 이런 말은 설몽만이 할 수 있는 말이었다.

그는 갑자기 부러움이 몰려왔다. 설몽은 스무 살이 넘었어도 가끔 생각이 아이처럼 단순했다. '아이처럼'이라는 말은 참 미묘한 표현이다. 아이들의 가장 큰 특징인 순진함, 단순함, 솔직함은 어리고, 미성숙하고, 경솔하다는 뜻으로도 풀이되기 때문이다.

그러나 이십 년을 살았는데도 이 속세를 바라보는 눈이 깨끗하다는 건 기적이라는 생각이 들었다.

그는 자신의 앞에 서 있는 기적을 바라보다 쓴웃음을 지었다.

"무슨 원한이 그렇게 많겠어."

"유풍문이 상수진계의 일을 완전히 다 폭로했잖아……."

"그건 서상림이 폭로한 거지, 남궁사랑 무슨 관련이 있어?"

묵연이 말했다.

"게다가 비밀들이 까발려졌을 때 가장 피해를 본 사람 중 하나가 남궁사잖아. 어머니가 아버지의 손에 목숨을 잃었다는 걸 알게 되었으니, 그는 절대 나쁜 짓을 시작한 사람이 아니라 희생양이자 피해자야."

설몽이 무슨 말을 할 듯이 입을 벌렸다. 묵연은 그가 말하길 기다렸으나, 그는 입을 벌린 채 한참을 가만히 있다가 잔뜩 화난 표정으로 입을 다물었다.

딱히 반박할 말을 찾지 못했던 것이다.

한참 후 설몽이 마지못해 물었다.

"그럼 너는 이유가 뭐라고 생각하는데?"

"첫째, 재밌는 구경거리잖아."

묵연이 말했다.

"유풍문 일은 볼수록 자극적이야. 곤경에 빠진 공자 하나를 괴롭히는 건 거리의 거지를 욕하는 것과는 비교할 수 없을 만큼 재밌지 않겠어?"

이는 전생의 설몽과 같았다. 그때 고초를 겪은 어린 봉황이 얼마나 혹독하게 배척당했던가?

설몽은 몰랐지만, 묵연은 확실히 알고 있었다.

답선제군의 미움을 살까 두려워 그를 받아 주려는 문파가 없었고, 그와 손잡으려는 문파도 없었다. 그는 방방곡곡을 돌아다니며 크고 작은 문파의 장문들에게 묵연이 더 미친 짓을 하기 전에 자신과 손잡고 폭정을 일삼는 묵연에 대항하자고 호소했었다.

묵연이 왕위를 계승한 첫해의 일이었다.

설몽은 구 년 동안 이곳저곳을 다니며 목소리를 높였지만, 그의 말에 귀 기울이는 사람은 아무도 없었다. 결국 마지못해 그에게 거처를 내준 건 곤륜의 답설궁뿐이었고, 그를 도와주려는 사람도 매함설뿐이었다.

묵연은 이번 생에서는 설몽이 그런 굴욕을 당하지 않게 되어 다행이라고 생각했다.

아무것도 모르는 설몽이 물었다.

"그럼 두 번째는?"

"둘째, 제 딴엔 하늘을 대신해 정의를 행할 수 있다고 생각한 거지."

"왜?"

"천음각에서 수진계의 중죄인을 심문할 때 어떻게 하는지 알아?"

"모두가 볼 수 있는 곳에 사흘 밤낮을 매달아 놓지."

설몽이 중얼거리며 말을 이었다.

"그건 왜? 너도 기억할 거야. 네가 사생지전에 처음 왔을 때, 사형에 처한 중죄인을 공개 심판하던 날 아버지가 보러 가시는데 너랑 나도 따라갔잖아. 형을 집행할 때 너도 봤고. 물론 너는 그때 겁이 너무 많아서 사형 장면에 놀라서는 열이 펄펄 끓었지. 사오일이 지나서야 회복됐었는데……."

묵연이 한참을 웃다가 말했다.

"기억해. 산 채로 영핵을 꺼내는 건 처음 봤으니까."

"겁날 게 뭐 있어. 네 영핵을 꺼낸 것도 아닌데."

묵연이 말했다.

"세상일은 모르는 거야."

설몽은 놀랐는지 묵연의 이마를 짚었다.

"열은 없는데 왜 이런 바보 같은 말을 할까."

"꿈을 꿨을 뿐이야. 꿈에서 누군가의 검이 내 명치를 찔렀어. 조금만 빗나갔으면 심장과 영핵 모두 끝장날 뻔했어."

설몽은 어이가 없어서 손을 내저으며 말했다.

"그만해. 네가 비호감이긴 해도 명색이 사촌 형인데, 네 영핵을 꺼내 가는 사람이 있으면 나부터 가만히 안 둬."

묵연은 웃었다. 까만 눈동자가 끝이 보이지 않을 정도로 웃음은 깊었다. 그 안에는 빛도 있고, 그림자도 있었다. 흔들리는 빛과 그림자 속에 오만 가지 생각이 가득했다.

그는 왜 설몽에게 천음각에서의 지난 일을 얘기한 걸까?

설몽은 전혀 알아차리지 못했을 것이다. 그러나 묵연의 마음속에는 깊이 각인된 그림자였다.

묵연은 심문당한 그때 그 사람을 기억하고 있었다. 이십 대의 젊은 여자였다.

천음각 광장에 구경꾼들이 잔뜩 모였다. 남자, 여자, 노인, 아이, 수사, 평민…… 다양한 사람들이 모두 모였다. 그들은 고개를 들고 곤선승,[#15] 정혼쇄,[#16] 복마련[#17] 등 세 가지 법기에 묶여 있는 여인을 올려다보며 소곤거렸다.

"임 부인 아니야?"

"이제 막 명문가에 시집왔잖아. 무슨 죄를 지었길래 천음각을 떠들썩하게 하나."

"몰랐어? 조씨네 집을 저 여자가 불 질렀다잖아! 자기 남편까지 죽이고!"

"아……."

주위에 서 있던 사람들이 듣고 헉하며 놀랐다. 누군가 물었다.

"뭐가 그렇게 불만이었을까? 듣자 하니 남편이 엄청나게 잘해 줬다던데."

사람들이 이러쿵저러쿵 수군거리는 가운데, 천음각주가 천천히 공개 심판대 위로 올라갔다. 교지를 들고 심판대 아래의 사람들과 인사한 후, 여유롭게 교지를 펼쳐 임씨 성을 가진 여인의 죄상을 낭독하기 시작했다.

읽는데 반 시진이 걸릴 정도로 죄상이 매우 길었다.

자초지종을 따져 보니, 임씨 성의 여인은 조씨 집안이 애초에 들이려던 권문세가의 여인이 아니었다. 그녀는 사람의 모습

#15 곤선승 捆仙繩, 선인도 잡을 수 있는 밧줄 형태의 법보
#16 정혼쇄 定魂鎖, 혼을 잡아 두는 자물쇠
#17 복마련 伏魔鏈, 마귀를 붙잡는 쇠사슬

을 한 꼭두각시, 대역일 뿐이었다. 조 공자에게 접근한 진짜 목적은 사사로운 원한을 갚기 위한 살인이었으며, 원래 조씨 집안에 시집오려던 대갓집 규수는 이 여인의 칼에 맞아 원귀가 된 지 오래였다.

"참으로 대단한 연극이었다."

천음각주는 정의롭고 엄숙하게 평가했다.

"그러나 악인은 하늘 아래 숨을 곳이 없는 법. 죄인은 어서 가면을 벗고 원래의 모습을 보이도록 해라."

모두가 보는 앞에서 벗겨진 가면이 뱀의 허물처럼 바닥에 떨어졌다.

심판대 위에 선 여인의 헝클어진 머리카락 사이로 창백하고 요사스러운 얼굴이 드러났다. 천음각 제자들은 그녀의 턱을 들어 사람들에게 얼굴이 보이게 했다.

심판대 아래가 소란스러워졌다. 누군가 크게 소리쳤다.

"악랄한 여인이군!"

"아무 죄도 없는 여인을 죽인 것도 모자라 멀쩡한 가문을 망하게 한 게 복수 때문이라고?"

"쳐 죽여라!"

"눈을 뽑아 버려!"

"능지처참해라! 껍데기를 한 겹씩 벗겨야 해!"

각양각색의 사람들로 이루어진 구경꾼 무리는 마침내 한목소리를 내기 시작했다. 거대한 꼬리를 육중하게 흔드는 괴수처럼 탐욕스럽게 침을 흘리며 포효하고 소리쳤다.

이 끔찍한 괴수는 자신이 상서로운 동물이라고 생각했다. 위로는 하늘과 청렴함, 아래로는 황제와 땅을 대표하며, 인간 세상에서 정의와 공도#18를 대언한다고 여겼다.

심판대 아래의 날카로운 소리는 점점 커져서 소년 묵연의 고막을 할퀴었다. 그는 사람들의 격분에 경악했다. 칼에 찔려 억울하게 죽은 처녀도, 제명에 죽지 못한 조 공자도 모두 그들의 가족, 친구, 자식, 정부(情婦)인 것만 같았다. 그들은 자신의 가족과 친구와 자식과 정부를 대신해 공정한 결과를 만들어 내지 못함을 아쉬워했고, 제 손으로 저 죄인을 찢어 죽이지 못해 한스러워했다.

묵연은 눈을 크게 뜨고 망연히 바라보았다.

"죄를 언도하는 건…… 천음각에서 하는 일 아닌가요?"

설정옹이 그를 위로했다.

"겁낼 필요 없다. 천음각이 할 거고, 사람들은 그냥 분을 못 이겨 저러는 것뿐이야. 저들이 아무리 이러쿵저러쿵해도, 결국 천음각은 신무가 가리키는 대로 죄상을 정해 판결을 내릴 게다. 공정하게 끝날 테니 걱정 말거라."

그러나 설정옹이 말한 대로 흘러가지 않았다. 사람들이 외치는 내용은 점점 광적으로 변했고, 점점 과장되었다.

"창녀 같으니라고! 무고한 사람을 죽인 인간을 그렇게 쉽게 죽인다고요? 목 각주! 수진계의 공정을 대표하는 곳이니 제대로 심문해서 열 배, 백배의 고통을 줘야 합니다! 호락호락 봐주지 말아요! 받아 마땅한 벌을 내려야 합니다!"

"일단 저 주둥이부터 찢은 다음, 이를 하나하나 뽑고 혀를 갈

#18 공도 公道. 사회 일반에 통용되는 공평하고 바른 도리

기갈기 조각내라!"

"몸뚱이에 진흙을 처발라라! 그다음 피부를 한 꺼풀 벗겨 내고 고춧물을 몸에 부어 고통을 느끼게 해라! 고통 속에 죽어라!"

기루의 포주까지 와서 구경했다. 그녀는 해바라기씨를 까먹으면서 아양을 떨었다.

"아이고, 옷을 다 찢어 버려요. 저런 것은 벗기기만 해선 안 되죠. 아래에다 뱀도 집어넣고, 미꾸라지도 집어넣고, 남정네들 100명이 돌아가며 그 짓을 해야 제대로 벌을 받았다고 할 수 있죠."

이들의 분노가 정말로 정직하고 올바른 마음에서 비롯된 것인가?

묵연은 그때 설몽 옆에 앉아 있었다. 설몽이 받은 충격은 더 컸다. 그는 계속 오들오들 떨었고, 마지막에는 설정옹마저 그의 불안을 눈치챌 정도였다. 설정옹이 아들을 데리고 그곳을 떠나려는데, 갑자기 심판대 위에서 '펑' 하고 폭발음이 들렸다. 사람들 속에서 누군가 위쪽을 향해 던진 기폭 부적이 마침 그 여인의 발 앞에 떨어진 것이다. 규칙에 맞지 않는 행동이었지만 천음각 사람들은 막을 시간이 없었던 건지, 아예 막을 생각조차 없었던 건지는 몰라도, 어쨌든 그 기폭 부적은 곧장 터져 버렸다. 여인의 발과 다리가 순식간에 피투성이가 되었다.

"백부님!"

묵연이 설정옹의 옷을 꽉 움켜쥐었다. 그는 부들부들 떨었다. 온몸이 심하게 떨렸다.

"좋아!"

심판대 아래에서 엄청난 기세의 함성이 터져 나왔다. 사람들은 손뼉을 치며 기뻐서 어쩔 줄 몰랐다.

"잘 터졌다! 악한 자는 벌을 받아야지! 또 던져라!"

"누가 던진 겁니까? 그만하십시오."

천음각의 제자가 심판대 아래에서 목소리를 높이며 사람들 사이로 들어갔다. 사람들은 채소 잎, 돌멩이, 달걀, 칼 등 온갖 물건들을 위로 내던졌다. 천음각 제자들은 스스로 결계를 치고 옆에 서 있었는데, 그녀를 곧바로 죽일 태세만 아니면 막으려 하지 않았다.

빼어난 기상을 자랑하는 천음각은 정의를 실천하는 군중들을 내버려 두었다.

여기까지 떠올린 묵연은 가슴이 답답해 더는 회상을 이어 가고 싶지 않았다. 그는 눈을 감았다가 다시 떴다.

"두고 봐, 설몽. 남궁사가 자신이 사존의 제자라는 걸 인정하기 싫어하고 계속 고집부리면, 그는 수진계에서 방패막이를 완전히 잃어버리는 거야. 교산 일정이 끝나고 그들이 정말 남궁사를 천음각으로 데려가 심문하게 되면, 너는 그때와 완전히 똑같은 광경을 보게 될 거야."

설몽이 말했다.

"그때 천음각의 심문에 사람들이 분개했던 건 그 여자가 사람을 죽였기 때문이잖아."

"칼을 손에 쥐면, 쥔 사람이 찌르고 싶은 대로 찌르는 거지. 안 그래?"

묵연은 점점 마음이 무거워졌다. 그는 남은 말을 삼켰다.

'정의로운 세상'을 위한다는 명목으로 악한 일을 행하면서 삶의 불만과 자신의 마음속 잔혹함, 광기, 살기를 엉뚱한 곳에 분출하는 사람이 얼마나 넘쳐 나는가.

설몽은 차를 다 마시고 묵연과 이런저런 이야기를 나누다, 넘어가는 해를 바라보곤 묵연의 방을 나섰다.

묵연은 창가에 서서 소매 안에 넣어 놓았던 진롱 바둑돌을 꺼내 한동안 응시했다. 그러고는 두 손가락에 영력을 불어넣고 힘주어 비틀었다. 바둑돌은 재 가루가 되었다.

바람이 불자 모든 나뭇잎이 떨었고, 창가에 서 있는 사람도 떨었다. 그는 천천히 손을 들어 자기 얼굴을 감싸며 피곤한 모습으로 창틀을 붙잡고 멍하니 서 있었다. 한참이 지난 후에야 그는 방 안의 어둠 속으로 사라졌다.

그는 칠흑같이 어두운 방 안에 앉아 한참 동안 생각했다. 이런저런 생각 끝에, 왠지 자신이 완전히 가루가 되어 무너질 것만 같은 기분을 느꼈다. 어떻게 해야 좋을지 도통 알 수가 없었다. 어떤 일들은 꼭 말을 해야만 할 것 같았지만, 괜히 말했다가 상황이 복잡해지거나 수습하기 힘들어질지도 모르는 일이었다.

어떻게 해야 하지?

알 수 없었다…….

생각할수록 찝찝하고, 생각할수록 혼란스러웠다. 그는 불안했고, 고통스러웠다.

그는 자신의 뒤에 서 있는 배후 인물을 생각했다.

그는 수진계가 신처럼 떠받드는 천음각에 대한 사람들의 숭배와 무조건적인 믿음을 생각했다.

그는 심문을 받다가 다리 살점이 다 뜯겨 나간 그 여인을 생각했다.

묵연은 궁지에 몰린 짐승처럼, 미치광이처럼 방 안을 어슬렁거렸다. 답선군과 묵 종사의 그림자가 그의 준수한 얼굴 위로 번갈아 가며 나타났다. 하나가 나타나 다른 하나를 집어삼키고, 또 다른 하나가 나타나 다른 하나를 집어삼켰다.

결국 그는 참지 못하고 일어섰다.

그리고 문을 열고 밖으로 나갔다.

밤이 깊었다.

초만녕은 잠자리에 들 준비를 하다가 밖에서 누군가 문 두드리는 소리에 문을 열었다. 묵연을 발견한 초만녕은 어리둥절했다.

"무슨 일이냐?"

묵연은 자신이 미쳐 간다고 생각했다. 언제든지 큰 화가 닥쳐 미치광이가 될 것 같았다. 그는 용기를 내 이 황당한 모든 것을 설명할 작정이었다. 그러나 초만녕의 얼굴을 보자마자 그의 용기는 갈가리 찢겨 먼지가 되었고, 이기심과 연약함으로 바뀌었다.

"사존……."

묵연은 뜸을 들였다. 비음이 섞여 나왔다.

"잠이 안 와요. 좀 앉았다 가도 되나요?"

초만녕이 비켜서자 묵연은 방으로 들어가 문을 닫았다. 불안한 기색이 너무 심해서였을까. 그는 아무 말도 하지 않았지만 초만녕은 그의 초조함을 알아차렸다.

"무슨 일이 있는 게냐?"

묵연은 말없이 그를 바라보다가, 창가로 걸어가 두 손을 모으고 하나뿐인 창문을 꼭 닫았다.

"저⋯⋯."

묵연이 입을 열자마자 목소리가 갈라졌다. 갑자기 마음속에서 그 광기 어린 충동이 용솟음쳤다.

"말씀드릴 게 있어요."

"서상림에 관한 것이냐?"

묵연은 고개를 저었다. 잠시 머뭇거리다가 다시 고개를 끄덕였고, 또 고개를 저었다.

촛불이 그의 눈에서 붉게 빛났다. 날름거리는 독사의 시뻘건 혓바닥이 구불구불 꿈틀거리는 것 같았다. 그의 표정은 매우 복잡했고, 눈동자도 빛을 잃었다. 초만녕이 머뭇거리며 손을 들었다. 그의 얼굴을 쓰다듬으려고 했다.

손끝이 그의 얼굴에 닿으려는 찰나, 묵연이 두 눈을 질끈 감았다. 속눈썹이 떨렸고 목울대가 오르락내리락했다. 전갈의 독침에 찔린 것처럼 그는 몸을 획 돌려 모호한 한마디를 내뱉었다.

"죄송해요."

그러곤 나직이 말했다.

"촛불을 꺼도 될까요?"

묵연이 머뭇대며 말을 이었다.

"⋯⋯사존 얼굴을 보니까 말을 못 하겠어요."

무슨 일인지는 몰라도, 여태껏 본 적 없는 묵연의 모습에 초만녕은 온몸의 털이 쭈뼛 서는 기분이었다. 온 세상을 파괴할 무언가가 떨어져 모든 사람을 으스러뜨릴 것 같았다.

초만녕은 말없이 그 자리에 서서 고개를 끄덕였다. 묵연은 촛대로 다가가 불을 한동안 응시하다가, 마지막 남은 불빛을 꺼 버렸다.

이윽고 어둠이 방 안을 삼켰다.

조금 전 불빛을 오래 쳐다봐서인지, 묵연의 눈앞에는 촛불의 잔상이 아른거렸다. 주황색은 오색찬란한 빛으로, 또렷함은 흐릿함으로 바뀌었다.

그는 초만녕을 등지고 섰다. 초만녕은 재촉하지 않고 그가 입을 열기를 기다렸다.

206장 사존, 저더러 침상 밑에 숨으라고요?

묵연은 몇 번이나 말을 꺼내려고 했지만, 입술만 달싹거릴 뿐이었다. 관자놀이가 욱신거렸고, 피가 세차게 용솟음치며 제멋대로 내달렸다. 그러나 그는 자신의 피가 뜨겁기는커녕 얼음처럼 차갑게 느껴졌다. 고통스럽게 발버둥 치는 동안 손가락 끝이 점점 차가워졌다.

"사존."

"……."

"실은…… 저…….."

그가 드디어 입을 열었다. 그러나 몇 마디 하기도 전에 혼란스러워졌고, 다시 무너져 내렸다.

내가 왜 말하려고 하지?

전부 전생일 뿐이잖아. 난 이미 무산전에서 자살했어. 진즉에 죽었다고. 그냥 전생을 기억하는 것뿐인데…… 왜 군이 애기하려고 했을까.

말하면 마음이 후련하겠지. 그렇지만 이게 올바른 선택일까?

지금 충분히 만족스럽지 않은가. 설몽이 그를 보며 웃어 주고, 초만녕은 그의 것이고, 백부와 백모 모두 건강하고, 사매도 여전히 살아 있으니…… 이보다 더 중요한 건 없었다. 평생 죄책감에 시달리더라도, 평생 도망자로 살더라도, 그는 스스로 이 모든 걸 무너뜨리고 싶지 않았다.

그러나 그는 반드시 말해야 한다는 생각도 들었다.

배후에 있는 그자도 환생했다는 것은 분명한 사실이었다. 사람들이 대비할 수 있도록 알릴 수 있는 사람은 자신뿐이었다. 그가 속죄할 기회였다. 하늘이 그를 한 번 죽인 후에도 기억을 남겨 놓은 건, 바로 이 순간을 위한 것인지도 몰랐다. 이 재앙을 막기 위해 나설 누군가를 마련해 놓은 건 아닐까.

목숨을 걸고서라도 나설 사람 말이다.

눈을 감은 묵연이 몸을 떨었다. 속눈썹이 희미하게 촉촉해졌다.

그는 죽는 게 두렵지 않았다. 어차피 한 번 죽었던 몸이었으니. 그러나 죽음보다 더 두려운 게 있었다. 그는 전생에 그것들 때문에 너무 고통스러웠고, 그것들에게서 벗어나기 위해 결국 자살을 선택했다. 최근 몇 년 동안, 특히 이번 생에서 초만녕이 죽은 후, 그는 보이지 않는 그 거대한 괴수에게서 벗어나기 위해 필사적으로 내달렸다. 그러나 지금, 막다른 골목까지 내몰리고 말았다.

괴수의 날카로운 발톱이 그의 숨통을 겨누고 있었다.

모든 사람이 그를 버렸고, 끝없이 욕했다.

넌 도망갈 수 없어……. 넌 도망갈 수 없어…….

묵연은 소리 없이 울었다. 눈물이 주르르 흘러 땅바닥에 떨어졌다.

그는 떨리는 목소리를 최대한 억누르며 말했다.

"죄송해요……. 전…… 전 어떻게 말을 꺼내야 할지 모르겠어요……. 사실…… 전……."

그때, 탄탄한 두 팔이 뒤에서 그를 감쌌다.

묵연은 눈을 번쩍 떴다. 초만녕이 다가와 뒤에서 그를 껴안은 것이다.

"말하기 싫으면 하지 말거라."

초만녕의 목소리가 등 뒤에서 들려왔다.

"누구나 자신만 아는 비밀이 있다. 대부분은 잘못했던 일이지."

묵연은 어안이 벙벙했다.

초만녕이 이미 알고 있었다.

알고 있었다……. 하긴 초만녕이 어떻게 모를 수 있겠는가? 내가 불안해하며 사죄하는 걸 얼마나 많이 봤는데. 진심이든, 거짓이든, 마지못한 것이든, 간절한 것이든.

초반녕은 묵연이 무슨 잘못을 저질렀는지는 알 수 없었지만, 지난 일을 솔직하게 말하고 싶어 한다는 것을 알고 있었다. 그리고 사실은 그 일을 결코 말하고 싶어 하지 않는다는 것 또한 알고 있었다.

"사존……."

"그 일이 널 불안하게 하고, 나에게 말하고 싶다면 말해도 좋아. 내가 들어 줄 테니."

초만녕이 말했다.

"하지만 말하는 게 고통스러우면 하지 않아도 된다. 나도 묻지 않으마. 난 네가 같은 잘못을 반복하지 않으리라는 것을 안다."

묵연은 가슴이 찢어지는 것 같았다.

그는 살짝 고개를 저었다. 아니에요…….

사존이 생각하는 것처럼 간단한 게 아니에요……. 절대 그렇게 간단하지 않아요…….

꺾지 말아야 할 꽃을 꺾은 게 아니라, 사람을 죽였어요. 온통 피바다가 될 만큼, 시체가 산을 이룰 만큼. 수진계의 절반을 휩쓸었고, 사존도 파괴했어요.

그는 또 한 번 무너졌다.

내가 당신을 파괴했다고, 초만녕!

왜 이딴 망나니를 위로하는 거야. 왜 자기 심장에 칼을 꽂은 사람을 위로하고, 왜 죽기 전에 나 자신을 놓아주라고 애원한 거야?

왜 애초에 날 죽이지 않은 거야…….

묵연은 끊임없이 부들부들 떨었다. 초만녕은 가슴이 울렁거렸다. 따뜻한 물방울이 손등 위로 떨어졌다. 그가 낮은 목소리로 속삭였다.

"묵연……."

"말해야겠어요."

"말하거라."

묵연은 너무나 혼란스러웠다. 그가 고개를 젓다가 가까스로 입을 열었다.

"그런데…… 어떻게 말해야 할지 모르겠어요……."

지금까지 잘 억눌러 왔던 목소리가 결국 흐느낌으로 변했다.

"정말…… 어떻게 꺼내야 할지 모르겠어요……."

"그럼 하지 마."

초만녕은 팔을 풀어 묵연의 몸을 돌렸다. 어둠 속에서 그가 묵연의 뺨을 어루만졌다. 묵연이 얼굴을 피했지만 초만녕은 단호하게 그의 얼굴을 손으로 감쌌다. 오랫동안 흘린, 축축한 눈물이었다.

초만녕이 말했다.

"말하지 마."

"전……."

순간, 해당화 향이 느껴지더니 초만녕의 입술이 묵연의 입술에 닿았다. 그가 먼저 묵연에게 입을 맞춘 건 처음이었다. 어색하고 서툴게, 그는 묵연의 입술에 자신의 입술을 포갠 다음 괴로워하는 묵연의 입을 비틀어 열었다. 그렇게 미끄러져 들어간 혀는 상대의 혀와 뒤섞였고, 서로를 휘감았다.

혼란, 불안, 광기.

이유를 알 수 없었지만, 사랑은 모든 고통에서 벗어날 수 있는 피난처 같다고 묵연은 생각했다. 인간도 결국 동물과 같아, 교미할 때만큼은 모든 것을 잊을 수 있는 존재였다. 욕망의 바다에 빠져 있는 시간 동안은 쾌락만이 진실이었다.

막막한 사람에게는 동정이었다.

절망에 빠진 사람에게는 잠깐의 휴식이었다.

두 사람은 침묵했다. 깊은 입맞춤을 하며 초만녕은 자신 때문에 일어난 묵연의 욕망이 옷을 사이에 두고 자신을 건드리는 걸 느낄 수 있었다. 머뭇거리던 그는 그것을 만지려고 손을 뻗었지만, 묵연이 그의 손을 잡았다.

"이제 됐어요."

묵연은 그를 품에 안았다. 눈앞에 있는 이 사람만이 자신의 고통을 덜어 줄 수 있었다.

자신의 영혼을 깨끗하게 해 줄 수 있었다.

"다른 건 필요 없어요. 이거면 됐어요……."

초만녕이 그의 얼굴을 쓰다듬었다. 까닭 없이 그가 안쓰러웠다.

"왜 이렇게 바보 같은 게냐."

묵연은 초만녕의 다른 한 손도 잡았다. 그렇게 두 사람은 양손을 마주 잡았다. 그가 초만녕의 이마에 자신의 이마를 갖다 댔다.

"제가 조금만 더 일찍 바보 같았다면 정말 좋았을 텐데요."

초만녕은 더는 그를 위로할 수 없었다. 어떻게 더 부드러운 말을 할 수 있는지도 몰랐다. 그저 그의 뺨과 코끝을 서툴게 쓰다듬다가 다시 가볍게 입술을 포갰다.

초만녕은 귓불까지 뜨겁게 달아올랐지만, 어떻게든 침착해 보이려 애썼다. 그는 적극적으로 묵연에게 입을 맞추고 껴안으며 전혀 해 본 적 없는 행동을 했다.

"사존……."

묵연은 몸을 피하면서도 그의 입맞춤에 점점 숨이 가빠졌다.

"그만…… 이러지 마세요."

"항상 네가 했지."

초만녕이 손을 뿌리치며 그의 목덜미를 잡았다.

"오늘은 내 말을 듣거라."

"사존⋯⋯."

초만녕이 강아지 같은 묵연의 따뜻하고 촉촉한 눈을 보며 그의 뒤통수를 토닥였다. 처음 느껴 보는 위안과 따스함이었다.

"착하지."

불빛 없는 어둠 속에서 그들은 벽에 기대어 입술을 포개고 서로를 애무했다. 입맞춤은 부드러움에서 격렬함으로, 격렬함에서 갈망으로, 갈망에서 더는 헤어날 수 없는 욕망으로 이어지며 수컷의 욕망과 다급함으로 채워졌다.

"사존⋯⋯ 만녕⋯⋯."

묵연은 자기도 모르게 그의 이름을 불렀다. 아끼고 사랑하는, 죄책감을 느끼게 하는 매혹적인 이름을.

작은 불씨 같은 사랑이라도 초만녕의 것이라면 그에겐 세상에서 가장 강한 미약이었다.

묵연은 마침내 복잡한 생각을 멈추고 초만녕을 벽으로 밀었다. 그를 밀어붙이며 거칠게 입술을 포개고 그를 문질렀다. 두 사람은 숨을 헐떡거렸고, 심장은 미친 듯이 뛰었다. 묵연은 이성을 잃고 눈가가 새빨개졌다. 입술을 포개던 중 초만녕이 미간을 찌푸리며 말했다.

"불⋯⋯."

"끈 거 아니에요?"

그는 계속 초만녕의 귀와 목에 입을 맞췄다. 초만녕은 그의 귓가에 신음하고 싶은 욕망을 참으며 낮은 목소리로 말했다.

"아니, 불을 켜거라……."

묵연이 멈칫했다.

초만녕이 말했다.

"널 보면서 하고 싶다."

촛불이 켜졌다.

어둠이 사라졌다.

초만녕의 봉안은 맑고 깨끗하며 단호했다. 그 눈은 욕망에 덮여 있었다. 얼굴은 평소처럼 차갑고 엄숙했지만, 귀는 붉게 물들어 있었다.

그가 말했다.

"널 보면서 하고 싶어."

순간, 묵연의 심장이 도려내지듯 아팠다. 더럽고 상처투성이인 심장, 과거에 냉혹하기 그지없던 이 심장이 어떻게 이런 눈빛을 받으며 뛸 수 있단 말인가?

그는 초만녕을 안고 입 맞추며 그의 손을 자신의 가슴에, 심장이 뛰는 곳에 갖다 댔다.

묵연이 말했다.

"여길 기억해요."

그가 속삭이듯 말을 이었다.

"어느 날, 제가 지은 죄를 용서받지 못하는 날이 오면."

묵연은 낮은 소리로 말하며 코끝을 초만녕의 코끝에 문질렀다.

"사존의 손으로 절 죽여 주세요. 여기를 찔러서."

초만녕은 화들짝 놀라며 믿을 수 없다는 듯 그를 쳐다보았다.

"지금 네가 무슨 말을 하는지 알고는 있는 것이냐?"

묵연이 웃었다. 웃음 속에는 묵 종사의 준수함과 성실함 그리고 답선군의 악함와 광기가 함께 어려 있었다.

"제 영핵은 사존이 만든 것이니 제 심장도 사존 거예요. 어느 날 제가 죽어야만 한다면, 둘 다 사존의 것이 되어야 해요. 그래야만 제가……."

그는 더 말을 잇지 못했다.

초만녕의 눈 속에 나타난 경악과 공포는 그가 한 번도 본 적이 없는 것이었다. 그래서 더는 입이 떨어지지 않았다.

묵연은 결국 눈을 내리깔고 쓴웃음을 지으며 말했다.

"장난이에요. 그냥 해 본 소리예요……."

그가 초만녕을 꽉 껴안았다.

이런 기회가 얼마나 더 남았을까.

"만녕……."

당신을 사랑해, 당신을 갖고 싶어, 당신을 떠날 수 없어.

하고 싶은 말이 많은데, 전생에서처럼 입이 떨어지질 않아.

초만녕은 여전히 막막함과 두려움 사이에 있었다. 사람이 얼마나 큰 잘못을 저질러야 이런 말을 할 수 있는지 궁금했다.

그러나 묵연의 입맞춤에 그의 의식은 혼돈 속에서 뿔뿔이 흩어졌다. 그는 정신력이 형편없는 사람이 아니었다. 아마 이건 묵연의 입맞춤 때문이 아니라, 그저 초만녕 자신이 깊게 생각하고 싶지 않은 이유일 터였다.

열정 속 절망은 마치 화염 속에 떨어지는 기름 같았다.

그 후의 뒤엉킴은 원시와 광기에 가까웠다. 아직 침상에 오르지도 않았는데 옷의 반이 벗겨졌다. 침상 위에 누워 묵연의 아래에 있는 초만녕도 처음처럼 어색해하지 않았다. 욕망을 향한 수컷의 요구는 단순하고도 거칠었다.

초만녕의 속옷은 재빨리 벗겨졌다. 묵연은 그의 그곳에 고개를 묻고 입을 맞추고 빨았다. 그러면서 수시로 고개를 들어, 촛불 아래 몽롱해진 눈빛으로 고개를 젖히고 가쁜 숨을 쉬는 초만녕을 바라보았다.

이런 뒤엉킴이 몇 번이나 남았을까?

두 번? 한 번?

교산에 가자마자 그 배후 인물을 만나게 될 수도 있었다. 그 사람이 정말 진롱기국을 사용했다면, 재빨리 그 주술을 깨뜨릴 수 있는 사람은 자신뿐이었다.

모든 진상이 밝혀질 터였다.

몸을 섞으며, 그는 자신의 스승을 달래며 절망에 이른 자신도 달랬다. 나중에도 많고 많은 기회가 있을 것이라고 타일렀다.

그들은 영원히 함께할 것이다.

깊은 밤부터 대낮까지 뒤엉키는 애욕처럼, 그는 하룻밤에도 몇 번이나 그를 괴롭히고 서로가 연결된 자세로 깊은 잠에 빠진다. 아침이 밝아 오고 햇살이 비치면 그는 상대의 따뜻한 품 안에서 눈을 뜨고, 밝은 낮의 침상 위에서 또다시 몸을 섞는다. 끝없이 더러워지고, 끝없이 사랑하고, 끝없이 서로를 원하면서.

묵연은 두 사람의 것을 같이 애무했고, 함께 분출했다.

초만녕의 봉안은 욕망의 안개로 가득했다. 묵연의 움직임에 따라 그의 살짝 벌어진 입술은 가쁜 숨을 내뱉었고, 눈빛은 점점 몽롱해졌다.

그렇게 서로에게 깊이 빠져 있던 그때, 갑자기 밖에서 문 두 드리는 소리가 났다.

번뜩 정신이 돌아온 초만녕의 얼굴에서 핏기가 싹 가셨다. 묵연은 곧바로 그의 입을 막아 아무 소리도 내지 못하게 했다. 방 안은 조용했으나, 그의 반대쪽 손은 초조하고도 격렬하게 움직이며 자신과 품 안에 있는 사람을 흥분시켰다.

초만녕은 고개를 젓고 싶었지만, 묵연의 힘이 너무 세서 단단히 눌려 꼼짝도 할 수 없었다. 유일하게 드러난 그의 봉안은 좋으면서도 고통스러워 보였고, 후회와 낙담이 어려 있었다.

"사존, 계세요?"

이 소리를 들은 초만녕은 더욱 화가 난 눈빛으로 묵연을 쳐다보며 한쪽 손으로 침상 옆을 가볍게 두드렸다.

묵연이 침을 삼켰다. 목울대가 육감적으로 움직였고, 목소리는 낮고 쉬었다.

"네, 저도 알아요. 설몽이에요."

"사존?"

기다려도 대답이 없자 설몽이 중얼거렸다.

"이상하네. 불은 켜져 있는데……."

묵연은 그를 상대할 생각이 전혀 없는 듯, 여전히 초만녕의 위에 엎드려 애욕의 바다에 푹 빠져 있었다. 방 안이 어두워서 그는 초만녕의 노기 어린 눈빛마저 축축한 흥분으로 착각했다.

"사존?"

바깥의 제자는 갈 생각이 없는 것 같았고, 침상 위의 제자도 멈출 생각이 없는 것 같았다. 두 제자에게 동시에 시달리자 더는 어찌할 수 없었던 초만녕은 단호하게 묵연의 손가락을 깨물었다. 아픔이 느껴지자 묵연은 그제야 손을 뗐다. 까만 눈에 억울함이 서렸다.

그가 낮고 가라앉은 목소리로 말했다.

"아파요…….."

"아파 죽어야 그만하지."

초만녕은 숨을 내쉬며 무섭게 그를 노려본 후, 문 쪽을 향해 외쳤다.

"자려고 누웠다. 무슨 일이냐?"

"아, 별건 아니고요."

설몽이 말했다.

"그냥…… 잠이 안 와서요. 걱정거리가 있는데 사존이랑 얘기를 좀 나누고 싶어서……."

그의 목소리가 점점 작아졌다. 문밖에서 고개를 푹 숙인 봉황의 아들이 생생하게 상상되었다.

초만녕은 잠자코 있었다.

"……."

무슨 일이지? 오늘 밤엔 어째서 두 제자 모두 걱정거리가 있다는 거야?

마음이 놓이지 않았던 초만녕은 그를 누르고 있는 묵연을 두드리며 작은 소리로 말했다.

"일어나. 빨리 옷을 입어라."

묵연은 눈을 휘둥그레 뜨며 강아지 같은 표정을 지었다.

"들어오라고 하시게요?"

"목소리가 좀 이상하지 않으냐⋯⋯."

"저는요?"

초만녕은 민망함을 무릅쓰고 말했다.

"옷을 입고 침상 밑에 숨어라."

207장 사존, 흥분하셨나요?

묵연은 말문이 막혔다. 설몽은 참 대단했다. 상황이 이렇게 되고 보니, 전생의 일을 말하느니 마느니 하는 건 잊힌 지 오래였다. 지금 그의 머릿속에는 원망과 욕정뿐이었다. 설몽이 하필 지금 초만녕에게 이야기해야만 하는 일이 도대체 뭔지 이해가 가지 않았다.

설마, 그놈도 남자를 좋아하는 건 아니겠지?

설몽이 남자를 좋아할지도 모른다는 생각이 들자 묵연은 속이 메스꺼웠다. 상상도 할 수 없었다. 그는 고개를 저으며 몸을 일으켜 침상 아래를 한번 보고는 초만녕에게 말했다.

"안 돼요."

"너……."

"화내지 마세요. 사존 말을 안 들으려는 게 아니에요."

묵연이 말했다.

"침상이 너무 낮아서 못 들어가요."

그러곤 빠르게 덧붙였다.

"옷장도 없고, 창문도 하나밖에 없어요. 숨을 데가 없으니 설몽한테 가라고 하세요."

초만녕도 그의 생각에 수긍하며 밖을 향해 말했다.

"할 말이 있으면 내일 하자꾸나. 난 이만 자야겠다."

"하지만 정말……."

설몽이 억울한 목소리로 말끝을 흐렸다. 약간의 울음기마저 섞여 있었다.

"잠깐이면 돼요, 네? 사존, 머릿속이 복잡해서 그래요. 사존께 여쭤보고 싶은 게 있어요."

설몽이 계속 애원했다.

"내일 아침까지 잠을 못 잘 것 같아요."

묵연은 애걸복걸하는 설몽의 목소리에 짜증이 치밀었지만, 도대체 무슨 일이기에 오늘 밤이 아니면 안 된다는 건지 내심 이유가 궁금하기도 했다. 그래서 몸을 일으켜 여기저기를 둘러보다가, 번뜩 좋은 생각이 떠올랐다. 그가 초만녕에게 귓속말을 하자 초만녕의 낯빛이 순식간에 어두워졌다.

"그건…… 좀 황당한데."

"아니면 그냥 가라고 하세요."

초만녕은 말을 하려다 멈췄다. 설몽이 밖에서 낙엽을 발로 차는 소리가 들렸다. 설몽이 이렇게 귀찮게 한 적은 거의 처음이었다. 이런 상황에서 가라고 하긴 힘들었다. 초만녕은 속으로 욕을 하며 묵연을 밀어내곤 말했다.

"무조건 얌전히 있어야 해. 그리고 이번만이다. ……아, 잠깐, 바닥에 옷들! 잘 숨겨, 빨리."

초만녕이 계속 대답이 없자, 바깥에서 기다리던 설몽은 속상한 마음을 무릅쓰고 다시 한번 불렀다.

"사존?"

"……그래, 들어오거라."

허락을 받은 설몽이 문을 열었다. 그는 들어오자마자 미간을 찌푸렸다. 방 안에서 표현할 수 없는 옅은 냄새가 났다. 무슨 냄새인지 알 수 없을 정도로 희미했지만, 아주 익숙한 냄새임은 분명했다.

초만녕은 정말로 침상에 누워 있었다. 침상 위에서부터 늘어뜨려진 휘장이 안쪽을 가렸다. 설몽이 들어오는 소리가 들리자, 초만녕은 휘장을 살짝 걷어 올려 졸음이 가시지 않은 얼굴을 내보이며 눈을 반쯤 떴다. 마치 방금 깨서 매우 피곤한 듯 촉촉하고 붉게 충혈된 눈이었다. 그가 여유롭게 설몽을 쳐다봤다.

등불이 어두운 데다 휘장까지 가리고 있어 초만녕의 얼굴은 잘 보이지 않았다.

설몽이 쑥스러워하며 우물거렸다.

"사존, 주무시는 데 방해해서 죄송해요."

"아니다, 앉아라."

초만녕이 말했다.

"나는 그냥 누워 있겠다."

설몽도 그를 일으킬 생각은 전혀 없었다. 설몽이 황급히 말했다.

"네, 네. 사존은 누워서 들어 주시기만 하면 돼요."

초만녕은 그가 말을 꺼내길 기다렸다.

설몽이 탁자 옆에 앉아 우물쭈물했다. 조금 전 방으로 돌아가 곰곰이 생각한 끝에, 묵연의 목에 걸려 있던 목걸이가 왜 그렇게 낯익었는지 마침내 알게 되었던 것이다. 유풍문으로 가는 길에 묵연이 초만녕에게 사 준 목걸이였다. 설몽도 예뻐서 갖고 싶어 했던 바로 그 목걸이였다.

그때 묵연이 자기 입으로 말했었다, 마지막 남은 하나라고.

이 일은 생각할수록 수상쩍었고, 생각할수록 불안했다. 그 역시 묵연과 마찬가지로 말을 하느냐 마느냐 사이에서 고민하며 번뇌하다 결국 참지 못하고 여기까지 왔다.

그러나 초만녕의 눈빛을 마주하니 설몽 역시 머뭇거리면서 어떻게 말을 꺼내야 할지 알 수 없었다.

한참이 지나고, 설몽이 그제야 작은 목소리로 말했다.

"사존, 묵연 말이에요…… 좀 이상하지 않아요?"

초만녕과 묵연의 가슴이 동시에 철렁 내려앉았다.

초만녕이 태연하게 물었다.

"……어째서 말이냐?"

"요즘 계속 이상하다는 생각이 들어서요……. 사존은 못 느끼셨나요?"

설몽은 말을 꺼내기가 어려운지 한참을 우물거리다가, 마침내 마음을 굳게 먹고 눈 딱 감고 말했다.

"제 생각엔 묵연이 아무래도…… 그러니까…… 누군가를 좋아하는 것 같아요."

초만녕은 말문이 막혔다.

물론 설몽은 '사존을 좋아하는 것 같다'고 감히 말하지 못했다. 그러나 초만녕을 힐끔거리는 눈빛에는 걱정과 불안이 가득했다.

초만녕이 말했다.

"어째서 그런 얘길 하는 것이냐?"

"저도 확신하는 건 아니라서 사존께 여쭤보러 온 거예요. 사존도 혹시 저랑 같은 생각을 하고 계신가 해서요."

"남의 일에 너무 관여하지 말거라."

"하지만 오늘……."

"오늘 왜?"

"오늘…… 오늘 묵연의 목에……."

설몽은 말을 멈추고 고개를 숙였다. 침상의 휘장 뒤에 숨어 있던 묵연은 화들짝 놀라 자신의 목에 걸린 수정석 목걸이를 만지작거렸다. 그의 안색이 변했다.

설몽이 본 게 무엇인지 전혀 알 길이 없는 초만녕은 미간을 찌푸린 채 그를 바라보며 다음 말을 기다렸다. 그런데 정작 설몽은 아무 말이 없었다. 이때 따뜻한 큰 손이 초만녕의 다리를 만졌다.

초만녕의 눈빛이 바뀌었다. 묵연이 또 무슨 허튼짓을 하는 줄 알고, 설몽이 한눈판 틈을 타 휘장 뒤에 가려진 침상 안쪽을 바라보았다. 묵연이 자기 목걸이를 가리키며 입 모양으로 뭐라 말하고 있었다. 초만녕은 단번에 상황을 파악했다.

잠시 생각을 정리한 뒤 그가 말했다.

"묵연의 목에서 내 것과 똑같이 생긴 목걸이를 봤다고 말하려는 게냐?"

"아뇨, 아뇨, 그런 뜻이 아니에요!"

설몽은 민망한 듯 얼른 손을 내저었다.

"제가 어떻게 감히 사존이라고 생각하겠어요. 그냥 수상해서, 전……."

"괜찮다."

초만녕이 말했다.

"내가 돌려준 목걸이다."

"아…… 사존…… 사존께서 돌려주셨다고요?"

"무슨 생각을 했느냐?"

설몽이 안도의 한숨을 내쉬었다. 줄곧 창백했던 얼굴에 혈색이 돌기 시작했다. 그가 활짝 웃었다.

"그때 묵연이 분명 마지막 남은 하나라고 했거든요. 그래서 전 묵연이……."

초만녕이 눈을 찌푸렸다.

설몽이 얼른 말했다.

"그런 뜻이 아니라…… 제가 말씀드리고 싶었던 건…… 그저……."

그는 한참을 우물쭈물하다가 결국 이마를 '탁' 치며 풀이 죽은 채 말했다.

"휴, 그냥 못 들은 걸로 해 주세요. 제가 어리석어서, 어떻게 설명해야 할지 모르겠어요. 사실 요즘 묵연이 이상해 보였거든요. 걔는 보통 사람하고 생각하는 게 다르잖아요. 또 엉뚱한 사고를 쳐서 사존이 싫어하실 일이 일어날까 걱정이 됐던 거예요."

그는 한참을 중얼거리다 조심스럽게 물었다.

"사존, 제 말…… 이해하셨어요?"

초만녕이 대답했다.

"아니."

"……이, 이해가 안 되셨으면 됐어요. 맞아요, 이해가 안 되는 게 맞아요."

설몽은 점점 더 횡설수설했고, 잔뜩 기가 죽은 채 머리카락을 쥐어뜯었다. 그가 힘없이 중얼거렸다.

"세상에…… 내가 지금 무슨 말을 하는 거지…….."

마음에 없는 말을 못 하는 초만녕은 그를 어떻게 위로해야 할지 알 수가 없었다.

양심에 어긋나는 말은 많았다. 아무렇게나 한마디 하면 묵연과 자신의 관계를 깨끗한 모양새로 드러낼 수 있었다. 설몽이 하려던 말도 아마 그런 말이었을 것이다.

초만녕이 아니라고 하면, 아무리 명명백백한 사실이 눈앞에 있다 해도 설몽은 스승을 믿는 편을 택할 사람이었다.

이런 전적인 신뢰 때문에 초만녕은 더욱 말할 수 없었다. 그는 초조하게 한숨만 쉬며 생각에 빠진 설몽을 말없이 바라보았다.

그는 절망적인 말을 하고 싶지 않았다.

결국 설몽도 마음을 가다듬고 고개를 숙인 채 바닥을 응시하며 멍하니 있다가, 겨우 입을 열었다.

"사존, 사존은 영원히 우리의 사존이에요. 변하지 않으실 거죠? 그렇죠?"

"……."

"다른 게 아니라, 남궁사의 일을 보고 나니 전⋯⋯."

초만녕이 말했다.

"변하지 않아."

잔뜩 굳어 있던 설몽의 등이 천천히 풀어졌다. 그가 코를 훌쩍이며 웃었다.

"네, 그럼 됐어요."

초만녕은 왠지 마음이 아팠고 미안했다. 그의 표정은 말라 버린 우물처럼 아무 변화가 없었지만, 목소리는 낮고 부드러웠다.

"설몽⋯⋯."

설몽은 그가 말하길 기다렸다.

그러나 초만녕은 그저 불빛에 비친 설몽을 지그시 바라볼 뿐, 아무 말도 하지 않았다.

무슨 말을 해야 좋을까?

앞으로 무슨 일이 생기든 날 사촌으로 인정해 줄 것이냐? ⋯⋯그는 끝내 말할 수 없었다. 죽어도 그럴 수 없었다. 이 말은 너무 나약했고, 너무 낯간지러웠고, 너무 잔인했다.

자신이 무슨 권리로 설몽에게 언제나 인정해 달라고 말한단 말인가. 사람은 누구나 만나고 헤어지며 성장하고 변한다. 죽순이 가지를 뻗어 자라면, 껍질은 언젠가 떨어져 나가 누렇게 말라 버리고 끝내 흙으로 돌아가기 마련이다.

설몽의 인생은 아직도 수십 년의 긴 세월이 남았다. 수십 년 동안 누군가를 한결같이 보필할 수 있는 사람은 많지 않다.

옛일, 옛사람은 모두 뱀의 허물이 되고 죽순의 껍질이 되기 때문이다.

설몽은 한참을 기다리다 결국 불안한 눈을 동그랗게 떴다.

"사존?"

"아무것도 아니다."

초만녕은 담담하게 말했다.

"근심 걱정이 많은 것 같으니 탐랑 장로에게 맥향로 두 병을 청해 마시거라."

"……."

"다른 할 얘기가 남았느냐?"

설몽은 생각하다 말했다.

"예."

"뭔데?"

"정말 남궁사를 제자로 받아들이실 생각이세요?"

한동안 생각해 왔던 질문이었다.

"그럼…… 남궁사가 제 대사형이 되는 것 아닌가요?"

"……신경 쓰이느냐?"

"네."

설몽은 민망한지 옷깃을 문질렀다.

"제가 서열 1위였는데 남궁사가 들어오면 저는……."

초만녕은 참지 못하고 미소를 지었다.

어릴 적 설몽은 그의 어머니인 왕 부인에게 응석 부리길 좋아했다. 묵연이 온 뒤로는 부모 앞에서 묵연보다 사랑과 인정을 받으려 애썼다. 그런데 스무 살이 넘은 지금까지도 이 습관이 그대로 남아 있었다. 고작 남궁사 때문에 파르르 떨며 흥분해서는 서열을 걱정하며 마음에 담아 두고 있는 건 정말 예상밖이었다.

초만녕이 말했다.

"구분 없이 다 똑같다."

"그건 안 돼요. 전 그를 대사형으로 받아들이고 싶지 않아요. 남궁사가 가장 먼저 사존께 예를 올리긴 했지만 사존의 인정을 가장 늦게 받았으니까요. 남궁사가 사존의 문하로 들어오는 건 상관없어요. 하지만 서열은 제일 낮게 해 주세요. 소사제나 뭐 그런 것들로요."

설몽은 아주 진지했다.

"앞으로 제가 남궁 사제라고 부르면 되잖아요."

"……네 마음대로 해라."

설몽은 금세 기분이 좋아졌다. 신이 나자 오히려 더 갈 생각이 없어 보였다.

침상에 숨어 있던 묵연은 점점 마음이 초조해졌다. 저 녀석은 말이 왜 이렇게 많은 거야. 왜 아직도 안 가는 거냐고. 꺼져, 빨리.

설몽은 꺼지지 않았다. 그가 말했다.

"저 사존께 여쭤보고 싶은 게 더 있어요."

"그래."

정작 초만녕은 태평했다.

"말해 보거라."

묵연은 답답했다.

"묵연이 저번에 그러더라고요. 얼마 전 사존께서 손수건을 주기로 하셨다고……."

초만녕이 물었다.

"그거…… 그래, 그런데 아직 안 만들었는데. 너도 갖고 싶으냐?"

설몽의 눈동자가 반짝였다.

"제 것도 있어요?"

"너희 다 하나씩 주려던 참이었다."

초만녕이 말했다.

"계속 바빠서 좀 늦어졌다."

그의 말에 설몽은 기쁨과 놀라움이 교차했지만, 묵연은 어안이 벙벙했다.

나만…… 나만 주는 게 아니었어?

어째서 설몽도…….

심지어 사매도…….

게다가 남궁사까지…….

묵연은 너무 억울했다. 초만녕은 고개를 옆으로 돌린 채 설몽과 이야기를 나누느라 묵연의 어두운 표정은 안중에도 없었다.

저쪽에선 표정이 밝아진 설몽이 신바람이 나서 초만녕에게 자신이 원하는 손수건 모양을 설명하느라 여념이 없었다. 이쪽의 묵연은 생각할수록 짜증이 났다. 특히 초만녕이 설몽과 즐겁게 대화하는 모습을 보니, 그들이 아무 사이가 아니라는 걸 알면서도 온갖 떨떠름한 감정이 솟아올랐다.

"두약은 어렵다. 두약이 수놓인 손수건이 갖고 싶다면 내가 왕 부인께 여쭤보마."

"어, 어렵다고요?"

설몽이 멈칫했다.

"그럼 됐어요. 사존께서 하실 수 있는 걸로 해 주세요. 사존이 가장 자신 있는 건 어떤 거예요?"

"……꽃이든 새든, 무늬나 장식은 다 잘하진 못해."

민망해진 초만녕이 헛기침을 했다.

"가장 자신 있는 건 반야바라밀다심경[19]이다."

"?"

초만녕이 말했다.

"어릴 때 무비사에서…… 회죄대사께서 가르쳐 준 것이다. 난……."

그는 말을 하다 말고 갑자기 미간을 찌푸렸다. 안색이 변했고, 입을 꾹 다물었다.

설몽이 멈칫했다.

"사존, 왜 그러세요?"

"……."

초만녕은 잠시 머뭇거리다가 입을 열었다.

"아니다……. 다른 할 얘기가 더 있느냐?"

"네, 있어요. 하나가 더 있는데 갑자기 생각이 안 나네요. 잠시만요."

설몽은 고개를 숙이고 생각에 잠겼다. 그가 눈을 아래로 내리깐 사이, 초만녕은 자기도 모르게 숨을 돌리며 침상 안쪽 깊은 곳에 숨어 있는 사람을 노기 어린 눈으로 휙 째려보았다.

안 그래도 묵연은 야릇한 행동을 해서 초만녕이 얼른 설몽을 내보내도록 할 작정이었다. 그런데 뜻밖에도 자신을 째려보는

#19 반야바라밀다심경 般若波羅蜜多心經. 《반야경》의 내용을 핵심만 간추려 요약한 반야경전

그 눈의 불그스름한 눈가와 반항할 수 없는 모습이 그의 마음 속에 불을 지르고 말았다.

그는 애초부터 짐승의 습성이 강했고, 어떤 부분에서는 극도로 원시적이고 야만스러웠다. 지금까지 꾹 참고 견딘 건 단지 초만녕을 향한 애절한 사랑과 가슴 아픈 죄책감 때문이었다. 이런 감정은 그의 본성에 족쇄를 채워 놓고, 침상에서 그 어떤 심한 행동도 하지 못하게 했다.

그러나 지금 이 순간, 초조함과 질투심이 그 족쇄를 끊어 버렸다. 그는 촉촉하고 까만 눈으로 소리 없이, 그러나 위협적으로 초만녕을 응시했다. 그러다 발끈 충동적으로 일을 저질렀다.

그는 몸을 굽히고 설몽과 휘장 하나를 사이에 둔 곳에서 이불 속으로 기어들어 갔다. 그러고는 초만녕의 길고 탄탄한 두 다리를 따라 올라갔다.

이불이 모든 빛을 차단했다. 어둠 속에서 모든 감각이 더욱 증폭되었다. 초만녕의 약한 떨림이 그대로 전해졌다. 갑자기 손 하나가 묵연의 어깨를 잡았다. 불에 덴 듯 뜨거운 손가락이 그의 탄탄하고 넓은 어깨를 잡고 옆으로 밀었다.

조만녕이 이불 아래에서 그에게 할 수 있는 전부였다.

그러나 묵연은 오히려 그를 갈가리 찢어 버리고 싶은 욕망에 휩싸였다.

설몽은 여전히 말하고 있었다. 그가 무슨 말을 하는지는 중요하지 않았다. 묵연은 한 귀로 듣고 한 귀로 흘렸다. 설몽은 '사존이 무슨 모양으로 수를 놓든 상관없다, 난 다 좋다'라는 식의 얘기를 하고 있었다. 묵연은 점점 화가 났다. 그의 숨결이 초만녕의 허벅지에 닿았다. 그는 욕망을 일으키는 부위가 어딘지 알고 있었지만, 그곳을 건드리진 않았다.

고개를 돌리자, 속눈썹도 그를 거들었다. 그는 초만녕의 허벅지 안쪽 피부에 입을 맞추고, 빨고, 핥으면서 쉽게 없어지지 않는 야릇한 자국을 남겼다.

초만녕의 떨림은 더욱 심해졌다. 묵연을 남겨 둔 걸 대단히 후회하는 게 분명했다. 그의 손톱이 묵연의 어깨를 깊이 파고들었지만, 이 미치광이를 멈추게 하진 못했다.

"사존, 제 얘기 듣고 계세요?"

"응⋯⋯."

묵연은 기다렸다. 그의 입술이 초만녕의 욕망과 멀지 않은 곳에서 배회했다. 뜨겁고 축축한 숨결이 그 생기 넘치는 성기에 닿았다. 그는 움직이지 않고 광기 어린 흥분의 기회를 기다렸다.

그 기회가 찾아왔다. 설몽이 무엇을 묻든 신경 쓰지 않았고 제대로 듣지도 않았다. 그러나 초만녕은 대답해야 했다. 초만녕이 입을 열어 대답하려는 순간, 묵연은 가려진 이불 밑에서 다가가 뜨겁게 달아오른 상대방의 욕망을 탐욕스럽게 입으로 감쌌다.

"⋯⋯!"

순간, 초만녕의 온몸이 뻣뻣하게 굳었다. 그의 목울대가 떨렸고, 손톱은 묵연의 피부를 파고들었다. 그러나 묵연은 전혀 개의치 않았다. 그는 초만녕의 반응에 욕망이 솟구쳤고, 보이지 않는 곳에서 일어난 정욕에 흥분했다. 그는 초만녕의 인내심을 잘 알았다. 지금 당장 속옷을 벗기고 그에게 삽입한다 해도 절대 소리를 내지 않을 터였다. 그러니 전혀 거리낌이 없었다.

초만녕이 절대 원하지 않는다 한들, 육체의 쾌감이 진짜라는 것도 잘 알았다. 그가 물고 있는 성기는 단단하고 뜨거웠다. 둥그렇고 촉촉하게 부푼 귀두가 그의 목구멍에 닿았다. 그다지 좋은 느낌은 아니었지만 욕정을 극단까지 몰고 가려면 이 정도는 기꺼이 감당할 수 있었다.

초만녕은 이런 자극을 받으면서도 여전히 참고 억제하며 설몽의 질문에 대답했다. 그의 정력은 현생과 전생을 막론하고 정말 탄복할 정도였다.

그는 잘 참았다. 평소보다 목소리가 낮고 말이 조금 느려졌을 뿐이었다. 묵연이 지금 그의 침상에 있지 않았다면, 이 남자가 지금 엄청난 쾌감과 흥분을 즐기고 있다는 걸 절대 믿지 못했을 것이다.

마침내 설몽이 고개를 끄덕였다.

"알겠어요."

"그럼 이제 가서 쉬어라."

초만녕이 말했다.

"허튼 생각 하지 말고. 밤이 늦었다."

설몽이 몸을 일으켰다.

"그럼 갈게요. 아, 불을 꺼 드릴까요?"

"……그래."

마침 깊은 목구멍이 느껴졌고, 초만녕은 입술을 살짝 벌렸지만 아무 소리도 내지 않았다. 그러나 미간은 잔뜩 구겨졌고, 속눈썹이 파르르 떨렸다. 얼굴이 달아오르기 시작했다.

설몽이 머뭇거렸다.

"사존, 열나는 거 아니에요?"

"⋯⋯아니다."

"얼굴이 빨개요."

걱정되는 마음에 설몽은 자기도 모르게 몸을 일으키면서 손을 뻗어 초만녕의 이마를 짚었다.

초만녕도 전혀 예상치 못한 일이었다. 한쪽에선 강제로 묵연과 야릇한 행위를 하고 있었고, 또 다른 한쪽에선 사정을 전혀 모르는 제자가 이마에 손을 대고 있었다. 눈앞에는 설몽의 걱정스러운 눈빛이 있었고, 이불 밑에선 묵연이 자신을 물고 빠는 중이었다. 따뜻한 입이 그를 감싼 채 삽입을 흉내 내고 있었다. 쾌감은 너무나 치명적이었고, 수치심도 그를 익사시키기 직전이었다. 그는 모든 뼈와 살을 동원해 신음이 새어 나오지 않도록 자신을 제어했다.

"열은 없는데⋯⋯."

설몽이 중얼거렸다.

"어디 불편하세요?"

묵연은 속으로 생각했다. 불편? 어떻게 불편할 수가 있겠냐. 네 사존은 지금 너무 편해서 죽기 직전이시다. 네가 여기 버티고 있는 바람에 내가 사존을 더 편하게 해 드리지 못하고 있잖아. 왜 이렇게 안 가?

묵연의 마음속에 짜증이 점점 쌓일 때쯤, 초만녕이 설몽을 쫓아내다시피 했다. 설몽은 성의를 다해 등불을 끄고, 인사를 한 후 나갔다.

'찰칵' 하고 방문이 닫혔다. 초만녕은 화가 나서 미칠 지경이었다. 그는 이불을 홱 걷어 젖히고 묵연의 머리칼을 움켜쥐고 가까이 끌어당긴 후 약하지도 강하지도 않게 뺨을 때렸다. 그리고 어둠 속에서 낮은 소리로 그를 훈계했다.

"이 나쁜…… 우욱!"

돌아온 것은 묵연의 가쁜 숨결과 욕망이 활활 타오르는 까만 눈빛이었다. 대부분의 남자는 정욕 앞에서 짐승이 된다. 자신이 사랑하는 사람과의 잠자리에서 춘약을 삼킨 짐승이 된다. 묵연은 그에게 따귀를 맞았지만 아프지 않았다. 오히려 그의 손을 잡아 침상에 눕힌 다음 그의 마지막 남은 옷을 벗겼다. 피부와 피부가 맞닿은 두 사람은 이내 참지 못하고 신음을 내뱉었다.

묵연은 말을 많이 하지 않았다. 그의 눈빛에는 광기가 어렸다. 그의 하체는 단단하다 못해 아프기까지 했다. 무시무시할 정도로 부풀어 오른 귀두에서 투명한 액체가 스며 나왔다. 완전히 심취한 그는 초만녕의 배에 그것을 대고 문질렀고, 초만녕의 배 위는 비릿한 냄새의 액체로 축축하고 끈적끈적해졌다.

조금 전 그는 이불 속에서 초만녕을 있는 대로 괴롭혔는데, 지금은 그 불길이 오히려 자신의 몸에서 더 활활 타올랐다. 조금 전에는 초만녕이 소리 내지 않으려 최대한의 의지를 발휘했는데, 지금은 묵연이 똑같은 의지를 발휘해서 초만녕의 다리를 벌려 자신의 부풀어 오른 성기를 집어넣고 싶은 욕망을 억눌렀다.

근육이 잔뜩 긴장된 그는 거칠게 초만녕에게 입을 맞추며 미친 듯이 자신의 것을 문질러 댔다. 그는 오로지 넣고 싶은 생각밖에 없었다. 불타오르는 욕망과 원시적 본성은 자신의 것을 집어넣어 완전히 그를 정복하고 찢어발겨서, 그가 자신을 받아들이고 삼켜 자신의 사람이 되게 하겠다는 집념만 가득하게 만들었다.

"일어나…… 만녕, 일어나요……."

그가 속삭였다.

"빨리, 서두르지 않으면 더는 못 참겠어요. 다리를 더 꽉……."

마지막 남은 이성의 불빛이 꺼지기 전에 묵연은 쉰 목소리로 중얼거리며 초만녕을 당겨 일으켰다. 그러고는 지난번처럼 뜨겁게 달아오른 성기를 그의 허벅지 사이에 넣고 격렬하게 박아 대며 문질렀다.

거칠게 움직인 탓에 가슴에는 땀이 맺히고, 눈빛은 반짝였다.

그는 초만녕의 허리를 잡고 있었다. 하고 싶은 걸 하지 못하고 간접적으로만 하니, 욕망은 더욱 불탔고 왕성해졌다. 그는 상스러운 말은 하지 않고 그저 거칠게, 있는 힘껏 박아 대기만 했다. 달아오른 성기가 초만녕의 은밀한 곳을 비비고 닿을 때마다 음모가 초만녕의 허벅지를 스쳤고, 음낭이 탁탁 소리를 내며 살에 부딪쳤다.

초만녕은 거의 정신을 잃을 지경이었다. 묵연의 다른 한 손이 적절치 못한 순간에 다가와 꼿꼿이 서 있는 그의 성기를 잡고 문지르며 움직였다.

"아……."

묵연이 그의 어깨를 깨물고는 조용히 말했다.

"소리 내지 말아요. 여긴 방음이 잘 안 돼요. 설몽이 아직 근처에 있을지도 몰라요."

초만녕은 소리를 내지 않았다. 수증기가 가득 찬 뿌연 눈으로 침상에 엎드린 채 묵연의 애무를 받으며 거친 움직임을 견뎌 냈다. 놀랄 만큼 크고 딱딱한 물건이 자신의 다리 사이를 왔다 갔다 하고 있었다. 몸속으로 들어오면 어떤 느낌일지 감히 상상도 되지 않았다. 그가 약하게 몸을 떨었다…….

이날 밤, 그들은 엎치락뒤치락하며 세 번이나 욕망을 분출했다. 괴롭힘을 당한 초만녕은 사정을 세 번 하고 의식마저 혼미해졌다. 그는 위에 있는 남자를 꽉 껴안고 입술을 포개고 뒤엉키면서, 자기도 모르게 그를 안타까워했던 감정을 떠올렸다.

초만녕은 그의 입에 자신의 입술을 포갰다. 자세는 여전히 어색했지만, 묵연은 참기 힘든 흥분으로 몽롱하게 가쁜 숨을 내쉬며 말했다.

"절 유혹하지 마세요……."

초만녕이 멈칫했다.

널 유혹해?

누가 널 유혹했다고 그래.

부아가 치밀기도 하고 우습기도 했지만, 어쩔 수 없는 노릇이었다. 초만녕이 말했다.

"그럼 난 매번 아무것도 하지 말고 네가 하도록 두란 말이냐?"

묵연이 몸을 돌려 그의 귀에 입을 맞췄다.

"저한테 맡기세요."

그의 말투에는 여전히 약간의 괴로움이 묻어 있었다. 자세히 느껴 보면 그 고통이 느껴졌다. 방 안은 깜깜했지만, 초만녕은 고개를 들어 묵연의 눈동자에 스친 괴로움을 똑똑히 보았다.

무엇 때문인지는 몰라도, 갑자기 번뜩 생각이 떠오른 초만녕은 묵연이 미처 반응하기도 전에 몸을 일으켜 탄탄한 묵연의 배 위에 올라탔다. 그러고는 묵연의 두 손을 누르며 그를 내려다보았다.

놀란 묵연이 말했다.

"사존, 왜……."

초만녕의 봉안은 말없이 반짝였고, 귀는 붉게 달아올랐다.

"오늘은 내 말을 들으라고 했을 텐데."

그러고는 천천히 일어나 다시 아래로 몸을 내리며 엎드렸다. 묵연은 그를 보며 머리에서 쥐가 날 지경이었다. 온몸의 피가 내달리며 아우성치고 있었다. 그가 말했다.

"이러지 마세요. 이러면…… 내일 길 떠나기가 힘드실 거예요."

그러나 초만녕은 듣지 않았다. 그는 고집이 한 번 발동하면 제멋대로였고, 다른 사람의 말은 전혀 귀담아듣지 않았다.

묵연의 등이 잔뜩 굳었다. 그는 초만녕이 적극적으로 자신의 위에 올라타 위아래로 움직여 주길 간절히 원했지만, 또 한편으로는 초만녕이 지금 이러는 게 싫기도 했다. 그는 일단 시작하면 오래 참았던 자신이 절대 한 번으로 물러나지 않으리라는 것을 알고 있었다.

사실 생각해 보면, 전생에서 뒤엉키던 밤마다 한 번으로 만족한 적은 없었다. 광기가 극에 달했던 그날 밤, 초만녕에게 춘약을 발라 주었던 그날 밤, 그는 끊임없이 신음하는 남자를 거의 밤새도록 괴롭혔다. 마지막에는 사정조차 할 수 없는 지경에 이르렀는데도 만족은커녕 물러날 생각을 하지 않았고, 관계 때문에 축축하고 끈끈하며 잔뜩 오그라든 내벽에 그대로 집어넣고 빼려 하지 않았다.

그들은 서로의 다리를 휘감고 서로의 입술과 혀를 탐닉했다. 그는 초만녕에게 삽입한 채 얼굴이 달아오르고 심장 박동이 빨라지는 야릇한 말들을 그의 귓가에 쏟아 놓았다.

– 좋아?
– 사존, 사존이 밑으로 날 빨아들이고 있어요.
– 그렇게 많이 쌌는데, 만족스러워?

그는 초만녕의 고개를 억지로 숙이게 해 그들의 몸이 하나로 연결된 부분을 보게 했다. 그러고는 거리낌 없이 손을 뻗어 초만녕의 탄탄한 배를 쓰다듬으며 낮고도 쉰 목소리로 느릿느릿 말했었다.

– 배 속이 온통 내 정액으로 가득하겠네. 어떡하지?

황당한 말을 하는 그의 눈은 정욕과 애욕으로 가득했고, 숨소리는 야수 같았다.

– 본좌의 아이를 가지는 거 아냐? 응?

그러면서 또다시 안으로 힘껏 밀어 넣었다. 이미 여러 번 분출된 끈적끈적한 정액이 그의 움직임에 의해 두 사람이 결합한 곳 바깥으로 스며 나왔다.

약효는 여전했다. 묵연은 품 안의 남자가 자신의 움직임에 따라 나른하게 떨리며 가벼운 신음을 내뱉는 것을 보고는 표정이 더욱 험악해졌다. 결국 더는 참지 못하고 다시 그에게 힘껏 밀어 넣으며 그를 즐겁게 했다.

천하를 통치하는 수진계의 제왕 따위는 되지 않아도 상관없었다.

초만녕을 향한 그의 욕망은 막을 수 없이 세찼다. 방 하나에 초만녕을 가둬 놓고, 매일 아무것도 하지 않고 아무도 보지 않으며 초만녕과 사랑을 나누는 것에만 집중하고 싶을 정도였다. 초만녕을 엎드리게 한 다음, 벽을 짚게 한 다음, 침상에 눕혀 다리를 벌리게 한 다음, 자신의 위에 올라타게 한 다음, 계속해서 끝없이 박아 대고 싶었다.

가장 좋은 건 자신에 의해 지칠 대로 지친 나머지 초만녕이 더는 말을 잇지 못하고 울며 용서를 구하는 걸 보는 것이었다. 그의 성기가 제멋대로 정액을 분출하는 걸 보는 것이었다. 그리고 초만녕의 몸에서 빠져나올 필요가 없는 것, 그것이 묵연에겐 인간 세상에서 느낄 수 있는 쾌락의 극치였다.

묵연은 자신의 마음속에 용암처럼 끓고 있는 정욕을 알았다. 그의 목울대가 떨렸다. 까만 눈동자가 초만녕을 응시했다. 경고이면서도 간청이었다.

"사존, 이러지 마세요……."

"그럼 다른 걸 하겠다."

초만녕의 얼굴은 시뻘겋게 달아올랐지만, 눈빛만은 여전히 고집스러웠다.

묵연은 그가 하자는 다른 게 뭔지 생각할 겨를도 없이 몸을 숙이는 그를 보았다. 동작이 빨라 묵연에게 거절할 기회도 주지 않았고, 스스로에게 주저할 시간도 주지 않았다.

그는 흉악하게 서 있는 묵연의 성기를 입에 물었다.

"아······."

순간, 잔뜩 긴장된 배가 수축하면서 찌릿찌릿한 느낌이 등줄기를 훑고 지나갔다.

묵연은 본능적인 쾌감에 눈을 감고 초만녕의 긴 머리카락 사이로 손을 집어넣었다. 마디가 두꺼운 커다란 손이 초만녕의 뒤통수를 꽉 움켜잡았고, 근육이 탄탄한 가슴은 격렬하게 오르내렸다.

"만녕······."

눈가에 눈물이 고였다.

흥분인가, 감격인가?

고통인가, 쾌락인가.

아무것도 분명하지 않았다.

그의 성기는 사랑하는 사람의 입 안에서 주체할 수 없이 딱딱해지고 크게 부풀었다. 핏대의 선이 하나하나 생생한 그것은 무시무시하고 포악하며 침략적이었다.

초만녕은 이렇게 큰 물건을 감당할 수 없었다. 그러나 묵연이 했던 걸 따라 하며 성기를 핥았다. 수치심에 온몸이 떨렸지만 애욕은 그의 마음을 따뜻하게 지폈다. 그는 귀두를 포함해 커다란 성기 전체를 온 힘을 다해 입 안에 담았다. 그러나 반도 넣기 전에 끝이 자신의 목젖에 닿았고, 그 뜨거운 촉감과 희미한 비릿함에 헛구역질이 나올 것 같았다.

묵연은 마음이 아팠다. 그가 초만녕에게 황급히 말했다.

"만녕, 이럴 필요 없어요. 그냥……."

말을 끝내기도 전에 자기도 모르게 신음이 흘러나왔다.

초만녕은 절대 고집을 꺾지 않을 터였다. 그의 고집은 침상 위에서도 그대로였다. 묵연도 움직이기 시작했다. 입의 움직임에 맞춰 자신의 몸을 내밀었다.

묵연은 경험이 적지 않았다. 답선군일 때는 더욱 그랬다. 수많은 남녀가 온갖 기교를 부리며 그의 시중을 들었지만, 그의 마음은 꼼짝도 하지 않았다.

그러나 지금, 초만녕이 자신의 사타구니 사이에 엎드려 그의 성기에 입을 맞추고 빨고 있었다.

눈앞이 하얘졌다가, 새까매졌다가, 갑자기 오색찬란해졌다가, 뿌옇게 흐려졌다.

미칠 것 같아.

묵연은 자기도 모르게 고개를 약간 뒤로 젖히고 조용히 가쁜 숨을 몰아쉬었다. 긴 팔로는 끊임없이 초만녕의 긴 머리칼을 쓰다듬으며 자극적인 신음을 내뱉었다.

나의 만녕, 나의 사존.

만야옥형, 북두선존.

세상에서 가장 아름다운 남자.

초만녕처럼 완전무결한 사람이 자신을 위해 기꺼이 이런 일까지 하다니.

약을 쓰지도 않았고, 강요하지도 않았다.

오로지 그 스스로가 원해서였다.

묵연의 눈시울이 촉촉해졌다. 새카만 속눈썹이 약하게 떨렸다.

그 스스로가 원해서였다.

초만녕은 기술이 부족했다. 힘 조절도 제대로 되지 않았고, 어쩌다 이로 아프게 하기도 했다. 그러나 지금은 거의 초만녕의 자극에 항복한 것이나 마찬가지였다. 욕구를 분출할 때는 눈물이 고이기까지 했다.

그는 한 손으로 초만녕을 꽉 끌어안고 계속 입을 맞췄다. 마음이 아프면서도 따뜻했다.

"만녕……."

묵연은 한 번, 또 한 번 그의 귀에 대고 속삭였다.

"만녕……."

초만녕은 욕망으로 촉촉해진 까만 봉안으로 그를 바라보았다. 그러고는 수치심에 속눈썹을 내리깔았다. 한참 후, 그가 쉰 목소리로 조용히 물었다.

"좋았어?"

따뜻한 말 한마디가 묵연의 온몸에 각인되었다.

아픔이 마음 깊이 느껴졌다.

묵연이 그를 꼭 안고 천천히 말했다.

"좋았어."

초만녕의 귀가 빨갛게 달아올랐다. 인정을 받았으니, 그걸로 충분했다.

묵연은 그의 머리카락을 계속 쓰다듬으며 속삭였다.

"좋아해……. 당신을 가장 좋아해요…… 만녕."

이 세상에 당신보다 좋은 사람은 없어요.

당신 말고는 아무도 내 마음을 움직이지 못해.

사존.

당신을 미치도록 사랑합니다.

208장 사존의 손수건은 나만 받을 수 있다

자정 무렵 초만녕은 얕은 잠에서 깼다. 이미 일어나 옷까지 단정하게 차려입은 묵연이 탁자에 앉아 외로운 등잔불 밑에서 고개를 숙인 채 뭔가를 늘어놓고 있었다.

좀 전의 불안과 무력감은 이 외로운 등불과 뒤엉킴의 여운 속에서 희미해졌다. 초만녕이 풀린 눈빛으로 그를 지그시 바라보다가 입을 열었다.

"뭐 하느냐?"

"깼어요? 혹시 불이 너무 밝아서……."

"아니다."

초만녕이 다시금 물었다.

"뭐 하는데?"

묵연은 입술을 오므리고 겸연쩍게 웃었다.

초만녕이 몸을 일으키며 옷섶을 여미고는, 맨발로 탁자 옆에

다가섰다. 탁자 위에 있는 물건은 그의 해당화 손수건이었다. 묵연은 아무 무늬가 없는 손수건 세 장을 꺼내 해당화 손수건을 보며 수를 놓고 있었다.

"수를 놓는 것이냐?"

"……사존이 만드신 건 저만 갖고 싶어서요."

묵연은 바늘과 실을 내려놓고 한 손으로 초만녕의 허리를 당겨 안은 다음 그의 가슴에 입을 맞췄다.

초만녕의 가슴에는 흉터가 있었다.

초만녕은 이 흉터가 어떻게 생겼는지 얘기한 적이 없었고, 묵연도 묻지 않았다.

그저 서로의 살이 맞닿을 때 자기도 모르게 안타까운 마음이 들어 그곳에 입을 맞출 뿐이었다.

묵연이 말했다.

"다른 사람들한테 줄 손수건은 제가 만들게요. 어차피 누가 만든 건지 모를 테니까……."

그는 벌써 완성된 손수건 하나를 들어 보이며 웃었다.

"보세요, 따라서 만든 건데 비슷하지 않아요?"

초만녕은 감탄했다.

"보지 않아도 비슷하다는 걸 알겠다."

이 사람의 소유욕을 누가 말릴까.

초만녕이 묵연의 머리를 쓰다듬자, 묵연이 미소 지으며 고개를 들었다.

어두운 등불 아래에서 수를 놓다 보니 묵연은 눈이 아팠다. 눈은 충혈되었지만, 표정은 부드럽고 미소는 찬란했다.

초만녕이 물었다.

"아직도 그 터무니없는 생각들을 하느냐?"

묵연은 멈칫했다가 이내 작은 목소리로 말했다.

"아니요."

"음. 그럼 됐다."

초만녕이 말했다.

"될 대로 돼라죠……."

묵연 자신에게 하는 말인 것 같기도 했고, 초만녕에게 하는 말 같기도 했다.

될 대로 돼라죠.

이런 날들이 너무 적잖아요.

묵미우는 신이 아니었다. 그저 끝없는 인간 세상을 떠다니는 작고 작은 부평초에 지나지 않았다. 사람은 누구나 이기적이기 마련이다. 목이 말라 죽기 직전인 사람에게 물 한 잔을 주고, 한 모금 마시자마자 남은 물을 쏟아 버리고 죽음을 택하라고 한다면…… 그건 너무나도 어려운 일이었다. 할 수 있는 사람은 아무도 없을 것이다.

묵연은 생각했다. 단비를 조금만 더 마시자.

다시 연옥에 가게 된다 해도 그렇게 고통스럽진 않을 거야.

또렷이 기억하는 한 조각의 추억만 있다면 평생의 갈증도 견뎌 낼 수 있겠지.

다음 날, 사람들은 교산으로 가기 위해 산장 바깥에 모였다.

마 장주는 부하를 시켜 모든 사람에게 살찌고 튼튼한 말을 한 필씩 주도록 준비시켰다. 검은색과 금색이 섞인 안장 앞에는 부엉이 문양이 수놓인 건곤낭이 걸려 있었다. 말에 올라탄 설몽은 그 주머니를 흘끗 보고는 질색하며 코를 찡그렸다.

옆에서 웃는 소리가 들렸다.

"마 장주의 취향은 정말 못 말린다니까. 건곤낭에 수놓인 부엉이는 그렇다 치고, 그 뒤에 시뻘겋게 '말 마(馬)'까지 수놓다니. 참 대단해."

고개를 돌리자, 매함설이 키 큰 백마 위에 앉아 주머니를 만지작거리고 있었다. 그는 연푸른빛 눈동자를 들고 웃는 듯 웃지 않는 듯 설몽을 쳐다봤다. 이마에 있는 물방울 모양의 수정석이 따뜻한 광택을 내며 흔들렸다. 매혹적인 얼굴이 더욱 돋보였다.

설몽은 그를 흘겨보며 작게 욕했다.

"인간쓰레기."

인간쓰레기는 희미한 미소를 지으며 눈을 가늘게 뜰 뿐, 전혀 화난 기색이 없었다.

"설 공자, 오늘 기분이 별로 안 좋아 보이네. 잠을 설쳤나 보군?"

"……."

"눈 밑이 검고 미간이 어두워. 나한테 숙면을 도와주는 초약고가 있는데……."

"매함설, 너 할 일 없지?"

설몽은 결국 참지 못하고 고개를 돌려 버럭 화를 냈다.

"답설궁에서 쫓겨났냐? 사생지전에서 어슬렁거리면서 뭐 하는 거야?"

"사존께서 보내신 거야."

매함설은 여전히 미소를 잃지 않았다.

"어제 너희 아버지께서 말씀하신 암살 무기를 대신 전해 드리려고."

"드렸으면 어서 꺼져."

매함설은 화를 내지 않고 빙그레 웃으며 말했다.

"네, 지금 꺼지려던 참입니다."

"?"

설몽은 이놈이 정말 정신이 나간 것 같다고 생각했다. 마주칠 때마다 이상했다. 그는 아낙네처럼 부드러웠다가도, 바위처럼 무뚝뚝했다. 지난번 유풍문에서 마주쳤을 때는 불만 있는 사람처럼 자신을 몰아붙이더니, 오늘은 또 '왼뺨을 맞으면 오른뺨을 내드립지요' 하는 호인의 얼굴을 하는 게 아닌가. 견딜 수가 없던 설몽은 자신의 말고삐를 틀어 말 위에 앉아 있는 잘생긴 남자를 노려보았다.

"매함설, 너 나랑 뭐 원수진 거 있어?"

"없지."

"그럼 나랑 친해?"

매함설은 웃고만 있을 뿐 얼른 대답하지 않았다. 옅은 색 눈동자에 부서지는 빛만 반짝일 뿐이었다. 가느다랗고 긴 금색 머리칼은 삿갓 아래서 바람에 흩날렸고, 햇빛이 비치자 더 따뜻하게 빛났다.

대답을 들을 생각 같은 건 애초에 없었던 설몽은 미간을 찌푸렸다.

"암살 무기를 드렸으면 빨리 꺼져. 다른 문파 사람들을 꼬드기는 거야 내가 어쩔 수 없지만, 나랑 친한 척하면서 우리 사생지전의 사매들을 더럽힐 생각 따윈 하지도 말라고."

"……풉."

매함설이 참지 못하고 웃음을 터뜨렸다. 그는 얼른 주먹으로 입을 가리며 헛기침을 한 다음, 재미있다는 듯 설몽을 훑어보더니 말했다.

"알았어."

그가 말고삐를 당겼다. 바람이 불자 새하얀 손목에 찬 은방울이 뎅그렁뎅그렁 소리를 냈다.

매함설이 웃으며 고개를 옆으로 돌렸다.

"간다."

설몽이 눈을 부라렸다.

"빨리 안 가? 내가 폭죽이라도 터뜨리면서 배웅해 줄까?"

말이 두세 걸음 움직였다. 그런데 매함설이 갑자기 뭔가 생각났다는 듯이 말을 멈추더니, 고개를 돌리고 말했다.

"참, 할 얘기가 있어."

설몽은 듣고 싶진 않았으나 궁금했다. 그가 불편한 기색으로 물었다.

"뭔데?"

매함설이 빙그레 웃으며 길고 하얀 손가락을 입가에 갖다 댔다. 인간의 탈을 쓰고 고상한 체하는 짐승 같은 놈이라는 뜻이었다. 그가 작게 웃으며 말했다.

"넌 상당히 자극적이군."

설몽의 얼굴이 붉으락푸르락했다!

"너…… 너……!"

그는 몹시 기가 막힌 듯 '너'라는 말만 한참을 외쳐 대다가, 결국 다른 말은 한 마디도 하지 못했다. 이때 앞쪽에 있던 장문들이 모두 집결해 떠날 채비를 마쳤다. 그러자 매함설도 빙그레 웃으며 그에게 손을 흔들고는 말을 채찍질하여 저 앞으로 가 버렸다.

묵연이 말을 타고 설몽 옆에 다가갔을 때는 매함설이 사람들 속으로 사라진 후였다. 잔뜩 화가 난 설몽이 가슴을 치며 헛구역질을 해 댔다.

묵연은 어리둥절했다.

"……뭐 잘못 먹었어?"

"웩. 나한테 말 시키지 마. 젠장, 아침 댓바람부터 개똥을 먹었네."

"벽곡을 해서 배가 고파도 그렇지, 개똥까지 먹어서야 쓰나."

"꺼져!"

설몽이 묵연의 가슴을 홱 밀쳤다. 묵연과 말이 동시에 밀려났다. 설봉은 죽을 듯이 화를 내며 먼 곳을 향해 시뻘건 얼굴을 쭉 내밀고 소리 질렀다.

"웩……! 이 개똥 같은 놈! 젠장, 말 막하는 놈이 여기 있었네!"

소란스러운 시간이 지나고, 마침내 수천 명의 일행이 교산으로 향했다. 참으로 보기 드문 광경이었다. 평소 같으면 다들 검을 타고 날아 다녔기에, 많은 사람이 한꺼번에 모여도 눈 깜짝할 사이에 도착할 수 있었다. 이렇게 대규모 수사 무리가 말을 타고 가는 경우는 거의 없었다.

무리 중에는 오랫동안 말을 타 본 적이 없는 사람도 많았다. 첫날은 괜찮았으나, 그 후로는 견디기가 버거웠다. 다행히 마 장주가 준비한 건곤낭 속에는 없는 게 없었다. 기운이 나고 정신이 맑아지는 환약, 향기로운 바람을 일으키는 작은 부채, 심지어 비단으로 만든 서책 몇 권도 들어 있었는데, 도포산장에 있는 온갖 신기한 상품의 가격과 특성이 적혀 있었다.

휴식 시간에 설몽은 나무 그늘에서 고함치는 마 장주를 노려 보았다. 천하에서 두 번째로 돈이 많으신 이 부호는 신바람이 나서 열심히 소리를 질러 대고 있었다.

"제군, 제군, 마음에 드는 물건이 있으면 책자에 표시만 해 두세요. 제가 돌아가면 일일이 댁으로 보내 드리겠습니다. 칠일 환불 보장, 십오 일 교환 보장입니다. 제군께서 예약한 선기를 수령한 뒤에 남은 대금을 지불하시면 됩니다!"

적잖은 사람들이 마땅히 할 일이 없었다. 게다가 마 장주의 이런 행동은 고의성이 다분했다. 큰 건곤낭 속에는 죄다 이런 책자들뿐이었고, 다른 건 보고 싶어도 없었다.

오래 보다 보면, 결국에는 마음을 움직이는 물건이 한두 개는 나오기 마련이었다. 설몽마저 '어른과 아이 모두 섭취 가능, 담백한 맛, 영양 만점, 최고급 원료, 영력 대폭 상승…… 남병산 영연(靈燕) 제비집떡' 위에 붓으로 동그라미를 그려 놓았을 정도였다.

그는 드디어 묵연이 말했던 '돈벌이'가 어떤 건지 알게 되었다.

칠 일 동안 마 장주는 돈을 쓸어 담았다. 다들 피로가 누적되어 지친 이날 저녁, 그들은 드디어 반룡군산에 도착했다.

"용은 성정이 강직하여 군자만 존중한다."

설정옹이 반룡군산 길목에 세워져 있는 거대한 암석을 보며 그 위에 있는 글자를 읽었다. 그러고는 남궁사를 돌아보며 물었다.

"남궁 공자, 이게 무슨 뜻이오?"

남궁사가 말했다.

"앞으로 모든 길은 걸어서 가야 합니다. 산에 들어간 후에는 교산의 결계가 열리기 전까지 절대 저속한 말을 해선 안 되며, 그렇지 않으면 벌을 받게 됩니다."

남궁사의 경고를 들은 장문들은 곧장 내용을 주변에 전하기 시작했다. 전달 방식은 문파마다 제각각이었다. 답설궁 궁주는 허리춤에서 옥피리를 꺼내 두 번 불었고, 현경대사는 손에 든 은방울을 흔들었으며, 강희는 그 자리에 꼼짝 않고 서 있고 화벽남이 그를 대신해 소식을 전했다. 화벽남이 옷소매를 휙 휘두르자 소매에서 검은 연기가 자욱하게 솟아 나왔다. 자세히 보니 그건 연기가 아니라 날아다니는 무수한 작은 곤충 떼였다. 그 곤충 떼가 고월야 제자들의 귓가에 날아다니며 일일이 경고 사항을 전했다.

속이 메스꺼워진 설몽이 말했다.

"한린성수 진짜 변태 같다. 온몸이 벌레투성이인 거 아니야?"

그러고는 뭔가 또 생각난 듯 사매를 바라보며 말했다.

"그러고 보니 임령서에서 배움을 청한 적이 있다고 했잖아. 화벽남이랑 접촉한 건 아니지? 벌레 가지고 놀지 마. 나 너무 싫어."

사매가 돌아보며 미소 지었다.

"······걱정도 많으시네요."

이때 사생지전도 소식을 전하기 시작했다. 다른 문파는 많든 적든 화려한 기술을 선보인 반면, 설정옹은 확음술로 크게 소리를 질렀다.

"산골짜기에 들어간 다음부턴 절대 욕이나 저속한 말을 해선 안 된다! 그럴 자신이 없는 사람은 함구 주술로 미리 입을 틀어막아라! 다들 알아들었느냐?"

기운 넘치는 목소리가 숲에 울려 퍼지며 메아리가 들렸다. 그 소리에 나무들이 떨고, 흘러가는 구름도 멈췄다. 메아리는 끊임없이 이어졌다.

－ 다들 알아들었느냐? 알아들었느냐······ 들었느냐······ 냐······.

수사들은 잠자코 있었다.

209장 사존, 교산으로 들어가시죠

말에서 내려 산으로 들어간 첫날은 무사히 지나갔다. 둘째 날 저녁, 모두가 쉬고 있던 그때 일이 터졌다.

자정 무렵, 수사 하나가 소변을 보러 수풀 속으로 들어갔다. 볼일을 마치고 다리 쪽에 간지럼이 느껴져 보니, 거대한 독모기가 다리에서 피를 쪽쪽 빨아먹고 있는 게 아닌가. 수사는 즉시 손바닥으로 내려쳐 모기를 죽이면서 습관적으로 한마디를 덧붙였다.

"젠장, 어디서 감히 이 몸을 물어."

그러자 말이 끝나기가 무섭게 주위 수풀에서 괴상한 소리가 들려왔다. 깜짝 놀란 수사는 그제야 산에 들어오기 전 남궁사가 했던 경고가 퍼뜩 떠올랐다. 그는 바지를 올리는 것도 잊은 채 미친 듯이 달리며 소리 질렀다.

"사람 살려! 사존! 살려 주세요!"

이 사람은 강동당에서 황소월의 시중을 드는 제자였다. 아버지 어머니 불러 가며 울부짖는데, 그 소리가 하도 커서 마치 커다란 바위가 조용한 연못에 떨어져 물결이 일파만파 퍼져 나가는 것 같았다. 비명 소리에 조용히 앉아 쉬던 사람들이 하나둘 일어나기 시작했다. 멀리서부터 혼비백산하여 미친 듯이 뛰어오는 강동당의 수사 하나가 그들의 시야에 들어왔다.

그는 궁둥이를 다 내보인 채 성기를 덜렁거리면서, 울며불며 내달렸다. 뒤에는 100마리가 족히 넘는 검은 가죽의 작은 뱀들이 쫓아오고 있었고, 몇 마리는 이미 그의 다리를 휘감은 상태였다.

놀란 황소월이 물었다.

"내 제자잖아?"

남궁사가 말했다.

"다들 다가가지 마세요!"

제자는 울며불며 도망쳤지만, 몸을 휘감는 뱀은 점점 많아졌다. 결국 비틀거리며 바닥에 넘어져 대성통곡하기 시작했다.

"사존! 살려 주세요!"

황소월이 도와주려 손을 뻗으려는데, 남궁사가 말했다.

"이 뱀은 사악한 용의 수염이 변한 거예요. 하나를 죽이면 둘이 될 겁니다. 죽일수록 많아지고, 복수심도 엄청나지요. 황 도사님께서 괜찮으시다면 한번 붙어 보십시오."

황소월은 이 말을 듣자마자 경악하면서 중얼거렸다.

"앞으로의 대국이 중요하지, 대국이 중요해."

결국 눈만 껌벅이며 검은 뱀이 자기 제자를 집어삼키는 광경을 지켜보았다. 제자는 밀물처럼 타고 올라오는 뱀 떼 속에서 데굴데굴 구르며 고통에 몸부림쳤다. 뱀 떼는 완전히 그를 뒤 덮어 시커멓고 낮은 언덕으로 변하더니, 금세 오그라들었다. 뱀 떼가 사라진 곳에는 핏물만 흥건할 뿐, 뼈 한 조각 남지 않았다……

이 일이 있고 난 뒤, 일정의 마지막 날까지 상스러운 말을 하는 사람은 아무도 없었다.

말이 많으면 꼭 실수하기 마련이다. 이는 누구나 아는 진리였다.

설정옹은 자신과 설몽에게 함구 주술을 걸었다. 이 부자는 평소에도 말을 너무 시원시원하게 하니, 자기도 모르게 '개새끼'라는 말을 내뱉었다가 눈 깜짝할 사이에 뱀의 먹이가 되어버릴까 무서웠기 때문이다.

사람들은 말과 행동을 각별히 조심했다. 드디어 셋째 날 밤, 반룡군산을 지나 유풍문의 영웅묘, 교산 밑에 도착했다.

교산의 결계는 황산과 달랐다. 교룡은 속임수를 싫어해 결계는 투명했고 장안술[20]을 쓰지 않아 바깥에서 산기슭이 풍경이 또렷하게 보였다.

강희가 눈앞의 풍경을 바라보며 물었다.

"여기가 유풍문의 영웅호걸들이 대대로 잠들어 있는 곳인가?"

달빛이 남궁사의 얼굴을 비추었다. 그가 잠시 침묵하다가 대답했다.

"맞습니다."

#20 장안술 障眼術. 눈속임 술법

교산은 마룡(魔龍)이 변해 만들어졌다. 유풍문의 초대 장문이 마룡을 제압하고 피의 계약을 맺은 후, 마룡을 산으로 만들어 대대로 내려오는 유풍문의 영령[#21]과 진귀한 보석, 종묘와 사당을 지키도록 했다.

남궁사는 자신이 기억하는 가장 어린 시절부터 매년 동지가 되면 아버지를 따라 성묘를 하러 이곳에 왔다. 예전에는 끝이 보이지 않는 웅장한 한백옥(漢白玉) 계단이 있었고, 일찌감치 시립하고 있던 암성의 호위들이 산길 양쪽을 지켰다. 청색 학휘의 소매가 바람에 펄럭였다.

- 공자님을 뵈옵니다.

귓가에는 우르릉하는 고함이 어렴풋이 들렸고, 모두가 무릎을 꿇었다. 산길을 따라 위로 올라가면, 아버지가 꼭대기에 있는 사당인 천궁에서 제사 준비를 하고 있었다.

"남궁 공자, 이런 순간에 감상은 사치일세. 큰 전쟁은 불가피한 선택이 아니오. 우리가 들어가 마귀의 앞잡이들을 처단할 수 있도록 어서 결계를 풀어 주시게."

남궁사가 고개를 돌렸다. 황소월이었다.

유풍문이 전성기를 구가하던 시절에는 남궁사가 홧김에 아무 이유 없이 따귀를 열 대나 올려붙여도 감히 입을 열 수 없던 사람이었다.

그런데 오늘은 그의 조상들이 잠든 무덤 앞에서, 그에게 눈

[#21] 영령 英靈. 죽은 사람의 혼을 높여 부르는 말

을 부라리며 거들먹거렸다.

남궁사는 꾹 참았다. 참을 수밖에 없었다.

어금니가 아플 정도로 이를 꽉 물고 필사적으로 참았다.

"다들 물러서세요."

그가 혼자 산문 앞으로 걸어갔다.

양쪽에는 사악한 기운을 막기 위해 영석으로 만들어진 진묘신[22]이 서 있었는데, 신상의 발가락은 대여섯 살 아이만큼 거대했다. 양쪽의 진묘신상은 각각 자애로운 표정, 화난 표정 등 서로 다른 얼굴이 세 개씩이었으며, 각자 법기를 들고 팔에는 팔찌를 했다. 보통 이런 신상은 표범 같은 눈을 부릅뜨고 있기 마련이었지만, 이들은 희한하게도 두 눈을 꼭 감고 미간을 잔뜩 찌푸리고 있었다. 아무리 봐도 어딘가 기괴했다.

남궁사는 눈도 깜짝하지 않고 수전[23]으로 손가락 끝을 찔러 진묘신상 위에 부적을 그린 다음 말했다.

"유풍문의 제7대 후손 남궁사, 인사 올립니다."

우르르릉…….

대지가 진동했다.

한 사람이 호들갑을 떨며 소리쳤다.

"눈을 떴어! 저 조각상 말이야!"

사람들 사이에 서 있던 묵연도 고개를 들어 쳐다봤다.

심각한 상황만 아니었다면 그 사람에게 말하고 싶었다. 저기요, 조각상 둘 다 떴거든요.

좌우의 진묘신이 모두 눈을 떴다. 눈은 호박색이었고, 눈동

#22 진묘신 鎭墓神. 묘를 지키는 신
#23 수전 袖箭. 소매에 감춰서 쏘는 작은 화살

자가 뱀의 그것처럼 좁고 길었다.

왼쪽 조각상이 천천히 입을 열었다. 목소리가 커다란 종처럼 웅웅 울리며 퍼져 나갔다.

– 남궁사. 유풍의 칠계(七戒)를 기억하는가?

남궁사가 대답했다.

"탐욕, 원망, 기만, 살인, 음란, 절도, 약탈. 유풍의 군자가 해서는 안 될 일곱 가지입니다."

뒤에서 황소월이 냉소를 지었다.

"노래보다 듣기 좋구먼."

황소월뿐 아니라 다른 사람들도 그런 생각을 하고 있었다. 해서는 안 될 일곱 가지가 지금의 유풍문을 제대로 비꼬고 있구먼.

오른쪽 조각상도 입을 열었다. 마치 먼 옛날에서부터 전해지는 것처럼 아득히 먼 곳에서 들리는 목소리였다.

– 남궁사. 위로는 밝은 거울이 높이 달려 있고 아래로는 끝없는 황천길이니, 속세에서의 네 행동에 부끄러움이 없느냐?

"없습니다."

이 두 가지는 남궁사가 어릴 때부터 지금까지 기억하는 문답이었다. 남궁 집안의 사람이라면 누구든 영웅묘에 들어갈 때 반드시 거쳐야 하고, 반드시 이렇게 대답해야만 하는 질문이었다.

유풍문의 초대 선조가 만들어 놓은 이 두 질문은, 사실 자손들이 산에 올라와 제사를 올릴 때마다 선조들의 가르침을 기억하고 자신의 모습을 반성하길 바라며 만든 것이었다.

남궁사는 문득 이런 생각이 들었다. 아버지께선 매년 동지에 제사를 지내러 와서 두 질문에 대답할 때마다 그 어떤 마음의 동요도, 일말의 죄책감도 없으셨을까?

아니면 그냥 비밀 열쇠로, 교산의 결계를 여는 데 필요한 검증용 부적으로만 생각하셨을까?

결계가 열렸다.

좌우에 서 있던 석상들이 천천히 움직이며 자세를 바꾸더니 한쪽 무릎을 꿇어앉았다.

- 주인께선 산으로 들어오시지요.

남궁사는 무리를 등지고 잠시 서 있었다. 아무도 그의 표정을 보지 못했다. 엽망석마저도.

노백금만이 그의 화살통 안에서 목 놓아 울며 하얀 발톱으로 화살통 안쪽 벽을 기어오르려 했다.

"아우, 아우웅……."

"들어가시죠."

남궁사는 이 말만 남긴 채 앞장서서 교산으로 들어갔다.

설정옹이 자신의 함구 주술을 풀고 물었다.

"여기에서도 말과 행동을 조심해야 하오?"

"아니요."

남궁사가 말했다.

"말과 행동을 조심하는 건 반룡군산에서 지켜야 할 규칙입니다. 물론 유풍문에 악의를 품은 자들이 입산하는 걸 막기 위한 것이죠. 교룡이 입산을 허락한 자는 당연히 적이 아닐 테니 언사에 관여하지 않습니다."

그가 이렇게 얘기했는데도 사람들은 여전히 걱정스러운 얼굴로 말을 아끼며 조용히 남궁사를 따라 산으로 향했다. 열 장(丈)마다 12간지가 새겨진 석각(石刻)이 좌우로 늘어서 있었다. 맨 처음엔 암수로 이루어진 쥐 한 쌍, 그다음은 소 한 쌍, 호랑이, 토끼……. 산허리부터는 유풍문의 역대 영웅들이 묻힌 묘지가 나타났다.

이 영웅들은 평생을 헌신해 밑바닥에서부터 차근차근 올라와 교산에서 영면에 든 사람들이었다.

그들이 가장 먼저 도착한 곳은 최하층의 묘지였다.

우뚝 서 있는 8척(尺) 높이의 백옥에 휘황찬란하게 새겨진 것들은 전부 사람 이름이었다. 맨 위에는 '충정의 혼'이라는 글자가 남아 있었다.

"이곳에 묻힌 사람들은 남궁 집안의 충복들이래."

설몽이 묵연에게 작게 말했다.

"천 명은 족히 되겠다."

그의 말이 맞았다. 이 산엔 끝이 보이지 않을 정도로 무덤이 빽빽했다.

사매가 걱정스럽게 말했다.

"이 수천 명의 하인이 전부 일어나면 어떡하지? 남궁 집안의 하인들은 몸놀림이 다들 좋으니 아마 난리가 날 거야."

설몽이 황급히 사매의 입을 막았다.

"미쳤어? 퉤, 퉤, 퉤, 불길한 얘기 하지 마……."

옆에 있던 묵연이 음울하고 묵직한 목소리로 말했다.

"정말 일어날지도 모르는 일이야."

"야, 이 개새끼야, 넌 또 어디 가?"

묵연은 대답하지 않고 곧장 무리를 벗어나 어느 충혼묘 앞에

섰다. 그러고는 반쯤 무릎을 꿇고 앉아 자세히 훑어보았다.

유풍문의 영웅묘는 보통의 무덤과 달리 봉토를 올리지 않고 두꺼운 얼음처럼 보이는 반투명한 옥관을 썼다. 관의 아랫부분은 땅속에 묻혀 있고, 뚜껑 부분은 바깥으로 노출되어 있어 묘지 일대는 마치 끝없이 이어지는 옥대(玉帶)가 달빛을 받아 영롱한 빛을 내뿜는 것 같았다.

이런 냉한 성질의 한옥(寒玉)은 사생지전 상천전에서 시체를 넣어 놓는 관과 마찬가지로 시체가 부패하지 않아 생전의 모습 그대로 보존할 수 있었다. 묵연은 고개를 숙이고 눈앞에 있는 관을 내려다보았다. 묘지는 꼼꼼하게 관리하지 않아서 옥관의 겉면에 두꺼운 먼지가 쌓여 있었고, 망자의 윤곽만 겨우 확인할 수 있었다. 이목구비가 확실히 보이진 않았지만, 전체적인 선으로 보아 여자인 것 같았다.

그 여자를 응시하던 묵연의 시선이 관을 따라 다시 한 바퀴 돌았다.

이 관이 어딘가 이상하다는 생각이 들었다.

그러나 어디가 이상한지 콕 집어 설명할 수가 없었다.

주변을 둘러본 그는 아무도 자신을 보지 않는 틈을 타 손을 관 위에 올리고 눈을 감은 다음 자세히 느껴 보았다.

순간, 손바닥이 움찔했다.

눈을 뜬 그의 표정이 매우 어두웠다.

관 안에 분명 사기(邪氣)가 있었다. 그러나 이미 옅어져 있었고, 진룡기국은 안에 없었다. 혹시 내가 착각했나?

"묵연!"

설몽 일행이 다시 떠날 채비를 했다. 설몽이 멀리서 그를 불렀다.

묵연이 중얼거렸다.

"곧 갈게."

그의 긴 손가락이 천천히 관을 문질러 쌓여 있던 먼지를 털었다. 관을 열지 않고 여자의 얼굴을 더 자세히 보기 위함이었다.

닦으면서 곁눈질로 슥 보던 그가 갑자기 동작을 멈췄다.

어디가 이상한지 깨달았다.

먼지.

관에 쌓인 먼지였다!

묵연은 자신이 방금 쓸어 낸 부분 외에, 먼지가 쌓이지 않은 곳을 발견했다. 관의 옆면에 길이가 다른 자국 네 개가 있었다. 그는 잠시 주저하다가 손대중으로 비교해 보았다. 사람이 안에서 기어 나올 때 엄지손가락을 뺀 나머지 네 손가락으로 짚은 흔적과 일치했다!

묵연의 안색이 순식간에 변했다. 산 위로 향하는 사람들을 불러 세우려는 찰나, 앞쪽에서 서늘한 한기가 느껴졌다.

홱 고개를 든 그가 마주한 건 시체의 허연 얼굴이었다.

수의를 입은 여자가 묘비 뒤에 쪼그리고 앉아 조용히 그를 응시하고 있었다.

210장 교산, 태장문

"멈춰요! 후퇴하세요! 전부 후퇴해요! 내려가요!"

갑작스러운 소리에 다들 고개를 돌렸다. 머리부터 발끝까지 검은 옷을 입은 묵연이 달려오고, 그 뒤에는 여자 시체 하나가 무시무시한 괴성을 지르며 맹렬하게 쫓아오고 있었다.

설정옹이 깜짝 놀라 말했다.

"연아? 이게…… 이게 무슨 일이냐!"

"후퇴하세요! 내려가야 해요!"

짙은 눈썹 아래, 묵연의 눈은 칼집에서 뽑아낸 칼처럼 날카로웠다. 그가 남궁사에게 소리쳤다.

"남궁 공자! 저 앞에 거혼석[24]을 밀어요!"

남궁사가 재빨리 위로 올라갔다. 충혼의 묘 위쪽은 유풍문의 역대 상급 제자들이 묻힌 묘지였다. 나중에 무슨 일이 생길 것

#24 거혼석 拒魂石. 혼이 넘어가는 것을 막는 바위

을 우려해 두 묘지 사이는 끝이 안 보이는 담장으로 가로막혀 있었다.

그는 필사적으로 내달렸고, 엽망석이 그 뒤를 따랐다. 그러나 거혼석으로 이뤄진 거혼담에 도착하기도 전에, 남궁사의 발걸음이 돌연 멈췄다.

산길 위쪽에서 한 무리의 사람들이 천천히 걸어 내려오고 있었다. 청색 학휘를 입은 그들의 비단 띠가 흩날렸다. 얼핏 보면 유풍문이 아직 멸문하지 않았다고 착각이 들 정도였다. 당당하고 씩씩한 유풍문의 제자처럼 기세가 웅장하고 당당했다.

그러나 남궁사는 무언가 잘못됐다는 것을 알았다.

엽망석도 마찬가지였다.

이 제자들은 그들이 온종일 시간을 함께 보내던 동료들과 달랐다. 학 모양이 새겨진 청색 비단 띠가 모두의 눈을 가리고 있었기 때문이었다.

사소한 차이처럼 보이지만, 남궁 집안의 사람은 이것이 의미하는 바를 정확히 알았다. 산 자는 절대 눈을 가리는 비단 띠를 두르지 않는다. 비단 띠는 유풍문의 제자가 땅에 묻힐 때 스승이 넣어 주는 부장품이었다. 상서로운 구름으로 눈을 가린 후 학을 타고 서쪽의 낙원으로 날아가라는 의미로…….

산에서 내려오는 건 전부 유풍문의 망자였다!

남궁사는 뒤로 물러서며 자기도 모르게 엽망석을 막아섰다.

그러고는 돌아보지도 않고 낮은 목소리로 말했다.

"넌 내려가."

"……."

"내려가! 가서 묵 종사에게 전해, 이미 늦었다고."

남궁사가 깊은 한숨을 쉬며 떨리는 목소리로 말했다.

"역대 유풍문의 상급 제자들 모두 산 시체가 되어 산 아래로 내려오고 있다고도 전해."

"그럼 너는?"

"시간을 벌어 볼게. 서둘러."

남궁사가 고개를 약간 돌리며 엽망석에게 말했다.

"최대한 빨리 산 아래로 후퇴하라고 해. 도착하면 신호탄을 쏴. 나도 바로 내려갈게."

엽망석은 입술을 꽉 깨물었다. 더 이상 돌아갈 곳이 없다는 것을 잘 알았다. 마지막으로 할 수 있는 일은 자신의 전갑을 남궁사에게 건네는 것뿐이었다. 그녀가 조용히 말했다.

"받아. 항상 화살이 부족하잖아."

그녀가 산허리에 도착했을 때는 한창 격전이 벌어지는 중이었다. 매복하고 있던 유풍문 시종들의 시체가 관목 수풀과 바위 뒤 등, 몸을 숨길 수 있는 모든 곳에서 메뚜기처럼 일제히 뛰어나와 수사들을 향해 달려들었다. 수의를 입고 온몸이 칭백한 그들이 각기 다른 옷을 입은 수사들 틈으로 섞여 들어가니, 멀리서 보면 눈보라가 일어나는 장관 같았다. 그러나 이 장관의 대가는 너무도 커서, 교산은 삽시간에 슬픈 비명으로 뒤덮였다.

엽망석은 격전 중 영력에 의해 부서진 관 몇 개를 들여다봤다. 안에는 옷이 사람처럼 누워 있었다. 교활한 토끼 같았던 그녀의 의부는 평온하고 조용한 '충정의 묘'를 남겼지만, 실은 일찌감치 무덤 안의 시체들을 불러내 은밀한 곳에 숨겨 놓았다. 수사들이 가장 높은 곳에 올라올 때까지 기다렸다가, 앞에서부터 '상급 제자의 묘'를 이용해 죽이면서 내려오면 뒤에서 협공하기 위함이었다.

그는 그물을 던져 놓았고, 그들은 그물 안에 든 물고기였다.

엽망석은 혼란의 도가니 속에서 묵연을 찾았다.

"묵 종사!"

묵연은 시체 다섯 구와 싸우던 중 엽망석의 목소리를 듣고 고개를 홱 들었다. 그가 불안한 목소리로 말했다.

"어떻게⋯⋯."

'됐어요?'까지 말하기도 전에 그는 엽망석의 얼굴을 보자마자 답을 알아 버렸다.

묵연은 작게 욕을 내뱉었다. 마침 그때 시체 하나가 그의 팔을 깨물었다. 한 번에 떨어져 나가지 않자, 그는 크게 분노하며 자신의 손을 아예 그 시체의 입에 마구 쑤셔 넣었다. 그러고는 흉악한 눈빛으로 손에 힘을 주어 시체의 혀를 뽑아내 버렸다!

"캬학!"

검은 피가 사방에 흩뿌려졌다. 다시는 그를 물지 못하게 된 시체는 가슴에 묵연의 팔꿈치 공격을 받고 바닥에 나동그라졌다.

묵연의 까만 눈동자는 소름 끼치게 빛났고, 표정은 험악했다. 그가 다시 쳐다봤을 때 엽망석조차 소름이 돋을 정도였다. 그러나 그녀는 이내 차분하게 말했다.

"사가 최대한 빨리 산 밑으로 후퇴해서 기다리라고 했어요!"

묵연이 고개를 끄덕이고는 확음술로 전투 중인 모두가 들을 수 있도록 자신의 목소리를 키웠다.

"미련을 버리고 모두 산 아래로 내려가세요. 모두 산 아래로 후퇴하세요!"

황소월은 마음이 급해졌다.

"우린 서상림과 결판을 낼 마음의 준비를 하고 왔소. 지금 상황은 어차피 다 예상했던 것인데, 어쩌자고 지금 후퇴하자는 거요?"

묵연은 그를 거들떠보지도 않았다. 사람은 재물 때문에 죽고 새는 식탐 때문에 죽는다고 했던가. 황소월은 어떻게든 산 위로 올라가려 했다. 유풍문의 종묘 천궁 안에 있는 진귀한 보물을 만져 보는 게 이 늙은이의 목적이었기 때문이다. 묵연은 여전히 크게 소리쳤다.

"죽기 싫으면 다 내려가요! 당장! 다 내려가!"

시종 시체들은 전력이 강하진 않았지만, 황산에서 마주쳤던 평민 시체들처럼 닭 잡을 힘마저 없는 것은 아니었다. 또한 수가 너무 많은 데다 고통을 두려워하지도 않았기 때문에, 앞에서 넘어지면 뒤에서 이어받는 식으로 끊임없이 몰려왔다. 모두가 산 아래로 후퇴하는 동안 열 명이 넘는 수사가 목숨을 잃었다.

황소월 역시 그들을 따라 내려왔다. 혼자 힘으로는 절대 산 꼭대기에 올라갈 수 없다는 것을 그 역시 잘 알고 있었기 때문이다.

그러면서도 있는 대로 성질을 부렸다.

"묵 종사, 꼴좋게 됐소. 교산으로 와야 한다고 말한 사람도, 한창 싸우고 있는데 후퇴하라고 말한 사람도 당신이오. 정말 대단하군그래. 이제 어떻게 할 거요? 우린 묵 종사를 따라 다들 풀이 죽어서 결계 밖으로 나가야 하나?"

이 비겁한 늙은이는 전생에서 답선제군의 신발도 신길 수 없는 놈이었고, 죽이는 것조차 힘이 아까울 만큼 하찮은 사람이었다. 그러나 이번 생에서 어둠의 주인이 아닌 청렴결백한 일대 종사가 된 묵연으로선 모두가 보는 앞에서 그의 따귀를 올려붙일 수도 없는 노릇이었다.

그냥 그를 무시하는 편이 나았다.

황소월이 입을 떼려는 순간, 앞에서 연기가 피어오르는 게 보였다. 남궁사가 실제 크기로 돌아온 요랑 노백금을 타고 질주하고 있었다. 그의 뒤로는 수백 명의 유풍문 상급 제자들이 쫓아왔다. 황소월이 그 광경을 보더니 너무 놀라 소리쳤다.

"아이고, 큰일 났네! 계략에 빠졌어!"

묵연은 눈을 가늘게 뜨고 생각했다. 이 영감탱이가 드디어 정신을 차렸군. 서상림이 깔아 놓은 매복인 걸 알아차렸으니 그렇게까지 멍청하진 않아.

그러나 황소월의 다음 말에 묵연은 할 말을 잃었다.

"남궁사! 간도 크구나! 교산에 유풍문의 잔당들을 모아 놓다니, 다른 문파와 대결이라도 하려는 거냐?"

남궁사는 요랑 위에 납작 엎드려 미친 듯이 달렸다. 노백금은 화살보다 빨라서 남궁사를 쫓아오던 시체들과 점점 멀어졌다. 황소월은 그제야 자신이 그를 오해했음을 깨달았지만, 죄책감을 느끼기는커녕 오히려 밀물처럼 몰려오는 산 시체들을 응시하며 침을 꿀꺽 삼켰다.

남궁사가 달려와 요랑에서 펄쩍 뛰어내렸다. 그는 전갑을 엽망석의 품에 안겨 주고는 가쁜 숨을 몰아쉬며 말했다.

"화살이 아직 좀 남았어, 일단 돌려줄게. 다 데리고 철수해."

앞의 말만 듣고 안심하던 엽망석은 철수하라는 말에 고개를 휙 들고 남궁사를 쳐다봤다.

"뭘 하려고?"

"할 게 좀 남았어."

유풍문의 상급 제자들이 점점 가까워졌다. 황소월은 옛날 옛적에 고인이 되신 유풍문의 영웅호걸들과 싸워야 한다고 생각하니 손바닥에 식은땀이 났다. 그가 고개를 돌리고 욕을 퍼부었다.

"남궁사! 이 천하에 사고만 치는 놈아! 제 아비랑 똑같아, 아주! 이 괴물들을 왜 여기까지 끌고 온 거냐? 우리더러 네놈 대신 저것들을 죽여 달라는 거냐?"

남궁사는 그를 보지도 않고 대꾸도 하지 않았다. 황소월은 더욱 화가 나서 떨리는 목소리로 말했다.

"좋아, 네놈의 속셈이 뭔지 이제야 알았다. 혼자서는 정상까지 가지도 못하겠고, 네 조상이 남겨 놓은 보물을 가져오지도 못할 것 같으니 우리를 끌고 와 길을 열게 하려는 속셈이었겠지! 남궁사! 이 독한 놈!"

그의 말이 점점 격해지자, 옆에서 듣고 있던 설정옹이 더는 참지 못하고 미간을 찌푸리며 말했다.

"황 도사, 그만하시지요."

"그만하라고요? 내가 왜?"

황소월은 하수진계 따위는 안중에도 없었다. 평소에는 설정 옹의 체면을 생각해 그나마 이성적으로 행동했지만, 일촉즉발 의 위급한 상황에서는 예의를 차릴 여유 같은 건 없었다. 그가 남궁사를 가리키며 욕지기를 했다.

"역시나 몹쓸 놈은 성질도 괴팍하다니까! 저 영웅호걸들을 이용해서 네 앞의 장애물을 싹 걷어치우려는 거지? 어디서 그 런 뻔뻔스러움이 나오는 게냐!"

남궁사는 할 말을 잃었다.

황소월은 분이 안 풀리는지 계속 소리를 질렀다.

"너 같은 놈은 죽음으로 하늘에 사죄해야 하는데, 오히려 시체들 무리에서 도망 나와서 저 짐승들을 여기까지 끌고 왔으니……."

촤악!

누군가가 찰진 소리를 내며 황소월의 따귀를 올려붙였다.

군자의 자태를 풍기는 엽망석이 황소월의 따귀를 때린 자세 그대로 서 있었다. 약하게 떨면서 가쁜 숨을 내쉬며, 무서운 눈 빛으로 바닥에 쓰러진 사람을 노려보았다.

"짐승이라니."

그녀가 쉰 목소리로 말했다.

"우리 유풍문의 영웅묘 앞에서 어찌 이런 별 볼 일 없는 자의 더러운 입을 용납할 수 있단 말입니까?"

강동당 사람들이 검을 빼 들더니 하나둘 엽망석을 겨눴다. 황소월의 문하에 있는 한 중년 여수사가 눈썹을 추켜세우며 유 약한 목소리로 말했다.

"남잔지 여잔지 구별도 안 되는 것이 감히 어른에게 손찌검을 해? 너야말로 짐승이다! 유풍문의 앞잡이 같으니라고!"

그녀가 고함을 지르며 엽망석에게 달려들었다. 묵연이 도와주려는 찰나, 휙 하며 버드나무 채찍이 세차게 허공을 가르는 소리가 들렸다.

눈부신 금빛 광채 속에서 초만녕이 사람들을 뚫고 나타났다. 손에 천문을 든 그가 봉안을 가늘게 떴다.

그는 엽망석을 뒤에 숨기고 강동당을 마주했다.

"이미 말했을 터인데."

그가 한 자 한 자 힘주어 말했다.

"남궁사는 나의 제자입니다. 천음각의 심판을 받고 싶은 게 아니라면, 지적할 게 있으면 나에게 먼저 하십시오. 공도를 따지든 권법을 따지든……."

적막 속에서 그의 마지막 말이 떨어졌다.

"끝까지 상대해 드리지."

분위기가 삽시간에 얼어붙었다.

강동당 사람들은 공격하지도, 물러서지도 않았다. 물러서자니 체면이 말이 아니었고, 공격하자니 걱정이 되었다. 그들이 정말 북두선존 초만녕을 건드릴 수 있을까? 그들이 과연 초만녕과 원수지간이 되어 맞서 싸울 수 있을까?

저쪽에선 시체 무리가 접근해 오고 있었다. 점점 더 가까워졌다.

누군가 참지 못하고 큰 소리로 외쳤다.

"다들 싸우지 마세요! 할 말은 나중에 하고, 우선 어떻게 할지부터 얘기해요! 이제 어떻게 해야 합니까!"

"싸울까요?"

"바로 싸워요? 그럴 거면 뭐 하러 산 아래까지 내려온 겁니까? 산 위에서 싸우는 것과 뭐가 다른 거죠?"

그렇다. 묵연도 그렇게 생각했다. 뭐가 다르지?

남궁사의 모든 행동에는 이유가 있을 거라고 생각했다. 남궁 가문의 마지막 후계자로서 남궁사가 그들을 산 아래로 후퇴시켰다면, 분명 무슨 의도가 있는 게 틀림없었다.

묵연은 아까부터 계속 입을 다물고 있는 남궁사를 쳐다보았다. 순간, 남자의 눈에 알 수 없는 빛이 스쳤다.

소름 끼치는 빛이었다.

"남궁 공자!"

불러도 소용없었다. 남궁사는 조금 전부터 소리 없이 주문을 외우고 있었다. 황소월이 자신을 가리키며 욕을 퍼부을 때도 계속 주문을 외우던 중이었다.

그걸 알아차렸을 때는, 이미 늦어 버렸다.

무수히 많은 넝쿨이 우르르 소리를 내며 흙을 뚫고 나왔다. 묵연, 엽망석, 설몽…… 모두가 동시에 이 버드나무 넝쿨에 휘감겼다. 그러고는 곧바로 결계 밖으로, 교산의 범위 밖으로 내동댕이쳐졌다.

엽망석의 안색이 순식간에 변했다.

"사야! 지금 뭐 하는 거야?"

그녀는 다시 뛰어 들어가려고 했지만, 남궁사가 손을 휙 휘둘렀다. 양쪽에 서 있던 진묘신이 육중한 몸을 들어 일어났다. 온몸에서 돌가루가 떨어졌다. 그들은 각자 자신의 왼손과 오른손을 들어 서로를 밀었고, 눈 깜짝할 사이에 반투명한 새로운 결계가 교산 전체를 뒤덮으며 산으로 들어오는 길목을 차단했다.

남궁사는 홀로 결계 앞에 서서 천 명도 넘는 시체와 마주했다.

그가 말했다.

"교산에는 용의 힘줄이 변하여 만들어진 버드나무 넝쿨이 있어요. 모든 걸 지하로 끌어들일 수 있죠. 여러분은 안에 있으면 안 돼요. ……제가 이 진법을 시전하면, 넝쿨로 변한 용의 힘줄은 남궁 혈통의 피가 흐르는 사람만 빼고 아군과 적군 상관없이 모두 땅 밑으로 끌어당겨서 생매장할 겁니다."

엽망석이 극도의 슬픔과 분노로 소리쳤다.

"남궁사! 지금 너 혼자라는 사실을 모르는 거야?"

결계를 마구 두드렸지만, 그녀가 할 수 있는 건 결계 밖에서 그를 부르는 것뿐이었다.

"남궁사!"

"혼자라니."

남궁사가 고개를 반쯤 돌렸다.

"네가 있잖아?"

"……."

그 후, 그는 뭔가 생각난 것처럼 돌연 입을 벌리고 웃었다.

눈부신 미소였다. 유풍문이 멸문한 후 한 번도 본 적 없는 빛이었고, 오만함이었고, 치열함이었다. 몇 년 동안 보지 못했던 의기양양한 기세가 얼굴에 떠올랐고, 두 눈이 사납게 이글거렸다.

남궁사는 오래전 엽망석과 함께 처음으로 환각 세계에서 수련하던 그때처럼 고개를 반쯤 돌리고 검을 뽑은 다음, 그녀를 보며 웃었다.

"하지만 여자들은 정말 쓸모없어. 결국은 내가 널 지켜야 하잖아."

말을 마친 그는 몸을 돌려 밀물처럼 몰려오는 시체 군단을 향해 성큼성큼 나아갔다.

한 발.

두 발.

세 발.

끝.

남궁사는 검을 땅바닥에 꽂아 넣고 손에 묶여 있던 붕대를 풀었다. 그러고는 일말의 망설임도 없이 예리한 칼날로 손을 그었다.

피가 검신의 혈조[#25]를 따라 줄줄 흘러내려 교산의 축축한 땅으로 스며들었다.

남궁사의 맑고 차가운 눈빛이 앞을 똑바로 주시했다. 두려움은 전혀 없었다.

그는 몰랐지만, 지금 결계 밖에 서 있는 묵연의 눈에는 그의 모습과 전생에서 필사적으로 싸우던 엽망석이 겹쳐 보이다가 결국 하나로 합쳐졌다.

"용에게 혈제(血祭)를 올려 얻은 힘줄이여."

남궁사가 말했다.

"돌진!"

수많은 버드나무 넝쿨이 진즉부터 균열이 생긴 지면 아래에

#25 혈조 血槽. 칼날에 난 홈

서 튀어나왔다. 삽시간에 모든 게 뒤섞였다. 아까 사람들을 묶어 결계 밖으로 내던지던 것과는 완전히 다른 넝쿨이었다. 시뻘건 넝쿨에는 나뭇잎이나 가지라곤 찾아볼 수 없었다. 오히려 굵고 튼튼한 핏줄이라고 하는 게 맞을 것 같았다. 핏줄은 교산 깊은 곳에서부터 뻗어 나와 눈 깜짝할 사이에 진룡기국의 조종을 받는 시체들을 타고 올라갔다.

혼자 힘으로 수많은 용의 힘줄을 움직이다 보니 남궁사는 금세 엄청난 영력을 소모하게 되었다. 그의 이마에는 땀이 맺혔고, 검을 쥔 손이 약하게 떨렸다. 손등의 핏줄은 툭 불거져 나왔고, 오래된 상처가 벌어져 새빨간 피가 줄줄 흘러내렸다.

"아래로!"

그는 창백한 얼굴로 부들부들 떨며 마지막 명령을 내렸다.

수천 가닥의 용 힘줄은 난폭하게 시체들을 땅속으로 끌어당겼다. 그러나 시체들도 호락호락하지 않았다. 다들 필사적으로 소리를 지르고, 포효하며 발버둥 쳤다.

남궁사는 용의 힘줄과 영력을 공유하고 있었다. 수천의 시체들이 발악하며 힘을 쓰는 통에 그는 젖 먹던 힘까지 짜내야 했다. 피를 제물로 뿌려 용의 힘줄이 더 강력한 힘으로 시체를 끌어당기도록 했다.

발목, 종아리…… 허벅지…….

온 산을 뒤덮은 시체들이 목을 길게 빼고 포효했다. 입에서는 연신 침이 흘렀다.

남궁사가 가쁜 숨을 몰아쉬었다. 허벅지…… 아직도 허벅지야…….

그는 자신의 영력이 점점 고갈되어 가는 것을 느꼈지만, 시체들은 아직도 완전히 땅속으로 들어가지 않았다. 그들은 여전히 분노로 발버둥을 치면서 두 손으로 버티며 벗어나려고 애썼다.

조금만 더, 허리까지만…… 최소한 허리까지는 들어가야 해…….

그래야 결계를 풀고 바깥에 있는 사람들이 들어올 수 있었다. 그러면 이 시체들은 쉽게 빠져나오지 못하고 상황은 완전히 역전될 터였다.

최소한…….

조금만 더…….

영력이 모두 소진되자 영핵을 소모하기 시작했다.

남궁사는 심장에 약간의 통증을 느꼈다. 원래 깨지기 쉬웠던 그의 영핵이 가슴 안쪽에서 약하게 떨렸다. 이를 악물었지만, 핏물이 그의 입가를 따라 흘러내렸다.

조금만 더.

허리…….

좋아, 움직이기 힘들 거야. 그러나 아직 완전히 안심할 단계는 아니었다. 시체의 힘은 살아 있을 때보다 더 셌으므로, 이 정도 묻혀서는 얼마든지 다시 빠져나올 가능성이 있었다.

조금만 더!

"쿨럭! 쿨럭!"

영핵의 힘을 더 사용하자, 남궁사는 눈앞이 핑핑 돌았다. 그는 몸을 지탱하지 못하고 바닥에 무릎을 꿇었다. 울컥 토해 낸 피가 검은 흙을 적셨다.

그는 어질어질한 상태로 고개를 들었다. 흔들리는 환영 속에서 용의 힘줄이 시체 무리를 더 깊은 땅속으로 사납게 끌고 들어가는 것을 보았다. 이제 거의 가슴께까지 묻혔다.

괴물들은 한동안 움직이지 못할 터였다.

남궁사가 피로 물든 입을 벌리며 씩 웃었다.

바깥에서 소리 지르는 엽망석의 목소리가 들렸다.

"사야! 됐어! 결계를 열어! 빨리!"

설정옹도 소리쳤다.

"어서 결계를 열게, 남궁사! 우리가 돕겠다!"

"남궁사, 빨리 열어! 결계를 열라고!"

소리 지르는 사람이 점점 많아졌다. 그래도 세상에 비양심적인 사람만 있는 건 아닌 모양이었다.

남궁사는 웃다 말고 갑자기 눈물을 뚝뚝 흘리기 시작했다. 유풍문이 멸망하고 수많은 굴욕을 당했을 때도 꿈쩍 않던 그였다.

그가 흐느끼면서 쉰 목소리로 중얼거렸다.

"네, 이제 열어야죠……. 열어야지……."

그러고는 사람들을 막고 있는 교산의 결계를 열기 위해 떨리는 손을 들었다. 그런데 갑자기 땅이 흔들리더니 약하게 진동하기 시작했다.

남궁사도 확실히 느끼고 있었다. 순간 멈칫하다가 다시 고개를 들고 앞을 바라본 그는, 믿을 수 없다는 표정을 지었다.

조금 전까지만 해도 그의 명령에 따라 시체들을 땅 깊은 곳으로 끌고 들어가던 용의 힘줄이 갑자기 하나씩 하나씩 풀리더니, 그들을 다시 하나하나 밖으로 내던지기 시작한 것이다.

"이럴 수가……."

남궁사가 망연자실한 듯 말했다.

"이건 불가능해!"

교산이 어째서 주인의 명령에 복종하지 않는 거지?

서상림이 반대되는 명령을 내렸다 해도, 이 용의 힘줄은 절대 복종을 번복할 수 없었다. 이곳에 잠든 마룡의 악령에게 남궁 일가의 후손은 모두 동일하기 때문이었다.

만약 남궁 가문의 후손 두 명이 각각 상반된 명령을 교산에게 내리면, 교산은 하던 것을 멈추고 누구도 돕지 않은 채 중립을 지키게 된다.

혹시…….

남궁사는 순간 온몸에 소름이 좍 돋았다. 한 사람이 떠오른 것이다.

이 생각이 들자 그는 온몸이 떨렸고 심장의 통증도 아까보다 심해졌다. 그는 숨을 몰아쉬며 천천히 고개를 들었다. 끝없이 이어진 한백옥 계단을, 빽빽한 시체 무리를 지나 맨 꼭대기를 올려다보았다.

용맹스럽고 위엄 있는 얼굴, 기골이 장대하고 꼿꼿한 남자가 계단을 따라 천천히 아래로 내려왔다.

그는 해와 달을 삼키는 교룡, 일렁이는 운해가 수놓인 화려한 비단 장포를 걸쳤다. 한 걸음씩 내디딜 때마다 옷감에 수놓인 금은색 실이 달빛을 받아 넘실거리는 물결처럼 반짝였다.

그의 높은 콧대 위에는 유풍문의 망자만 두르는 비단 띠가 두 눈을 가리고 있었다. 그러나 비단 띠는 청색이 아닌 검은색이었다. 무늬도 선학이 아니라, 발톱을 세우고 화염을 내뿜는 창룡이었다.

남궁사의 얼굴은 이미 백지장처럼 새하얗게 변했다. 그는 한 걸음 한 걸음 천천히 계단을 내려오는 남자를 바라보며 믿을 수 없다는 듯 눈을 휘둥그레 뜨고 중얼거렸다.

"어떻게…… 어떻게 이럴 수가……. 태장문……."

나뭇잎 사이로 얼굴을 내민 달이 남자의 조각 같은 얼굴을 비췄다.

그였다.

교산으로 하여금 남궁 후손의 명령을 거역하게 할 수 있는 유일한 사람. 마룡을 물리치고 상고 시대의 사악한 괴수 '곤(鯀)'을 제압한 후 수백 년을 이어 가는 최고의 문파를 만든 사람.

그는 수백 년 전 천하제일 대종사이자, 속세의 고난을 경험하기 위해 살아서 천계에 들어가길 포기한 최초의 사람이며, 유풍문의 초대 장문이었던…….

남궁장영이었다!

211장 교산, 생사의 대결

남궁장영 장문은 오래전에 세상을 떠났지만, 세간에는 아직
도 그의 초상화가 많이 전해졌다. 게다가 유풍문의 선현당은
옥으로 만든 초대 장문의 조각상을 모셨기 때문에, 엽망석은
그를 바로 알아보았다.

"사야, 빨리 결계를 열어! 너 혼자선 감당 못 해!"

당연히 감당할 수 없었다.

감당할 수 있는 사람이 있을까?

현재 수진계 최고의 종사인 초만녕조차도 승리를 장담할 순
없었다.

남궁사는 떨고 있었다. 그건 두려워서가 아니라 강렬한 슬픔
과 분노 때문이었다. 태장문…… 서상림이 결국 태장문의 유해
마저 진롱 바둑돌로 만들어 버렸다.

미쳤어…….

정말 미친 거야!

그들의 선조이자 유풍문의 혼이자 뿌리, 제자와 후손들이 대대로 떠받들어 온 신이었다.

남궁장영이잖아!

남궁사의 목에 핏대가 툭 불거져 나왔다. 그는 숲을 뒤흔드는 범의 포효처럼 무시무시한 소리를 내질렀다.

"서상림! ……아니지, 남궁서! 당장 나와! 나오라고!"

빙 돌아 날아오는 대머리독수리처럼, 메아리가 오래도록 울려 퍼졌다.

아무런 답이 없었고, 서상림은 당연히 나타나지 않았다.

유일하게 반응을 보인 건 남궁장영이었다. 두 눈을 가린 남궁장영이 고개를 살짝 꺾은 채 창백한 손으로 부장품이었던 보검을 꺼내 들었다. 검광이 번쩍였다.

그는 검을 들고 천천히 한 걸음씩 내려왔다.

같은 순간, 남궁사는 한 발씩 뒤로 물러나며 중얼거렸다.

"태장문……."

남궁장영의 발걸음은 묵직하고 안정적이었다. 검의 끝이 옥계단을 긁으며 귀에 거슬리는 마찰음을 냈다. 그의 두 눈을 가린 띠는 사후에 법술로 묶은 것이라 풀 수가 없었다. 그래서 그는 앞을 보지 못했고, 소리와 냄새로만 남궁사의 위치를 파악할 수 있었다.

"너는 누구냐?"

이때 낮고 아득한 소리가 울렸다.

남궁장영의 목소리였다!

"왜 이곳에 난입한 것이냐?"

수백 년 전의 선조가 말하는 걸 들으니, 진룡 바둑돌이라는 걸 알면서도 몸이 떨렸다.

남궁사가 침을 꿀꺽 삼키며 말했다.

"태장문, 저는……."

"……."

남궁사가 갑자기 들고 있던 장검을 내려놓더니 무릎 꿇고 고개를 조아렸다.

"미천한 후배, 유풍문의 제7대 후손, 남궁사 인사 올립니다."

"제7대…… 사……."

남궁장영의 시체는 느리고 뻣뻣하게 이 글자들을 반복해서 말했다. 그러고는 고개를 젓더니 검을 들고 말했다.

"죽어라."

대결이 시작되었다!

남궁사는 그의 공격 한 번으로도 팔이 마비될 지경이었다. 선배의 힘은 놀랄 만큼 강력했다. 시체의 창백한 얼굴이 불쑥 다가왔다. 입김은 얼음처럼 차가웠다.

"침입자는 죽어 마땅하다."

"태장문!"

검이 정신없이 부딪쳤다. 검술의 맹렬한 기세는 놀라웠다. 날과 날이 챙챙 소리를 내며 부딪칠 때마다 불꽃이 사방으로 튀었다.

설정옹이 주먹으로 결계를 치며 두려움에 휩싸인 채 말했다.

"미쳤어? 이길 수 있다고 생각하느냐!"

남궁장영의 실력을 모르는 사람이 어디 있단 말인가? 전해 오는 이야기에 의하면, 그의 힘은 어마어마해서 무기 없이 한 손으로 바위를 가루로 만들고도 남았다고 한다.

그런 그를 대적한다고?

남궁사 열 명이 맞서도 불가능한 일이었다.

남궁사는 머릿속이 하얘졌다. 자신이 초대 장문과 교산에서 대결한다는 생각은 해 본 적도 없었다. 두 검이 부딪치자마자 그는 순식간에 10척 바깥으로 밀려났다. 검으로 재빨리 바닥을 지지하지 않았다면 아마 잡초 더미로 나가떨어졌을 터였다.

남궁장영이 자신의 보검을 들더니 다시 천천히 다가왔다.

그는 낮고 묵직한 목소리로 반복했다.

"죽어라……."

이때, 결계 바깥에서는 설정옹이 분노에 차 얇은 막을 두드리고 있었다. 강희는 미간을 잔뜩 찌푸린 채 입을 굳게 닫고는 아무 말도 하지 않았다. 마 장주는 아예 눈을 가리고 '아이고, 세상에' 하며 제대로 쳐다보지도 못했다. 황소월은 속으로 놀라면서도 애초에 자신이 남궁사를 잡지 않은 걸 다행이라고 생각했다. 만약 정말 남궁사를 붙잡아 놓고 자기 혼자 교산에 왔더라면, 지금 유풍문의 초대 장문과 마주한 사람은 아마 자신일지도 몰랐다.

오직 초만녕만 눈 하나 깜짝하지 않고 남궁장영의 움직임 하나하나를 예의 주시했다. 뭔가 이상해도 아주 이상했다.

남궁장영이 어떤 사람인가?

그는 사악한 짐승 두 마리를 물리쳤는데, 하나는 마룡이고 다른 하나는 곤이었다. 둘 다 상고 시대의 사악한 짐승이니, 이 사람의 영력이 얼마나 무시무시한지는 두말할 필요도 없었다. 그의 혼백이 오래전에 그의 육체를 떠났고 남아 있는 건 껍데기뿐이라 다양한 법술을 시전할 수 없다 해도, 싸우는 데는 아무 영향을 받지 않는다.

그렇다면 남궁장영의 격투술은 어느 정도인가?

동쪽 끝 비화도 근처에는 유풍문이 자랑해 마지않는 유적인 섬 속 호수가 있었다.

크다면 크고 작다면 작은 호수인데, 물이 흐르지 않고 고여 있는 데다 풍경이 아름답지도 않았다. 호수를 따라 천천히 걸어도 반 시진이면 충분했다.

그러나 이 호수는 원래 작은 언덕이었다. 남궁장영이 곤과 악전고투를 벌이던 그때 곤이 몇 번이나 이 언덕에 몸을 숨겼다는 걸 모르는 사람은 없었다. 남궁장영은 연속해서 수십 번이 넘는 강한 주먹을 바위에 날렸고, 마지막 한 방에 100척 높이의 바위가 박살 났다. 그렇게 바위는 산산이 부서졌고 언덕은 무너져 내렸다. 그때부터 빗물이 모여 지금의 호수가 된 것이다.

그러니 초만녕이 괜히 남궁사를 과소평가한 게 아니었다. 사실 그는 남궁장영의 첫 번째 검이 남궁사의 것과 부딪쳤을 때 남궁사가 100척 바깥으로 날아갈 테고, 다시 일어날 수 없을 거라고 생각했다.

그런데 이 시체는 어딘가 수상쩍었다.

초만녕의 시선이 반짝이는 칼날처럼 남궁장영의 몸을 하나하나 훑었다.

순간, 그의 예리한 눈빛이 검을 든 남궁장영의 손에 멈췄다. 그가 멈칫했다. 머릿속에선 불꽃이 펑펑 터졌다. 불현듯 어디가 수상쩍은지 발견한 것이다.

저쪽에선 남궁사가 검을 쥔 채 비틀거리며 필사적으로 몸을 지탱하고 있었다. 그가 기른 늑대와 마찬가지로, 싸울 순 있었지만 도망갈 순 없었다. 그는 소매로 입가의 피를 닦은 후 다시 싸울 태세를 갖추었다. 그런데 갑자기 뒤에서 익숙한 목소리가 들렸다.

"왼쪽을 쳐라. 그의 왼팔 경맥이 이미 끊겼다."

"초 종사님?"

"한눈팔지 말아라."

결계 바깥에 선 초만녕의 갈색 눈은 두 사람의 대결에 고정되어 있었다.

"남궁장영의 왼팔이 부러졌더라도 방심해선 안 돼."

초만녕의 말을 듣자마자 주위의 장문들도 모두 남궁장영의 왼팔을 쳐다봤다. 아니나 다를까, 시체의 왼팔은 흐물거리고 힘이 없었다. 설정옹이 놀라서 말했다.

"남궁장영 장문이 죽고 나서 경맥이 끊어졌다는 건가? 누가 그런 거지?"

아무도 대답하지 않았다.

그러나 엽망석처럼 남궁장영의 생애를 잘 아는 사람은 금세 깨달았다.

누가 그런 거냐고? 세상에서 그의 경맥을 끊을 수 있고 끊을 만한 사람이 누가 있을까?

남궁장영과 고군분투 중인 남궁사가 자신의 선조를 쳐다봤다. 선현당의 옥 조각상과 거의 똑같은 얼굴은 남궁장영이 한 번도 죽은 적 없이 줄곧 살아 있었던 것 같은 착각을 불러일으켰다.

그가 정말 아직도 살아 있다면, 정말 죽지 않았다면, 수백 년의 세월을 없던 것으로 한다면, 그렇다면 자신은 지금 초대 장문의 검증을 거쳐 가르침을 받는 것일까?

"노백금! 이리 와!"

서서히 정신이 든 남궁사는 요랑을 불러 휙 올라탔다. 그러곤 남궁장영의 왼팔을 주시하며 엄청난 속도로 공격을 시도했다.

눈앞에 유년 시절의 어느 날이 스쳤다.

남궁사는 선현당의 웅장한 옥 조각 앞에 서서 고개를 삐딱하게 꺾은 채 초대 장문의 조각상을 쳐다보았다.

어린아이의 눈은 항상 특별했다. 그가 갑자기 고개를 돌려 용 부인에게 말했다.

"어머니, 이 조각상 잘못 만들었어요."

"어째서 말이니?"

용언이 화려한 겉옷을 끌며 손수건으로 입을 가린 채 가볍게 기침했다. 그러고는 아이에게 다가와 남궁장영 장문의 조각상을 올려다보았다.

"근사하지 않니? 세세한 부분까지 조각해서 생동감이 넘치잖아."

"……무슨 말인지 잘 모르겠어요."

용언은 한숨을 쉬었다. 성격이 급한 그녀는 다른 사람들이 이십 년 동안 공부한 것을 아들이 이 년 만에 깨우치지 못하는 것을 아쉬워했다.

"조각상이 마치 살아 있는 사람 같다는 뜻이란다. 작은 부분도 생동감이 넘친다고. 이 두 단어는 저번에 다 가르쳐 주지 않았니?"

남궁사가 입을 삐죽거리며 말했다.

"하지만 조각을 잘못했잖아요."

"어디?"

"보세요."

그는 초대 장문의 왼팔을 가리켰다가 다시 오른팔을 가리켰다.

"왼팔이 오른팔보다 훨씬 두꺼워요. 한참을 쳐다봤는데, 한쪽은 두껍고 한쪽은 얇아서 대칭이 아예 안 맞아요. 잘못됐어요!"

그는 용언에게 자신의 두 팔을 들어 보이며 어머니에게 열심히 설명했다.

"제 팔은 양쪽 굵기가 똑같아요. 어머니 팔도 똑같고, 아버지 팔도 똑같고……. 이 조각상은 잘못됐어요. 장인보고 다시 만들라고 하세요!"

"사의 말은 그런 뜻이었구나."

용언은 고개를 저으며 말했다.

"이건 장인의 잘못이 아니라, 태장문의 양팔이 원래 조금 달랐단다."

"왜요? 태어날 때부터요?"

"당연히 아니지."

용언이 말했다.

"태장문은 왼손잡이셨어. 그래서 왼팔이 오른팔보다 훨씬 굵지. 자라면서 왼쪽이 오른쪽보다 훨씬 두껍고 강해졌어. 그러니까 이 조각상을 만든 장인은 틀린 게 아니라 오히려 최선을 다한 거야. 세세한 부분까지 잡아냈으니 말이야."

챙!

두 자루의 검이 부딪쳤다. 남궁사와 남궁장영의 얼굴이 불꽃 튀는 무기를 사이에 두고 바짝 붙었다. 둘은 이를 악물고 버렸다. 익숙한 왼손을 쓰지 못하는 상처투성이 남궁장영과, 체력이 바닥난 남궁사. 정말 육박전이 따로 없었다.

설정옹의 머릿속에 불현듯 소름 돋는 생각이 스쳤다.

"저 왼팔 경맥, 혹시…… 혹시 스스로 끊은 게 아닌가?"

사실 설정옹뿐 아니라 결계 바깥에서 결투를 지켜보던 많은 사람들이 이렇게 생각했다.

유풍문의 상급 제자가 묻힐 때 두 눈에 영력을 불어넣은 비단 띠를 묶어 가리는 것이 정말 '학을 타고 하늘을 노닐기' 위함일까?

남궁장영이 후세의 세상이 완전히 변하리라는 것을 어느 정도 예측한 게 아닐까.

그래서 그는 유풍문을 세울 때부터 유풍문의 몰락을 염두에 두고, 무덤에 묻히는 제자들의 힘을 조금이나마 억눌러 세상에 화가 미치지 않도록 눈을 가렸다.

그래서 그는 평생 그와 함께했던 신무는 관 안에 넣지 않고 장검 하나만 넣었다.

그래서 그는 죽기 전에 자신의 왼팔 경맥을 끊었다. 후에 악의 세력이 자신의 시체를 이용해 말썽을 일으키더라도 시체가 완전한 힘을 발휘하지 못하도록 말이다.

그러나 진짜 답이 무엇인지는 여전히 알 수 없었다.

십여 합을 부딪치며 격렬한 싸움을 벌이던 중, 남궁사는 태장문이 미간을 찌푸리며 중얼거리는 걸 보았다.

"남궁…… 사…… 제7대……."

결계 밖에서는 묵연이 남궁장영의 일거수일투족을 지켜보고 있었다. 답선제군이었던 그의 시야는 함께 있는 사람들이 보는 시야와는 완전히 달랐다. 그는 진룡기국 주술을 써 보지 않은 사람이 알아채기 힘든 것들을 정확하게 잡아낼 수 있었다.

이 시체는 분명 여느 시체들과 달랐다. 마치 생전의 의식을 되찾으려고 애쓰는 것처럼 보였다.

이 역시 묵연이 걱정하던 바였다. 진룡기국은 3대 금지 술법 중 하나였지만, 세상에 완벽한 법술은 없었다. 의지가 아주 강한 사람에게 이 술법을 쓰려면, 시전자는 끊임없이 그 대상에게 영력을 흘려보내 바둑돌의 반항을 제압해야만 했다.

시전자가 흘려보내는 영력이 부족해지면, 진룡 바둑돌은 통제력을 잃고 오히려 시전자에게 주술을 걸 수도 있었다. 이는 그동안 진룡기국의 시전자 중 많은 사람이 갑자기 악질에 걸리거나 경맥이 역행해 비명횡사한 이유이기도 했다.

낯빛이 어두운 묵연의 시선이 남궁장영을 따라 움직였다.

그는 서상림이 남궁장영을 완전히 조종하지 못한다고 확신했다.

펑!

갑작스러운 소리에 결계를 짚고 있던 묵연의 다섯 손가락이 움찔하며 핏줄이 툭 불거졌다.

실력 차이가 너무 컸다.

현장에 있는 모든 사람이 똑똑히 보았다. 남궁장영이 아무리 자신이 주로 쓰는 팔을 끊어 힘을 줄였다 해도 종사는 역시 종사였다. 예리한 발톱을 뽑아 버린 빈 껍데기뿐인 시체여도 매함설, 설몽과 같은 후배들과 막상막하의 실력을 보였다.

정말 그를 제압하려면 장문이나 장로 정도의 인물이 나서야 할 정도였다.

그러나 장문도, 장로도 들어갈 수 없었다. 결계는 닫혀 있고, 그 안은 남궁 집안의 영역이었다. 그들 중 누구라도 함부로 들어가면 교산의 영(靈)이 분노할 터였고, 그것은 결국 떼죽음을 돕는 꼴만 될 뿐이었다.

이것은 유풍문의 내전이었으니, 그 누구도 개입할 수 없었다.

원기가 충반한 남궁사였다면 혼자 힘으로 이 시체를 처리할 수 있었을지도 모른다. 그러나 그는 이미 힘을 너무 많이 써 버렸다. 또 한 번의 공격이 날아왔다. 평소 같았으면 충분히 피할 수 있었다. 그러나 노백금의 목덜미를 잡고 등에 올라타면서 손의 상처가 벌어졌고, 순간적으로 힘이 빠진 그는 노백금을 놓쳐 버렸다.

"아우우우……."

노백금은 슬픈 울음소리를 냈다. 남궁사가 들고 있던 패검이 휙 날아 결계 근처에 떨어졌다.

묵연은 칼자루에 남궁사의 손에서 흘러나온 피가 잔뜩 묻은 것을 보았다.

"사야! 그만하고 나와! 다른 방법을 생각해 보자고!"

엽망석이 그에게 계속 소리쳤다.

사람은 늘 그렇다. 엽망석은 절대 누군가에게 비는 사람이 아니었지만, 남궁사는 그녀의 유일한 약점이었다.

그녀는 울었다. 끊임없이 울었다.

묵연은 전생에서도 그녀가 이렇게 우는 모습을 본 적이 없었다. 영락없는 낭자의 모습이었다. 남궁류와 남궁서의 이기심이 그녀의 얼굴에 차디찬 가면을 씌워 놓았던 것이다.

그녀는 평생 이 가면을 벗을 수 없을 거라고 생각했다. 그러나 피투성이가 된 패검 칼자루를 본 순간, 가면은 소리 없이 사라졌다.

"사야……."

이번 공격은 너무 강력했다. 남궁사는 이를 악물었다. 땀을 줄줄 흘리며 땅바닥에서 일어나려고 애썼다. 순간, 차가운 빛이 휙 지나가며 예리한 칼날이 그의 옆얼굴을 스쳤다.

남궁사가 약하게 숨을 내쉬며 남궁장영과 조금은 닮은 얼굴을 들었다. 그러고는 번쩍이는 검광을 사이에 두고, 자신의 선조를 올려다보았다.

남궁장영의 검이 그의 머리 위에 있었다.

결계 밖은 순식간에 정적에 휩싸였다.

212장 교산, 영핵이 파괴되다

묵연은 몰래 주먹을 꽉 쥐었다. 심장이 쿵쿵 요동쳤고, 관자놀이의 핏줄이 약하게 불끈거렸다. 그는 눈앞에서 벌어지는 일촉즉발의 상황을 지켜보았다. 마음속에서 광기 어린 생각이 들렸다. 남궁장영은 언제든 남궁사의 목숨을 앗아 갈 수 있다. 그렇다면 나는 정말 이렇게 서 있기만 할 건가? 이렇게 떳떳하게 서 있을 수 있는가?

그는 고통스러워 부들부들 떨었다. 다행히 그의 이런 모습을 눈치챈 사람은 없었다. 결계 안의 대결은 고운 모래가 물을 빨아들이듯 모든 이의 시선을 고정시켰다.

예리한 검은 언제든 피로 물들 수 있었다.

나무들이 으스스한 분위기를 자아냈다. 묵연은 소매 안의 무기를 꽉 움켜잡았다. 손끝으로 예리한 수전을 만지며 한 가지 일을 계획했다. 그러자 두려움이 들풀처럼 자라났다.

그때 남궁장영이 몸을 부르르 떨었다.

떨림이 너무 명확해서 못 본 사람이 없었다.

설정옹이 놀라 외쳤다.

"왜 저러지?"

남궁장영은 남궁사가 어디 있는지 정확히 보지 못했기 때문에 검을 든 위치도 약간 치우쳐져 있었다. 남궁사는 소리를 낼수 없었다. 아주 작은 소리도, 아주 약한 공기의 흐름도 남궁장영이 눈치챌 수 있기 때문이었다.

그는 창백하고도 고집스러운 얼굴로 선조의 얼굴을 바라보며 입을 꾹 다물었다. 입가엔 아직도 마르지 않은 피가 흘렀다.

"너는…… 남궁사…… 인가?"

"!"

설정옹은 물론이고, 이 말을 들은 사람들은 모두 소름이 돋았다.

……남궁장영에게 의식이 있단 말인가?

묵연도 순식간에 안색이 변했다. 그의 소매 안에서 차가운 빛이 반짝였다. 그는 꺼내려던 수전을 다시 집어넣었다. 등줄기가 배어 나온 식은땀으로 서늘했고, 심장이 미친 듯이 뛰었다.

큰일 날 뻔했군. 하마터면 내가 스스로 정체를 폭로할 뻔했어…….

묵연은 자신이 나서지 않아도 되어 다행이라고 여겼지만, 이런 안도감을 느끼는 자신이 오히려 불안하고 혐오스러웠다.

교산 앞에서 그의 전생과 현생, 두 개의 혼령이 싸움을 벌이고 있었다. 끊임없이 서로를 물어뜯어 피가 낭자했고, 살점이 너덜거렸다.

그는 자신이 얼마나 버틸 수 있을지 자신이 없었다.

"남궁…… 사…… 제7……."

결계 안에서는 남궁장영이 높이 든 검이 조금씩 옆으로 움직이고 있었다.

조금씩, 아주 조금씩…….

설정옹은 경악했다.

"정말 의식이 있는 건가?"

아니, 의식이 있는 게 아니었다.

의식을 아주 서서히 회복하고 있는 것이었다. 시체 안에 남아 있는 의식을 회복하는 중이었다.

묵연은 교산 어딘가에 숨어 있을, 졸렬한 인형극의 광대 같은 서상림이 이렇게 복잡하고 큰 규모의 인형극은 해 본 적이 없다는 걸 알았다. 오래 버티지 못할 터였다.

남궁장영은 곧 그의 조종을 벗어날…….

촤악!

묵연이 아직 골똘히 생각하고 있을 때, 갑자기 살점을 가르는 끔찍한 소리가 들렸다. 머리털이 곤두서고 동공이 확 조여들었다.

찰나의 순간.

핏물이 울컥울컥 솟구쳤다!

적막을 깨고, 소름 끼치는 비명과 함께 검이 허공을 가르는 소리가 고막을 울렸다.

"사야!"

"엽 낭자!"

"엽망석!"

정신이 나간 듯 눈이 붉게 충혈된 엽망석을 양쪽에서 붙잡았다. 흥분한 그녀가 무슨 일을 저지를지 걱정되어서였지만, 그들은 곧 부질없는 짓이라는 걸 깨달았다. 그녀가 무슨 일을 더 할 수 있을까? 그녀는 남궁 혈통도 아니었고, 아무리 남궁 가의 심복이라 한들 교산 앞에서는 그저 외부인일 뿐이었다.

그녀는 절대 결계 안으로 들어갈 수 없었다.

남궁장영의 검은 일말의 동정도 없이 남궁사의 어깨를 관통했다. 그가 앞을 볼 수 있었다면, 아마 남궁사의 가슴은 지금쯤 바람이 드나드는 동굴이 되어 있을 터였다.

남궁사는 완전히 얼어붙었다. 무슨 말을 하고 싶은 것 같았다. 남궁장영이 검을 뽑자 피가 사방으로 튀었고, 바닥에 쓰러진 남궁사는 웩웩 소리를 내며 피를 토했다. 그는 몸을 지탱하며 일어나려 발버둥 쳤지만, 결국 바닥에 축 늘어지고 말았다.

서상림이 무슨 짓을 했는지는 여전히 미궁이었다. 영핵의 힘을 썼을 수도 있고, 온 정신을 집중해 남궁장영을 통제하는 중일 수도 있었다.

금방이라도 의식을 회복할 것 같았던 시체는 순식간에 살인 병기가 되었다. 그가 든 검의 가느다란 혈조에선 쉬지 않고 피가 흘러내려 바닥으로 뚝뚝 떨어졌다. 바닥에 떨어진 핏방울은 달빛을 받아 색을 알 수 없는 홍건한 어둠이 되었다.

남궁사는 다시 일어나려 했지만 허사였다. 그는 진창에 누워 고개만 억지로 들었다.

묵연은 떨리는 눈을 감았다.

남궁사의 몰골을 아무도 보지 않길 바랐다. 이전의 오만하고, 당당하고, 깔끔하고, 준수한 얼굴은 온데간데없고 피와 먼지가 뒤엉켜 얼굴을 알아보기도 힘들었다. 양심이 있는 사람이라면 누구나 비통함을 느낄 수밖에 없는 모습이었다.

그러나 남궁사의 눈 속에는 비통함이 없었다.

그의 눈 속엔 여전히 불꽃이, 빛이 있었다.

남궁장영이 다시 검을 날리려던 그때, 갑자기 하얀 광채가 휙 날아와 그를 덮쳤다. 노백금이 살기등등하게 울부짖으며 다짜고짜 그에게 달려든 것이다.

"사야……."

엽망석은 무너져 내렸다. 그러나 남궁사는 그녀를 보지 않았다. 그저 강희만 응시하며 피투성이 입을 뻥긋거렸다.

그는 지금 큰 소리를 낼 수 없었다. 강희는 그의 입 모양을 보고 무슨 말인지 알아들었는지, 뒷짐을 진 채 갈색 눈을 깜박거리지도 않고 남궁사의 입술만 주시했다.

남궁사가 말을 마쳤다.

강희가 말했다.

"……그래, 알았다."

"우우우……."

다시 둔탁한 소리가 났다. 남궁장영이 한 손으로 노백금을 내던진 것이다. 노백금이 땅바닥에 떨어지는 소리는 주인의 것보다 훨씬 컸다. 거대한 백색 몸이 수풀 사이에 떨어지며 온갖 나무를 꺾어 버렸다. 노백금의 영력도 더는 버티지 못했다. '피익' 하는 소리와 함께 연기가 피어나더니, 연기가 사라지기도 전에 복슬복슬한 흰색 강아지가 비틀거리며 걸어 나왔다. 어른 손바닥보다 작은 강아지는 온 힘을 다해 남궁장영의 옷자락을 물었다.

노백금의 어릴 적 모습이었다.

남궁사는 고개를 돌려 작게 속삭였다.

"가, 빨리 가."

"아우우우!"

노백금은 가지 않았다.

노백금의 무는 힘은 남궁장영에게서 그 어떤 반응도 불러일으키지 못했다. 남궁장영은 노백금을 상대할 마음이 전혀 없었다. 그가 손가락을 움직이자 교산이 뒤흔들리더니, 남궁사가 묶어 놓았던 수많은 시체가 버드나무 넝쿨에 의해 다시 땅 위로 올라왔다.

산을 뽑을 만한 힘.

마른 풀이 뜯기고 썩은 나무가 뽑혔다.

남궁사의 눈에서 빛이 번쩍였다. 그는 손으로 힘겹게 바닥을 짚었다. 그 순간 가슴에 격렬한 통증이 느껴지더니 영핵이 바스러졌다!

그는 이십 년 넘게 수련한 영핵으로, 이십 년 넘게 비가 오나 눈이 오나 한결같이 수련한 심장의 피로, 돌아올 수 없는 최후의 명령을 내렸다.

"아래로!"

터지고 갈라졌다.

그는 심장에서 이십 년을 함께한 영핵이 터지고 갈라지는 걸 또렷이 느낄 수 있었다.

봄바람에 이는 물결처럼 가벼웠다.

그리고 산천이 무너져 굴러떨어진 바위처럼 무거웠다.

끝내 모두 가루가 되었다.

그 순간, 남궁사는 어렴풋이 따뜻한 위안을 받았다. 영핵의 힘이 다하면 원래 이런 느낌인가? 아프긴 해도 오장육부가 찢어지는 느낌은 아니네.

그렇다면 어머니께서 돌아가실 때도 그렇게 고통스럽진 않으셨겠군.

아주 찰나의 순간, 모든 게 사라졌다.

사악한 용의 영은 그가 바친 피의 제물에 약하게 떨었다. 풀리려던 용의 힘줄이 벗어나려는 시체들을 다시 단단히 옭아맸다. 남궁장영은 턱을 들고 낮고 묵직하게 '응?' 하는 소리를 내더니 천천히 남궁사 앞으로 걸어가 섰다.

남궁사는 꼼짝도 할 수 없었다. 영핵을 잃어버렸으니 이제 보통 사람과 다를 바 없었다.

자신의 패검조차 불러올 수 없었다.

그는 가쁜 숨을 몰아쉬며 고개를 들었다. 눈 속에는 달빛과, 달빛을 등지고 선 남궁장영의 얼굴이 있었다.

"태장문……."

남궁장영의 눈을 가린 비단 띠가 겨울바람에 휘날렸다. 그는 제자리에 우뚝 서서 손끝을 움직였다. 그러나 교산의 영은 남궁사가 바친 영핵 때문에 원래 주인의 명령에 바로 반응하지 못했고, 용의 힘줄들은 발버둥 치는 시체들을 땅속으로 끌고 내려가고 있었다.

그러나 남궁사는 얼마 버티지 못하리라는 걸 알았다.

남궁장영이 마음먹고 강하게 명령을 내린다면 교산은 결국 최초의 주인에게 복종하게 되고, 남궁사는 이를 바꿀 수 없었다.

바꿀 수는 없었지만, 그는 모든 대가를 치러서라도 최선을 다할 작정이었다.

마음에 부끄러움을 남기지 않기 위해.

결계 바깥에선 묵연이 입술을 깨물었다. 손끝에 다시 수전을 쥐었다. 그의 얼굴은 창백해져 완전히 납빛이 되었고, 손은 장포 아래서 약하게 떨렸다.

결계 안에서 남궁사가 말했다.

"태장문…… 죄송합니다. 전 역시…… 아무것도…… 아무것도 하지 못했습니다……."

선조의 패검이 다시 들리고, 남궁사는 천천히 눈을 감았다.

그가 장렬히 죽음을 맞이하려던 그 순간, 남궁장영의 목이 우두둑거리더니 잇새로 쥐어짜는 소리가 들렸다.

"네…… 이름이…… 남궁…… 사냐?"

남궁사는 깜짝 놀라 쉰 목소리로 말했다.

"태장문? 의, 의식이 있으신 건가요? 제…… 제 말을 알아들으실 수 있습니까?"

뒤의 말은 묵연에게까지 들리지 않았다. 그러나 남궁장영의 움직임이 갑자기 느려지고, 입술이 천천히 벌어지며 남궁사와 이야기를 나누는 모습은 모두가 똑똑히 목격했다.

"나는…… 너와…… 싸워선…… 안 돼……."

남궁장영은 여전히 검을 치켜들고 있었다. 그의 목에서는 아주 미세한 소리가 끊어질 듯 끊어지지 않고 이어졌다.

"내 마음속에는…… 과거의 기억이 남아 있다……. 내가 죽기 전에 후세에 무슨 일이 일어나진 않을까 걱정했는데……."

그는 이제 막 의식을 회복해 발음이 또렷하지 않았다. 그가 쉰 목소리로 말했다.

"이런 날이 정말 올 거라고는…… 예상하지 못했다."

남궁장영은 잠시 멈추었다가 이어서 말했다.

"남궁…… 사, 이따가…… 내가…… 주문을 다 외우고 나면 …… 곧장…… 화살로…… 내……."

화살?

무슨 화살?

남궁사는 머릿속이 윙윙 울렸다. 무슨 말인지 이해할 수가 없었다. 그러나 남궁장영은 장검으로 땅바닥을 긁고 지나가며 길게 포효했다. 수척 밖으로 물러난 그의 옷자락이 펄럭였다. 그 모습은 영락없는 선인이었다.

남궁장영은 부들부들 떨며 입술을 움직여 시전자의 통제에서 벗어나려 애쓰고 있었다. 한 글자, 한 글자 말할 때마다 엄청난 힘이 필요했다.

"천운(穿雲), 소환."

한 글자씩 겨우 내뱉은 이 말이 끝나자 교산의 한가운데에서 맑고 긴 소리가 들려왔다. 남궁사의 앞에 있는 땅이 우르릉하며 열리더니 흙과 모래가 아래로 쏟아져 내렸다. 그러고는 짙은 남색의 각궁[#26]이 소리를 내며 어두운 밤하늘을 비췄다.

모두가 소스라치게 놀랐다. 초만녕처럼 냉담한 사람조차 안색이 변할 정도였다.

전설에서만 전해 내려오던, 유풍문 초대 장문과 함께 땅속에 묻혔다는 신무…….

천운!

"어서, 가져가!"

남궁장영이 쉰 목소리로 말했다. 그의 손이 심하게 떨렸다. 마치 보이지 않는 거미줄에 대항하듯, 그는 어떻게든 자신의 천운을 잡지 않기 위해 안간힘을 썼다.

"천운의 화살은 육체를 불사를 수 있다……. 태워라."

남궁사는 이미 그가 하려는 말을 알고 있었다. 그러나 충격이 너무 커 믿기 힘들었던 그는 잠긴 목소리로 물었다.

"무엇을 태웁니까?"

"나를!"

남궁장영이 격노하며 소리쳤다.

"태장문!"

"내 시체가…… 살아생전에…… 가장 증오했던 일을…… 하도록 두지 말아라…….."

남궁장영이 꼿꼿이 섰다. 옷자락이 서늘한 바람에 펄럭였다. 수백 년이 지난 지금, 그가 최후의 말을 남겼다.

"태워라."

#26 **각궁** 角弓. 소나 양의 뿔로 꾸민 활

213장 교산, 불살라진 몸

수진계의 오랜 역사 속에서 많은 영웅호걸이 배출되었지만, 진정한 '선군의 계보'에 이름을 올린 사람은 단 열 명뿐이었다. 그리고 남궁장영은 그중 한 사람이었다.

그동안 묵연은 이 계보를 대수롭지 않게 생각했다. 새끼손가락 하나로 유풍문의 72개 성을 모조리 짓밟아 버렸던 그는 이 선성에 쓸모없는 놈들만 잔뜩 숨어 있다고 생각했다. 칼이 아직 목에 닿지도 않았는데 아프다고 엄살 부리고, 검을 아직 휘두르지노 않았는데 살려 달라고 애걸복걸하는 놈들 말이다.

전생에서 엽망석이 죽기 직전 남긴 말처럼, 밝은 유풍의 72개 성에 진정한 사내대장부는 하나도 없었다.

묵연이 보기에 유풍문은 오합지졸이었고, 남궁장영은 그저 이 오합지졸을 모은 사람일 뿐이었다. 그가 무슨 대단한 인물이라는 건지 도저히 이해할 수 없었다.

백 년의 위업은 뒤에 나타난 사람의 손에 순식간에 핏빛으로 물든 폐허가 되었다. 시체가 산을 이루었고 까마귀가 망자의 내장을 쪼아 먹었다. 답선제군은 계단을 하나씩 올라 무표정한 얼굴로 선현당의 문을 밀어젖혔다.

그는 검은 겉옷을 바닥에 끌며 유풍문의 역대 장문과 장로의 초상화가 걸린 통로를 지나, 드디어 선현당의 끝에 도착했다.

답선군이 고개를 들었다. 겉옷에 달린 두건에 덮인 그의 얼굴은 턱만 보였다. 그는 창백하고 날렵한 턱을 살짝 들고 심사를 하듯 자신보다 훨씬 큰 조각상을 훑어보았다.

존백옥(尊白玉) 영석으로 만든 조각상은 소매가 넓은 장포를 입은 젊은 선군의 형상이었다. 활을 들고 바람을 타며 서 있는 모습에서 장인의 섬세하고도 힘 있는 훌륭한 솜씨가 느껴졌다. 눈동자에는 가자미의 수정석을 박아 넣었고, 옷 부분에는 수정석 가루를 펴 발랐다. 아침 햇살이 조각상 너머의 창틈으로 피 비린내를 풍기며 쏟아져 들어왔다. 조각상은 마치 구천의 광채를 입은 적선처럼 보였다.

답선군이 두건 아래에서 씩 웃었다. 새하얀 이와 달콤한 보조개가 드러났다.

그는 옷매무새를 정리하고 길게 읍한 다음, 수려한 얼굴을 들고 빙그레 웃으며 말했다.

"존함은 오래전부터 들었습니다, 남궁 선장."

조각상은 당연히 아무 말이 없었다. 방문자를 응시하듯, 그저 까만 수정석 두 개만 반짝일 뿐이었다.

너무나 무료했던 답선군은 상대해 주는 사람이 없어도 혼자 상황극을 이어 나갔다.

"후배 묵미우, 오늘 이렇게 뵙게 되어 영광입니다. 남궁 선장의 표정이 아주 좋아 보이십니다."

그는 시시덕거리며 한참 동안 혼잣말을 했다. 산 사람이 조각상을 앞에 두고 흰소리를 늘어놓은 것이다.

"제가 선장의 아들의 아들의 아들의……."

그는 손가락을 꼽다가 한숨을 내쉬었다.

"정확히는 모르겠네요. 아무튼 선장의 몇 대 조카와 몇 대 외손자와 문하의 몇 대 제자를 봤어요."

그는 하얀 이를 드러내고 웃었다.

"그런데 다들 제 손에 귀신이 되었답니다. 선장께서 아직 환생을 안 하셨으면 이미 만나셨을 수도 있겠네요."

그가 말을 이었다.

"아쉽게도 아들의 아들의 아들의 아들의 아들의 아들은 못 봤어요. 그 녀석은 성이 함락되기 전에 내뺐거든요. 생사를 알 수 없는 게 아쉽습니다."

그는 신이 나서 조각상과 너무나도 친근하게 한바탕 수다를 떨었다.

"아 참, 남궁 선장께선 촉망받는 초대 영웅호걸이셨다던데. 어딜 가든 목숨 바쳐 충성을 맹세하며 따르는 사람들이 있었다고 들었습니다. 왕으로 모시려는 자들도 있었다지요."

묵연이 빙그레 웃으며 말했다.

"지금의 저만큼 위대하셨나 봅니다? 그래서 제가 온 겁니다. 사실 앞서 한 말은 다 그냥 해 본 얘기고요, 궁금한 게 하나 있어서요……. 남궁 선장께선 어째서 그때 제왕의 자리에 오르려 하지 않으셨는지요?"

그는 잠시 뜸을 들이다 앞으로 몇 걸음 나갔다. 그의 시선이 조각상 뒤에 서 있는 비석에 가닿았다. 눈에 띄지 않을 수 없을 만큼 거대한 비석이었다. 그냥 지금까지 못 본 척했을 뿐이다.

비석은 남궁장영이 구십육 세가 되던 해에 검으로 새긴 것으로, 처음에는 소박했으나 나중에 후손들이 금가루와 번쩍거리는 것들을 발라 놓아 지금은 글자 하나하나가 휘황찬란했다.

묵연은 비석을 잠시 응시하다가 웃으며 말했다.

"아, 알겠네요. 탐욕, 원망, 기만, 살인, 음란, 절도, 약탈은 유풍문의 군자가 해서는 안 되는 일곱 가지다? 선장의 기개가 대단하십니다."

그가 뒷짐을 지고 서서 계속 말했다.

"선장께선 평생 청렴하게 사신 데다 평판도 좋으셨지요. 죽을 때까지 후손들을 간곡하게 타이르셨죠. 하지만 궁금합니다. 선장께선 언젠가 유풍문에 이런 날이 올 거라고 예상하셨나요?"

그는 뭔가 적당한 표현을 찾으려는 듯 입술을 오므렸다가, 마침 떠올랐는지 손뼉을 치며 웃었다.

"탐관오리들의 소굴?"

그는 목청껏 웃었다. 통쾌하면서도 자의적이었고, 순수하면서도 사악한 얼굴이었다. 엄숙하고 경건한 선현당에 오래도록 울려 퍼진 웃음소리는 비단을 찢는 소리와 흡사했다. 바람에 흔들리는 족자를 하나하나 찢어 버리고, 유풍문의 역대 영웅호걸의 초상화를 찢어 버릴 것만 같았다.

그 웃음소리는 얼음처럼 차가운 남궁장영의 조각상 앞에서 뚝 멈췄다.

묵연은 더 이상 웃지 않았다. 웃음기를 거둔 그의 얼굴이 서서히 얼어붙었다.

까만 눈은 오대당풍[#27]으로 그려진 선현을 응시했다. 자신과 마찬가지로 한때 천하를 호령했고 많은 선인을 짓밟은 그 사람을 응시했다.

시공간이 이곳에서 모였다. 두 시대의 제일선군이 세월의 흐름 속에서 마주했다.

묵연이 조용히 말했다.

"남궁장영, 당신의 유풍문은 썩은 물이야. 난 당신이 깨끗하다는 걸 믿지 않아."

그는 소매를 휘저으며 몸을 돌려 성큼성큼 선현당을 빠져나갔다. 갑자기 광풍이 불어와 그가 쓰고 있던 두건이 벗겨지고, 마침내 답선제군의 광기 어린 얼굴이 드러났다.

그는 세상에서 가장 잘생긴 남자로 꼽혀도 전혀 손색이 없는 미남이었다. 그러나 그의 얼굴에는 썩은 사체를 먹이로 삼는 내머리녹수리 같은, 세상에서 둘째가라면 서러운 악랄하고 잔인한 표정이 숨어 있었다.

검은 장포가 먹을 쏟은 짙은 구름처럼 긴 계단을 따라 내려갔다.

그는 인간 세상의 악귀였으며 속세의 아수라였다. 고개를 들어 먼 곳을 굽어보니, 사방이 유풍문 제자의 시체였고 잘려 나

#27 오대당풍 吳帶當風. 중국 인물화의 한 화풍

간 팔다리 천지였다. 답선군은 투항을 받아들이지 않았다. 송씨 성의 여인만 남겨 놓고 나머지는 모조리 죽였다.

그 순간 묵연의 마음속에 잔인하기 그지없는 쾌감이 일었다. 하늘 저편에서 찬란하게 빛나는 아침노을을 바라보았다. 솟아오른 태양이 구름을 뚫고 핏기 없는 그의 얼굴에 눈부신 금빛 광선을 비췄다.

그는 눈을 감고 크게 심호흡을 한 뒤, 소매 안에서 주먹을 꽉 쥐었다. 흥분과 쾌감으로 희미한 전율이 일었다.

사실 그는 잡초 같은 목숨이었다. 어릴 때 임기에서 밥을 빌어먹었고, 어머니가 굶어 죽는 순간을 똑똑히 목격했다. 시신을 쌀 멍석조차 구할 수 없었기에 유풍문의 한 수사에게 관 하나만 사 달라고 애원했었다. 가장 얇고 가장 안 좋은 것이어도 된다고 빌었지만, 돌아온 건 조롱 섞인 대답뿐이었다.

"사람에 따라 어울리는 관이 있어. 타고난 팔자가 그러니 애써 봤자 소용없다."

달리 방법이 없었다. 어머니를 그대로 땅에 묻으려 했으나 임기는 감시가 삼엄했고, 연고 없는 무덤이 모여 있는 공동묘지 중 가장 가까운 곳은 대성 밖에 있어서 작은 언덕 두 개를 넘어야 도착할 수 있었다.

그는 결국 어머니의 시신을 끌고 갔다. 가는 내내 혐오, 멸시, 경악, 동정의 시선을 받았지만 그를 도와주는 사람은 아무도 없었다. 장장 십사 일을 걸었다. 어린아이가 여인의 시신을 끌고 십사 일을 걸었다.

십사 일. 도움의 손길은 단 한 번도 없었다.

처음엔 길가에서 무릎 꿇고 애원도 했다. 길 가는 군자, 마부, 농부에게 자신과 어머니를 손수레에 한 번만 태워 주면 안 되겠느냐고 애원했다.

그러나 일면식도 없는 시체를 자신의 수레에 싣고 싶어 하는 사람이 어디 있겠는가?

며칠이 지난 뒤, 그는 더 이상 애원하지 않았다. 이를 악물고 어머니를 끌며 한 발 또 한 발 걸었다.

시신은 딱딱하게 굳었다가, 물컹해졌다가, 썩기 시작했다. 시체에서 코를 찌르는 악취가 풍기고 체액이 스며 나왔다. 행인들은 그와 거리를 두며 피했고, 코를 감싸 쥔 채 걸음을 재촉했다.

십사 일째 되는 날, 그는 마침내 공동묘지에 도착했다.

그에겐 이미 산 사람의 체취가 남아 있지 않았다. 시체 썩는 냄새가 그의 뼛속까지 스며들었기 때문이었다.

그에겐 삽이 없었다. 맨손으로 얕은 구덩이를 팠다. 깊은 구덩이를 팔 힘은 남아 있지 않았다. 이미 너무 썩어서 예전의 모습이라곤 전혀 없는 어머니를 끌어 구덩이에 넣었다. 그가 멍하니 옆에 앉았다.

한참이 지나고, 그가 체념한 듯 말했다.

"어머니, 이제 묻어 드릴게요."

그러고는 양손으로 흙을 떴다. 어머니의 가슴팍에 흙을 한 번 뿌리고 나서 그는 무너졌다. 그가 대성통곡하기 시작했다.

이상하다, 이제 흘릴 눈물도 없을 줄 알았는데.

"안 돼, 안 돼. 묻으면 이제 못 보잖아. 영영 못 보잖아."

그는 다시 구덩이 위로 올라가서 썩은 내가 나는 시체 위에 엎드려 오열했다. 눈물이 뚝뚝 떨어졌다. 마음이 좀 차분해지자 또 흙을 떴다. 그런데 그 흙에서 눈물샘을 자극하는 냄새라도 나는 건지, 그는 또 목 놓아 울고 말았다.

"어떻게 이렇게 다 썩었을까…… 다 썩어서…….."

그는 절규했다.

"왜 멍석 하나 없이 이렇게……."

그의 눈에서 눈물이 계속 흘러내렸다.

"어머니…… 어머니…….."

그는 어머니에게 자신의 얼굴을 비볐다. 더럽고 냄새가 나는 시체였다. 온몸에 성한 피부라곤 남아 있지 않았고, 피고름이 나왔으며, 구더기가 우글거렸다. 그러나 그는 아랑곳하지 않았다.

그는 어머니의 품에 엎드려 통곡했다. 고통스러운 울음은 목구멍에서 핏물에 젖어 쏟아져 나왔다.

그의 울음소리가 공동묘지에 울려 퍼졌다. 뒤틀리고 잔뜩 쉬어서 무슨 소린지 분명하지 않았다. 사람의 울음소리 같기도 했지만 어린 짐승이 어미를 잃어 우는 소리와 더 흡사했다.

"어머니…… 어머니!"

그가 울부짖었다.

"저기요…… 누구 없어요……? 저도 좀 묻어 주세요……. 저도 같이 묻어 주세요…….."

눈 깜짝할 사이에 이십 년이 흘렀다.

묵연은 다시 임기로 돌아왔다. 그가 다시 유풍문의 으리으리한 산꼭대기 궁전에, 시체 산과 피바다 앞에 섰다.

시체 썩는 냄새를 풍기던 어린아이는 아름다운 외모와 날카로운 짐승의 이를 가진 자로 변했다. 다시 부릅뜬 그의 눈동자 속에서 광기에 이글거리는 빛이 번쩍였다.

오늘 여기에 서 있는 그에게 감히 누가 '타고난 팔자가 그러니 애써 봤자 소용없다'라고 말할 수 있겠는가?

어처구니가 없군! 난 마음만 먹으면 뭐든 다 가질 수 있어!

그는 세상 모든 사람이 무릎을 꿇고 자신이 원하는 모든 것을 바치길 원했다.

모든 선인을 짓밟고 천하의 지존이 되겠어!

그는 선현당에 들어갔고, 남궁장영을 만났다. 그는 점점 자신의 욕망과 야망을 확신했다. 그렇다. 모든 선인을 짓밟고 천하의 지존이 되면 무엇이든 손에 넣을 수 있었고 무엇이든 마음대로 할 수 있었다.

그는 시체를 끌어안고 통곡하던 그때의 어린아이가 아니었다. 그는 절대 사랑하는 사람이 눈앞에서 죽어 가게 놔두지 않을 것이다. 눈앞에서 부패해 백골이 되는 모습을, 옛날의 아름다움을 잃고 흙으로 돌아가는 모습을 지켜만 보지 않을 것이다.

다시는 그러지 않을 것이다.

백 년이 지나면 그도 남궁장영과 같은 천신이 될 것이다. 만인이 그를 모시고 높이 우러러보며, 백옥으로 조각상을 만들고 금가루로 비석을 장식하겠지.

아니, 남궁장영보다 더 위대한 인물이 될 테다. 그의 사생지전은 그때의 유풍문보다 월등히 뛰어날 테니까. 수진계 제일의 군왕이 된 그는 남궁장영처럼 이도 저도 아닌 가짜 군자보다 후세 사람들의 더 큰 칭송을 받게 될 것이다.

죄업?

그는 남궁장영에게 죄업이 없다는 걸 믿지 않았다. 유풍문 같은 괴물을 탄생시킨 사람이 어떻게 정의를 위해 목숨을 바치며 정직하고 올곧은 군자일 수 있단 말인가?

'탐욕, 원망, 기만, 살인, 음란, 절도, 약탈은 유풍문의 군자가 해서는 안 되는 일곱 가지'라고 했었나? 듣기 좋은 말은 누구나 할 수 있다. 묵미우 자신도 죽기 전에 얼마든지 자기 대신 훌륭한 이치를 생각해 낼 사람을 찾아서, 모두가 대대로 입 모아 칭찬할 만한 격언을 만들어 내게 하면 그만이었다. 얼마든지 아첨쟁이들에게 그 대신 역사서를 쓰게 할 수 있었다. 어두운 과거는 없던 일로 만들어 버리고, 답선제군도 '언제나 백성만을 생각하고 위대한 업적을 이룬' 성군으로 둔갑시킬 수 있었다.

완벽해.

이것보다 더 좋은 결말은 없어.

"탐욕, 원망, 기만, 살인, 음란, 절도, 약탈은…… 유풍문의…… 군자가…… 해서는 안 되는…… 일곱 가지……."

들릴 듯 말 듯 한 중얼거림이 천둥처럼 귓가에 울렸다.

묵연은 순간적으로 기억의 늪에서 빠져나왔다. 눈앞은 여전히 어지러웠다. 그가 고개를 들어 결계 안을 바라보았다. 남궁사가 쏜 천운의 화살이 남궁장영의 가슴을 관통했다.

그때의 옥 조각과 완전히 똑같은 얼굴이었다.

누군가 놀라 소리쳤다.

"남궁사가 저렇게 심하게 다쳤는데, 어떻게 천운의 활시위를 당겼지?"

"저 활이 이미 준비되어 있었던 건가?"

"저기 봐, 활에 영력이 붙어 있어. 남궁사의 것이 아니야! 저건, 저건……."

아무도 말하지 않았다.

그러나 모두가 확실히 알고 있었다.

남궁장영의 것이었다.

천운을 제어할 수 있는 사람은 남궁장영뿐이었다.

활과 화살에 남궁장영이 생전에 남겨 놓은 마지막 영력이 흐르고 있었다.

불꽃은 남궁장영의 가슴에서 빠르게 타올랐다. 천운의 화살이 그의 심장을 파고들었고, 불길은 순식간에 온몸으로 번졌다.

그러나 시체는 고통을 조금도 느끼지 않았다. 남궁장영의 몸은 화염 속에서도 여전히 꼿꼿했고, 표정은 평온했다. 여유로워 보이기까지 했다.

묵연은 옆에서 설정옹이 중얼거리는 걸 들었다.

"일찌감치 예견한 걸까? 그는…… 그는 이런 날이 올 거란 걸 일찌감치 예견한 걸까?"

아니…….

예견하진 못했을 거야. 우연히 들어맞았을 뿐이야.

두려움에 덜덜 떠는 묵연의 눈동자가 좁고 길어졌다.

이건 우연일 뿐이야!

그러나 그가 무슨 수로 자기 자신을 설득할 수 있단 말인가?

진룡기국의 통제를 벗어난 데다 오래전에 끊긴 경맥, 심지어 교산에 묻혀 있었지만 그와 함께 묻히진 않았던 신무 천운, 그리고 영력이 가득 흐르는 천운의 활과 화살.

……철저하게 준비한 게 아니라면, 어떻게 이 정도로 대비할 수 있었을까.

묵연이 비틀거리며 한 발 뒤로 물러났다.

그들은 다 똑같은 줄 알았다. 전설적인 영웅호걸들은 사람들을 속일 수 있는 재주를 갖고 태어난 것뿐이며, 평생의 오점은 깨끗이 없애 버린 다음 정결한 수의를 입고 떳떳한 부분만을 남겨 놓은 거라고 생각했다. 자신이 본 유풍문과 마찬가지로 남궁장영 역시 겉만 번지르르할 뿐, 사람의 탈을 쓴 사악한 짐승일 뿐이라고 여겼었다.

내가 틀린 건가?

그는 세찬 불길에 휩싸인 남궁장영을 바라보았다. 수백 년 전, 자신과 마찬가지로 엄청난 영력과 탁월한 능력을 갖췄던 선장을.

내가 틀린 건가?

무엇으로도 죄업을 지울 순 없었다. 정사(正史)를 아무리 번지르르하게 쓴다 한들, 그럴듯하게 꾸며 댈 수 없는 흠은 남기 마련이었으며 오래도록 입에서 입으로 전해질 터였다.

남궁장영은 지극히 선한 사람이었다. 패권을 장악하지도 않았고, 승천하지도 않았다. 묵연은 이 모든 게 그저 권력의 꼭대기에 있는 사람들의 겉치레이자 무언가를 은폐하기 위한 것이라고 생각했었다.

내가 틀린 건가…….

무엇으로도 진실을 감출 순 없었다. 겨우내 쌓여 있던 눈이 녹고 아득한 순백색 빛이 바래면, 대지가 사방으로 뻗어 나간 진짜 얼굴을 드러내는 것처럼 말이다. 주름마다 끼어 있는 묵은 때는 도망갈 곳이 없다. 햇빛이 내리비치면 그들은 하얀빛을 받으며 비명을 내지른다.

내가…… 틀린 건가…….

묵연은 천천히 고개를 저으며 남궁장영을 응시했다. 남궁장영도 고개를 들었다. 그는 여전히 용무늬가 새겨진 검은색 비단 띠를 두르고 있어 그의 눈을 본 사람은 아무도 없었다. 묵연도 보지 못했다.

확신할 순 없었지만, 묵연은 남궁장영이 웃는 것처럼 보였다. 검은 비단 띠 아래, 웃을 때 생기는 주름이 보였다. 불사를 수도, 물로 씻을 수도 없는 웃음. 무엇도 그 희미한 미소의 흔적을 가릴 수 없었다. 남궁장영은 불바다 속에, 뜨거운 빛 속에 고요하게 서 있었다.

가능하다면 그 역시 욕심을 부려 후세의 영웅호걸로 남아 푸른 산과 소나무와 함께하고 싶었다.

그 누구도 이렇게 아름다운 인간 세상을 떠나고 싶어 하지 않을 것이다.

그러나 그 역시 어쩔 수 없이 떠나야 하는 상황임을 잘 알았다. 그래서 오래전부터 계획을 세웠다. 언젠가 자신의 시신이 악용되는 걸 막기 위해, 경맥을 끊고 활을 숨겼다.

아름다운 인간 세상은 꽃으로 충분했다. 피로 물들어서는 안 되었다.

"태장문……."

남궁사는 천운의 활을 움켜쥐고 바닥에 무릎 꿇었다. 불빛이 그의 싱그러운 얼굴을 비추고, 그의 얼굴에 남은 눈물 자국을 비췄다

"이 후배가 부족하여……."

천운의 불이 남궁장영의 몸속에 있던 진롱 바둑돌까지 태웠다. 그는 곧 재로 변할 터였다. 몸 전체가 불꽃 속에서 점점 희미해졌다.

완전히 자유를 되찾은 남궁장영이 남궁사에게 물었다.

"유풍문이 세워진 지 얼마나 되었느냐?"

그는 시체일 뿐, 혼백은 이미 그곳에 없었다.

육체에 남길 수 있는 기억과 의식은 많지 않았다. 그래서 이런 간단한 질문밖에 할 수 없었다.

남궁사는 감히 지체하지 못하고 울며 대답했다.

"사백이십일 년이 지났습니다."

남궁장영은 고개를 삐딱하게 꺾었다. 그의 입가에도 미소가 피었다.

"오래되었구나."

아득한 목소리가 숲속의 청량한 바람처럼 소리 없이 흩어졌다.

"이백 년이면 끝날 줄 알았는데."

따뜻하고 부드러운 남궁장영의 목소리가 교산의 풀잎 위로 흘러 퍼졌다.

"세상 모든 만물은 다 각자의 수명이 있다. 사람의 힘으로 늘

릴 수는 없지. 노쇠하면 언젠가는 젊음에 자리를 내주고, 낡은 것은 새로운 것에 의해 대체되지 않느냐. 무엇이든 오래 쓰면 더러워지고 해지는 법. 그걸 버리기도 하고 뒤집어엎기도 하는데, 그건 좋은 일이다. 사는 자책하지 말아라."

남궁사가 고개를 들었다. 피를 너무 많이 흘려 얼굴이 백지장처럼 창백했다. 그의 목소리가 약하게 떨렸다.

"태장문!"

"유풍문이 얼마나 오래 가느냐 하는 것은 문파가 몇 년이나 지속되었는지, 혹은 얼마나 많은 제자를 거느렸는지와는 무관하다."

남궁장영의 모습은 이제 거의 사라졌고 목소리도 점점 멀어졌다.

"탐욕, 원망, 기만, 살인, 음란, 절도, 약탈. 유풍문의 군자가 해서는 안 되는 일곱 가지를 기억하는 사람에 달렸다."

그의 옷소매가 가볍게 펄럭였다. 그 순간 교산의 초목이 파르르 떨렸다. 넝쿨들이 사방에서 일어나 금방이라도 통제를 벗어날 것만 같았던 시체들을 모조리 땅속 깊은 곳으로 끌고 들어갔다.

"기억하고 행하면, 유풍문의 뜻이 대대로 이어지는 것이야."

이 말을 마치고, 남궁장영의 몸은 불 속에서 완전히 바스러졌다. 반딧불이처럼 흩어지던 불꽃이 아득한 숲속으로 점점이 흩날렸다.

육신은 사라졌지만 목소리는 여전히 퍼지고 있었다.

결계 안에선 남궁사가 소리 없이 울었고, 결계 밖에선 엽망석이 무릎을 꿇었다. 그녀가 무릎을 꿇자 사람들도 하나둘 무릎을 꿇었다. 당대의 장영, 남궁 선장을 기리며…….

살아서도 죽어서도 한결같은 영웅이었다.

214장 교산, 노비가 된 자

거대한 교산이 평온을 되찾았다. 핏빛 넝쿨들이 사라졌고, 진룡기국에 조종당한 시체들도 땅속 깊은 곳으로 가라앉았다. 남궁장영이 교룡의 영에게 마지막으로 내린 명령은 그의 후손조차도 거역할 수 없었다.

밝은 달빛과 청량한 바람이 대지를 덮었다.

남궁사가 들고 있던 각궁 천운도 마지막 화살을 쏜 후 남궁상영의 영력을 잃고 천천히 빛이 꺼지며 깊은 곳에 묻혔다. 남궁사의 피가 바닥을 적시고 결계가 풀리던 순간, 엽망석이 쏜 살같이 달려와 그의 옆에 무릎을 꿇고 앉았다.

"움직이지 마, 움직이지 마."

그녀의 목소리가 떨렸다.

"내가 치료해 줄게……."

"됐어. 펄펄 날아다니다가도 너한테 치료받았다간 태장문을 뵈러 갈 판이야."

남궁사가 가볍게 기침하며 엽망석을 밀어냈다. 그의 까만 눈동자가 강희를 쳐다봤다.

"강 장문, 부탁 좀 드리겠습니다……."

강희가 고개를 끄덕이며 말했다.

"내가 하지."

약학 문파의 수장인 강희가 직접 치료한다고 하니, 그 누구도 나설 필요가 없었다.

강희는 새하얀 손가락을 남궁사의 손목에 갖다 댔다. 손가락이 닿자마자 강희의 동공이 확 조여들었다. 그는 말없이 남궁사와 마주 보았다.

남궁사의 영핵이 파괴되었다는 걸 똑똑히 느낄 수 있었다. 이제 그는 보통 사람과 다를 게 없었다. 다시는 법술을 시전할 수 없었고, 영력도 쓸 수 없었다.

남궁사 자신도 모를 리가 없었다. 그러나 그는 강희를 바라보며 곁에 있는 엽망석이 알아채지 못하도록 살짝 고개를 저었다.

"어떻습니까? 강 장문, 사는 어떤 상태인 겁니까?"

"……."

강희가 조용히 손을 거뒀다. 그러고는 건곤낭에서 연홍색 자기병 하나를 꺼내 엽망석의 손에 쥐여 주었다.

"심각한 건 아니다. 상처도 치명적이지 않으니 안심하고. 이 가루약은 네가 가지고 있다가 매일 환부에 발라 주도록 해라. 길어도 열흘이면 다 나을 게다."

말을 마친 강희가 손끝에 영력을 모아 남궁사의 혈 자리 이곳저곳을 눌렀다. 마지막으로 검에 베인 상처에 손을 올려놓자 금세 피가 멈췄다. 치료를 마친 강희가 몸을 일으키며 사람들에게 말했다.

"여긴 오래 머무를 곳이 못 돼. 무슨 일이 생길까 염려되니어서 올라가지."

그가 자리를 떴다. 뒤에서 엽망석과 남궁사의 대화 소리가 들렸다.

남궁사가 낮은 소리로 엽망석에게 말했다.

"괜찮다잖아. 며칠 지나면 낫는다는데 왜 계속 울어? 아이참, 왜 이렇게 바보 같아. 괜찮아, 작은 상처일 뿐이잖아……."

강희는 눈을 감았다.

조금 전 결계 안에서 남궁사가 자기 죽음을 예상하고 그에게 입 모양으로 했던 말이 생각났다. 그는 탄식하며, 사람들을 이끌고 천궁으로 가는 길고 긴 백옥 계단을 오르기 시작했다.

산 아래에서 정상까지 가려면 세 개의 관문을 거쳐야 했는데, 모두 남궁 혈통의 피를 발라야만 무사히 통과할 수 있었다. 그러나 남궁사는 이제 손을 그어 피를 낼 필요가 없었다. 이미 온몸이 상처투성이였으니 아무 데서나 피를 찍어 결계의 문을 열면 되기 때문이었다.

올라가는 내내 별다른 어려움은 없었다.

남궁사가 백옥으로 조각된 용의 눈에 피를 바르자, 최후의 무거운 바위 문이 장엄하고도 엄숙하게 땅 아래로 가라앉았다. 마침내 교산 정상의 천궁이 모습을 드러냈다.

선기가 감도는 신궁(神宮)이었다. 궁문 밖에는 울창한 숲이 있고, 그들은 그 숲의 바깥에 서 있었다. 화려한 꽃과 덩굴, 졸졸 흐르는 시내 너머로 하늘로 통하는 까마득한 계단이 보였다. 9,990개는 족히 되는 것 같았다. 계단이 이렇게 높으니 가장 위에 있는 궁전은 마치 구름 위에 누워 있는 것처럼 어렴풋한 윤곽만 볼 수 있었다. 거기에 달빛이 스며들어 영롱한 빛을 내니, 광한전[#28] 같기도 하고 능소전[#29] 같기도 한 게 인간 세상의 것과는 아예 딴판이었다.

사람들은 이 사당을 보자마자 사람이 만들었다고는 믿을 수 없는 뛰어난 건축 솜씨와 웅장함에 경탄했다. 그러나 곧이어 분노, 질투, 탐욕, 시기 등 온갖 감정이 솟구쳤다.

그중에서도 가장 황당한 반응을 보인 사람은 마 장주였다.

그가 이마를 '탁' 치며 곡소리를 냈다.

"아이고, 계단이 이렇게 높다니. 교산이라 검을 탈 수도 없는데 걸어 올라가면 얼마나 걸릴지 모르겠네요. 이 계단이야말로 또 하나의 산이 아닙니까!"

황소월이 웃으며 말했다.

"이건 악의 없이 그냥 하는 말입니다만, 제가 보기엔 남궁장영 선장께선 정말 승천할 필요가 없으셨던 것 같습니다. 이런 천궁을 만들 능력이 있으셨으니, 인간 세상이나 하늘이나 무슨 차이가 있었겠습니까?"

누군가가 싸늘하게 말했다.

"유풍문이 제를 올리는 천궁은 제3대 남궁예 장문 때부터 짓기 시작했습니다. 2대를 거쳐 제5대 남궁현 장문 때 완성되었

#28 광한전 廣寒殿. 달에 있다고 전해지는 전설상의 궁전
#29 능소전 凌霄殿. 전설 속 옥황상제의 궁전

고요. 그러니 이 천궁은 남궁장영 선장과는 아무 관련이 없습니다."

황소월은 할 말을 잃었다.

고개를 돌린 그의 눈이 차갑기 그지없는 초만녕의 눈과 마주쳤다. 묵연은 초만녕의 인내심이 한계에 다다랐다는 걸 금세 알아차렸다. 조금만 더 화를 돋우면 채접진에서 사람들에게 천문을 휘둘렀던 일이 재현될지도 몰랐다.

초만녕이 차갑게 말했다.

"황 선장과 마찬가지로 저도 악의 없이 충고 한 말씀 드리겠습니다. 서책을 다 읽으시기 전에 말과 행동을 조심하는 것부터 배우시는 게 좋겠습니다."

안 그래도 체면을 중시하는 황소월은 후배들 앞에서 초만녕에게 매몰찬 지적을 받자 극도로 당황했다. 그가 뭐라도 반격할 거리를 찾으려고 입을 뻥긋거렸다. 그때 강희가 말했다.

"황소월, 남궁장영 선장의 명성에 어찌 먹칠하려 드는 거요?"

지위가 높은 강희의 말은 그 무게가 대단했다. 황소월의 얼굴은 흙빛이 되었지만, 여전히 침착한 척 억지웃음을 지었다.

"강 장문, 왜 진지하게 받아들이고 그러십니까. 악의가 없다고 말씀드리지 않았습니까."

"악의가 없다고 말하기만 하면 내가 당신의 악의를 용인해야 한다는 건가?"

강희가 쌀쌀맞게 눈동자를 굴리며 황소월을 노려보았다. 그는 황소월을 똑바로 보고 싶지도 않았다.

"당신이 노쇠했다고 해서 내가 당신의 무지몽매함을 참아야 하는 거냔 말이오!"

"……."

초 종사는 종사였지만, 따지고 보면 실력만 있을 뿐 실권은 없었다. 그러나 강희는 달랐다. 지금은 고월야의 기침 한 번에 수진계 전체가 덜덜 떨었다. 황소월은 식은땀을 흘리며 감히 대꾸하지 못했다.

강희는 소매를 펄럭이며 냉담하게 숲으로 들어가 숲 끝에 있는 계단 쪽으로 걸었다. 다른 장문들은 경멸의 마음 혹은 동정의 마음을 담아 곁눈질로 황소월을 보았다. 물론 황소월을 완전히 무시하는 장문도 있었다. 그들이 하나둘 자리를 떠난 뒤 무비사의 주지가 '아미타불' 하며 탄식했다. 심각한 상황이 아니었다면, 묵연은 아마 소리 내 웃었을 것이다.

그때, 숲에서 몇 걸음 걷지도 않았는데 남궁사가 의아스런 소리를 냈다.

"어?"

강희가 물었다.

"왜 그러느냐?"

"귤나무입니다……."

남궁사가 주위를 둘러보았다. 온통 귤나무였고, 하얀 귤꽃이 피어 있었다.

"어째서 귤나무인 건지……. 원래 심었던 건 전부 용녀영목(龍女靈木)이었는데."

"저길 보세요!"

남궁사의 말이 끝나기도 전에 눈썰미 좋은 어린 수사 하나가 멀리 있는 샘구멍을 가리키며 작게 말했다.

"저기에 사람이 있어요!"

모두가 그의 손가락이 가리키는 곳을 쳐다봤다. 거기선 정말 샘물이 퐁퐁 솟아나고 있었고, 그 옆에 가지와 잎이 무성한 귤나무 아래 한 남자가 그들을 등지고 앉아 열심히 뭔가를 하고 있었다.

설정옹이 미간을 찌푸리며 말했다.

"사람이야, 귀신이야?"

묵연이 말했다.

"제가 가 볼게요."

경공에 뛰어난 그는 순식간에 근처로 날아가 가까운 나무 뒤에 조용히 숨었다. 그러고는 신중하게 옆쪽으로 다가갔다.

묵연이 멈칫했다.

그 남자의 얼굴을 똑똑히 본 것이다.

남궁사의 부친, 유풍문의 마지막 장문.

남궁류였다.

어떻게 된 거지? 남궁류는 능지과를 삼키지 않았나? 분명 삼백육십오 일 동안 극심한 고통에 시달리는 혹형(酷刑)을 겪다가 죽는 건데, 왜 저렇게 멀쩡하지? 멀쩡한 정도가 아니라 천하태평하게 맑은 샘구멍 옆에 앉아서…….

귤을 씻고 있어?

맑은 샘물의 물결이 퍼지고 은빛 달이 샘물 위에 바스러지며 남궁류의 얼굴을 비췄다. 그는 꿈을 꾸는 듯한 표정으로 콧노래를 흥얼거리며 씻은 귤들을 하나하나 옆에 있는 광주리에 담앉다.

"꽃다운 약관에 말을 달려 세상 저편의 꽃까지 다 보리니…….'"

남궁류는 조용히 노래를 흥얼거리면서 소매를 높이 걷어 올리고 양팔을 맑은 물에 담갔다. 팔에는 아무 상처가 없었고, 능지과를 삼킨 사람의 몸에 생기는 얼룩덜룩한 흉터도 없었다.

묵연은 미간을 찌푸렸다. 남궁류의 몸에 뭔가 이상한 구석이 있었다. 진룡 바둑돌이 된 것은 분명해 보이는데, 무덤 속에 있던 그 시체들과는 또 달랐다. 의식이 상당 부분 남아 있는 것 같았고, 그의 행동거지로만 봐서는 정상인과 큰 차이가 없었다.

"어떠냐?"

재빨리 돌아온 묵연을 보며 설정옹이 급히 물었다.

묵연은 남궁사를 한번 쳐다본 후, 작은 소리로 말했다.

"남궁류예요."

그 자리에는 남궁류에게 앙심을 품은 사람이 적지 않았다. 어느 수사가 곧장 검을 빼 들었다.

"짐승 같은 놈! 당장 죽여 버리겠어!"

남궁사의 눈빛이 암담해졌다. 그는 어두운 표정으로 고개를 푹 숙이고 아무 말도 하지 않았다.

"……."

묵연이 말했다.

"그런데 뭔가 이상해요. 남궁류도 진룡기국의 조종을 받는 게 분명한데, 이상한 건 그의 몸 어디에도 능지과를 삼킨 흉터가 없다는 겁니다. 그를 놀래지 않는 게 좋을 것 같아요."

초만녕이 잠시 생각하다가 물었다.

"능지과의 효력이 사라질 수도 있습니까?"

고월야가 가장 자신 있는 분야였다. 한린성수가 말했다.

"가능하긴 한데, 좀 복잡합니다. 제 생각엔 서상림이 남궁류에게 능지과를 삼키게 해 놓고 굳이 또 능지과의 주문을 풀어주었을 것 같진 않습니다."

강희가 말했다.

"어찌 됐건 간에, 남궁류가 여기 있으니 서상림도 천궁에 있을 게다. 이번에야말로 헛걸음하지 않았군."

그런데 갑자기 멀리서 한 그림자가 흔들거렸다. 강희가 고개를 돌렸고, 다른 사람들도 그의 시선을 따라 그쪽을 바라보았다. 유풍문의 옛 장문이 귤이 가득 담긴 광주리를 메고 숲에서 걸어 나왔다. 그는 손에 든 지팡이로 바닥을 탁탁 디디면서 경쾌하게 걸어왔다. 거리가 가까워지니 그의 얼굴에 피어난 환한 미소까지 보였다.

남궁사는 그를 보지 않기로 마음먹었지만, 결국 참지 못하고 고개를 들어 아버지를 바라보았다. 속눈썹이 바람 앞의 솜털처럼 파르르 떨렸다. 그는 지금의 감정을 무어라 설명할 수가 없었다. 미움? 안타까움? 아니면 다른 어떤 것?

알 수 없었다. 남궁사는 시선을 돌리고 싶었지만, 아버지의 모습은 낚싯바늘처럼 그를 단단히 붙잡고 놓아주지 않았다.

그때 복받치는 감정을 주체하지 못한 사람이 크게 소리쳤다.

"남궁류! 오늘 내가 네놈의 핏값을 받아야겠다!"

휙 하는 소리와 함께 활시위를 떠난 화살이 곧바로 남궁류의 뒤통수를 향해 날아갔다.

주변 사람들이 미처 말릴 틈도 없었다. 다행히 그의 궁술이 부족해 화살은 약간 빗나갔고, 남궁류가 멘 광주리에 꽂혀 통통한 귤 몇 개를 관통했다.

나지막이 욕하는 사람이 적지 않았다. 사람이 많으면 이게 문제였다. 물을 흐리는 미꾸라지 같은 존재가 꼭 있기 마련이었다. 그러나 이제 와서 화살을 쏜 멍청이를 찾아내는 건 아무 의미가 없었다. 남궁류가 그들의 존재를 알아채고 천천히 몸을 이쪽으로 돌렸다는 사실이 더 중요했다.

남궁류는 숲속에 이렇게 많은 사람이 서 있는 걸 보고 처음엔 어리둥절해하다가, 이내 그들 쪽으로 걸어왔다. 표정은 여전히 흐리멍덩했다.

그가 점점 가까이 왔다. 많은 수사가 허리춤에서 패검을 살짝 뽑아 들었다. 그들은 잔뜩 경계하는 눈빛으로 그를 주시했다. 자신을 바라보는 수천 개의 눈에 남궁류도 위협을 느꼈는지, 천천히 걸음을 멈추더니 흔들리는 나무 그늘 사이에 섰다.

"여러분……."

그가 적막을 깼다. 순간, 참지 못한 수십 명이 자기도 모르게 한 발을 앞으로 내디뎠다. 아예 칼집에서 검을 완전히 뽑아 든 사람도 있었다.

남궁류가 뜬금없이 미소를 지었다. 맨 앞에 서 있는 몇몇 장문들에겐 아주 익숙한 미소였다. 남궁류가 사람들에게 아첨하며 친절한 척할 때 짓는 웃음이었기 때문이었다.

답설궁 궁주는 어이가 없었다.

"이자가……."

몇몇 장문들은 서로 얼굴만 쳐다보며 어리둥절해했다. 다들 이 바둑돌이 너무 이상하다고 생각하면서도 도대체 무슨 꿍꿍이인지 감이 오질 않았다. 이때, 남궁류가 양쪽 소매를 탁탁 털어 내리더니 무릎을 꿇고 수천 수백 명의 수사에게 머리가 땅에 닿도록 공손히 절을 하는 게 아닌가.

"아이고, 노비 남궁류, 여기서 예를 올립니다. 귀빈들께서 먼 길을 오셨는데 멀리까지 마중을 나가지 못했습니다."

그가 머리를 땅에 대며 절하자 등에 멘 광주리에서 귤이 데굴데굴 굴러떨어져 사방으로 흩어졌다.

남궁류는 절을 다 했는데도 여전히 무릎을 꿇고 아무렇지 않게 광주리를 내려놓고 귤들을 줍기 시작했다. 입을 딱 벌린 채 말없이 그를 주시하는 사람들 사이에서, 귤을 다 주운 그가 웃으며 손을 비볐다.

"귀빈 여러분, 폐하를 뵈러 오신 거죠?"

폐하?

묵연은 온몸에 소름이 돋았다. 거의 십 년 동안 이런 칭호로 불렸으니, '폐하'라는 두 글자를 듣자마자 자신을 부른 줄 알았던 것이다.

다른 장문들은 얼떨떨한 표정으로 서로를 쳐다봤다. 설정옹은 쓴웃음을 지었다. 아무도 말을 잇지 못했다.

남궁류는 대답이 없는 그들을 보며 이상하다는 듯 머리를 긁적였다. 그러고는 다시 조심스럽게 물었다.

"헤헤, 귀빈 여러분, 폐하를 뵈러 오신 거죠?"

강희도 말이 없었다.

"……."

남궁류는 약간 기가 죽은 것 같았다. 그러면서도 또 물었다.

"귀빈 여러분, 폐하를 뵈러 가시는 거죠?"

"……."

"귀빈 여러……."

묵연이 침착하게 물었다.

"폐하가 누구입니까?"

"폐하가 폐하시지요."

드디어 자신의 말에 대꾸해 주는 사람이 생겨 신이 난 남궁류가 말했다.

"폐하를 뵈려면 위로 쭉 올라가셔야 합니다. 하지만 폐하께선 너무 바쁘셔서 여러분을 만날 시간이 있으실는지 모르겠네요. 천하대사(天下大事)를 처리하셔야 하거든요."

일촉즉발의 긴장된 분위기에서도 설정옹은 자기도 모르게 크게 웃으며 말했다.

"천하대사라고요? 하하, 무슨 천하대사 말이오? 산에 있는 망자들을 관리하면서 혼자 바둑 놓고, 꼭두각시나 조종하며 노는 걸 천하대사라고 한답디까? 하하하하, 서상림 이 사람, 너무 웃기네."

묵연의 표정에 불안한 어둠이 희미하게 드리웠다. 그가 물었다.

"그러니까 지금 그분이 천궁에 계시고, 바쁘긴 하지만 우리가 가서 뵐 수는 있다는 말인가요?"

"맞아요."

남궁류가 말했다.

"당연히 뵐 수 있죠. 만약 폐하께서 문을 닫아걸고 손님을 사절하시면, 성안에서 기다리면 됩니다. 폐하께서 바쁜 일을 끝내고 나오실 거예요. 그만, 그만. 전 올라가 봐야 합니다. 귤이 다 떨어져서 얼른 채워 놓아야 해요. 폐하께서 화를 내실지도 몰라요."

그는 그렇게 가 버렸다. 남은 사람들은 눈만 껌뻑이며 서로를 쳐다봤다.

"어떡하지요?"

"올라갑니까?"

"속임수인가……."

그러나 묵연은 이미 앞장서서 지면을 스치듯 밟으며 빠르게 올라가고 있었다. 그는 혼자 비틀거리며 귤을 짊어지고 올라가는 남궁류와 다른 일행을 바람처럼 빠르게 따돌렸다.

그는 마침내 가쁜 숨을 몰아쉬며 가장 먼저 천궁에 도착했다. 정전의 대문 앞에 서서 올려다보니 그제야 이 궁전이 얼마나 웅장하고 장엄한지 생생히 와 닿았다. 양쪽 궁문만 해도 하늘과 해를 가리기 충분할 만큼 위용이 대단했다. 황천에서 하늘로 가는 부조가 새겨져 있었는데, 대문의 왼쪽은 날아오르며 해를 삼키는 용이, 오른쪽에는 달을 토하는 화황(火凰)이 있으며, 해와 달이 서로를 눈부시게 비췄다. 비늘 사이사이에 순금을 녹여 채워 넣은 용은 기세가 엄청났다. 온통 보석을 박아 넣은 봉황의 깃털 끝부분은 바닥까지 구불구불 이어졌다. 궁의 대들보와 서까래에는 고래기름을 넣은 청동 천엽등(千葉燈)이 걸려 있었다. 하늘로 통하는 문은 만 년이 지나도 꺼지지 않는 천만 개의 등불 빛을 받으며 더욱 휘황찬란한 빛을 발산했다.

묵연은 이 문이 열기 힘들 정도로 무거울 거라고 생각했다. 그런데 손가락이 살짝 닿자마자 우르릉하며 천둥소리가 나더니, 문은 조금의 힘도 들이지 않고 천천히 안쪽으로 열렸다.

드디어 천궁의 정전을 제대로 보게 된 순간, 묵연은 너무 놀라 그대로 굳어 버렸다.

이게…… 이게 무슨 황당한 광경이지?

215장 교산, 악몽

묵연은 천궁 정전의 길고 긴 중앙 통로를 걸었다. 발아래 깔린 매끈매끈한 돌은 얇고 투명한 얼음처럼 그의 모습을 비쳤다.

터벅, 터벅, 터벅.

한 걸음, 한 걸음, 공허한 발소리가 대전 안에서 외롭게 울려 퍼졌다.

그러나 묵연은 외롭지 않았다. 그는 혼자가 아니었다. 유풍문 전궁 정전의 끝이 보이지 않는 통로 한가운데에 서 있는 지금, 통로 양쪽은 사람으로 빽빽했다. 남자, 여자, 노인, 아이, 각양각색의 얼굴이 있었다.

그가 정중앙에 섰다. 그곳은 흡사 작은 성지(城池)와도 같았다. 오른쪽은 유풍문의 시체들이었다. 서상림에게 죄를 지은 자들은 모두 비천한 신분이 되어 능지처참을 당하고, 갈가리 찢기고, 온갖 형벌을 겪다가 사형당했다. 그리고 환생했고, 또 사형당했다. 반대쪽에선 다들 태평하게 춤추고 노래하며 자유를 즐겼다.

심지어 라섬섬도 보였다. 진짜 혼백은 아니었고, 금성호의 인어들처럼 법술로 만들어져 검은 바둑돌의 조종을 받는 또 다른 시체였다.

머리를 틀어 올린 라섬섬은 남편 진백현과 함께였다. 두 사람은 평화롭고 여유로웠다.

진 원외의 어린 딸도 있었다. 오빠와 새언니 옆에 앉아 빙그레 웃으며 그들과 이야기를 나누고 있었다. 진백현의 어깨에 기댄 라섬섬은 재미있는 이야기를 들었는지 소매로 입을 가리고 반달눈을 하고 웃었다.

아름다운 환상이었음에도 이를 본 묵연은 등줄기가 서늘했다. 그는 길고 긴 통로를 천천히 걸었다. 이 통로의 반은 지옥이었고, 반은 천당이었다. 선악의 구별이 확실했다. 왼쪽은 즐거운 노랫소리와 웃음소리가 가득했고, 오른쪽은 고통스러운 신음이 울렸다.

마치 물과 불, 빛과 어둠 사이를 가로지르는 기분이었다. 왼쪽에선 화려한 나비들이 쉴 새 없이 날아다녔다. 다리 너머에서 시원하게 흐르는 물줄기는 맑고 차가운 술이었다. 술의 강 옆에선 사람들이 한가롭게 독서도 하고, 시도 읊고, 아이들은 장난치며 웃고, 여자들은 술에 취해 아무렇게나 드러누웠다.

오른쪽에선 커다란 솥에서 뜨거운 기름이 끓고 있었다. 발버둥 치는 육체들이 하나하나 끓는 기름에 던져졌다. 혀가 뽑히고 심장이 뚫렸다. 사람들은 서로를 욕하고 저주하며 물어뜯었다. 눈에서는 야수 같은 차가운 빛이 번득였다.

무비사의 옛 주지도 있었다. 영산논검에서 음모를 꾸몄던 그 노승이었다. 세 명이 그를 둘러싸고 있었는데, 모두 녹이 슬어 무뎌진 작은 칼을 들고 그의 얼굴과 두 다리와 가슴을 각각 토막 내는 중이었다. 한 번, 또 한 번, 베어 낸 살은 금세 다시 원 상태로 돌아왔다. 그래서 그들은 끊임없이 살점을 베어 냈고, 노승은 끊임없이 비명을 질렀다. 비명은 의미를 알 수 없는 짐 승의 포효에 가까웠다. 유언비어를 퍼뜨렸던 그의 혀는 진즉에 잘려 나가고 없었다.

묵연은 걸어갈수록 소름이 돋았다.

울고, 웃고, 화내고, 기뻐하는 양옆을 외면하고 싶었다.

왼쪽의 여자가 부드러운 목소리로 읊었다.

"살든 죽든 외롭고 처량한 운명이로구나. 정인을 불러 봐도 대답이 없으니……."

오른쪽의 여자는 사악한 개에 물려 처참한 비명을 질러 댔다.

그는 곁눈질로 광명과 어둠을 반씩 보았다. 광명과 어둠은 너무나 절대적이었다. 바둑판 위의 바둑돌처럼 흑과 백이 대립 하고, 정(正)과 사(邪)가 분명했다.

묵연은 머리가 깨질 듯이 아팠다.

그는 중간에서 아예 발걸음을 멈추고 눈을 감았다. 구천과 연옥이 한데 모인 광경을 더는 보고 싶지 않았다.

그래서 그 자리에 서서 자신보다 속도가 느린 사람들이 쫓아 오길 기다렸다.

"낙엽 떨어지는 소리에 꿈에서 깨어나 산책을 나서니 꽃잎이 흩날리네."

"그만! 나한테 더는 이러지 마! 제발! 나 좀 살려 줘…… 살려 달라고……."

그러나 양쪽의 소리는 끊어질 듯 계속 이어졌으며, 화살촉처럼 예리하고 날카로웠다.

라섬섬이 다정한 목소리로 남편에게 말했다.

"부군, 뜰 안에 귤꽃이 활짝 피었어요. 같이 가서 봐요, 네?"

강동당의 옛 장문인 척 씨가 미치광이처럼 크게 웃었다.

"간통? 하하하하! 그래, 내가 바로 남궁류와 간통했던 사람이다! 내가 바로 탕부고, 창부다. 음탕하고 독한 것이지. 난 남편을 죽였어, 장문이 되려고 말이야. 하하하하, 다들 와서 내 진짜 얼굴을 좀 봐요. 난 정말 흉측한 것이라고. 아하하하."

모든 게 한데 뒤섞였다.

산 자, 죽은 자.

현실인가, 환상인가?

흑인가, 백인가? 선인가, 악인가?

주변의 소리가 썰물처럼 서서히 사라졌다. 일렁이는 물결은 마치 물살을 가르며 솟아오른 두 마리의 거대한 용처럼 보였다. 달빛은 용의 무시무시하고 축축한 비늘을 비쳤다.

사악한 용 두 마리인가?

아니, 그건 나의 두 혼령이야.

다시 싸움이 시작됐다. 울부짖으면서, 거친 숨을 내뱉으면서, 사납게 서로를 물어뜯고 부딪쳤다.

천지가 진동했다.

묵연은 이런 광기 가득한 소음을 참을 수 없었다. 귀를 막아도 양쪽에서 들려오는 난잡한 소리는 멈추지 않았다. 결국, 인내심이 한계에 다다른 그는 손을 들어 함구 주술을 썼다.

그가 두 눈을 부릅떴다.

주위의 풍경이 모두 사라졌다.

묵연은 섬뜩했다.

그는 원래 있던 곳에 우두커니 서 있었다. 어떻게 된 거지? 주위 풍경이 다 사라진 건가?

여긴 어디지?

왜 이렇게 온통 어두운 거야, 끝도 없는 막막한 어둠…….

서상림이 주술로 만든 환영인가?

묵연은 사방을 둘러보았다. 아무것도 없는 어둠뿐이었다.

그가 몇 걸음 걷다가 외쳤다.

"사존?"

다른 이를 불러 보았다.

"설몽?"

여전히 어둠뿐이었다.

"누구 없어요?"

대답하는 이 하나 없었다. 어둠, 쥐 죽은 듯 고요한 어둠뿐이었다.

시련을 아무리 많이 겪어도 이런 어둠은 여전히 두려웠다. 앞으로 걸어가는 그의 팔에 소름이 돋았다. 그는 계속 걸었다.

그때 저 앞쪽 먼 곳에서 희미한 빛이 빛나고 있었다. 출구 같았다.

그가 그쪽으로 걸어갔다.

갑자기 사람의 그림자가 나타났다. 얼굴은 자세히 보이지 않았지만, 그들은 뭐라고 중얼거리면서 밀물처럼 그에게 무릎 꿇었다.

그들은 지금 누군가를 칭송하고 있었다. 낮고 묵직한 목소리가 한 물길을 이루었다.

"답선제군께서 천수를 누리시길 기원합니다."

답선제군?

아냐…… 아니야!

그는 무서워서 벌벌 떨었다. 온몸에 소름이 끼쳤다. 온 힘을 다해 내달렸다. 하지만 수천수만 개의 손이 그를 붙잡으려고 사방에서 달려들었다.

"폐하……."

"답선군의 은덕이 대대로 길이 이어질 것입니다."

"천수의 복을 누리시옵소서."

묵연은 정말 미칠 노릇이었다. 보이지 않는 손들을 필사적으로 뿌리치며 한 가닥 빛을 향해 뛰었다.

"아냐, 난 아니야……. 비켜…… 다들 비켜!"

"답선군……."

그러나 소리는 그림자처럼 따라왔고, 아무리 뿌리쳐도 사라지지 않았다. 묵연은 서상림이 도주한 악귀를 붙잡기 위해 귀계의 원혼과 악령들을 몽땅 긁어모아 총출동시킨 게 아닌가 하는 생각까지 들기 시작했다.

"폐하, 왜 가려고 하세요?"

"제군, 제군⋯⋯."

묵연은 비틀거렸다. 그의 눈에선 광기가 이글거렸다. 그는 가고 싶었지만, 모든 원혼이 그를 붙잡고 있었다. 그는 포위당했고, 숨을 곳이 없었다. 그래서 격분했다. 그는 분노하며 고개를 돌려 검을 뽑아 마구 휘둘렀다. 환영들은 어둠의 파편이 되었다.

그의 얼굴은 이리처럼, 표범처럼 사납고 잔인했다.

"꺼져!"

그가 울부짖었다.

"모두 이 본좌에게서 떨어져! 꺼지라고!"

말을 마친 그의 표정은 참담했다.

주위에서 누군가가 중얼거리며 그를 비웃었다.

"본좌?"

"본좌라고 했어⋯⋯. 응⋯⋯ 지금 본좌라고 했어⋯⋯."

"제군, 우리가 뭘 잘못했나요? 제군께서도 자신이 누구인지, 어디서 왔는지 잘 아시잖아요. 제군은 달아날 수 없어요."

묵연은 검을 든 채 뒤로 물러나며 고개를 저었다.

"안 돼, 아니야⋯⋯. 이건 아니야⋯⋯."

그가 산산조각 낸 검은 연기가 다시 모이더니 형태를 갖추었다. 흐릿한 그림자가 천천히 내려앉아 그에게로 걸어왔다.

그림자가 부드럽게 말했다.

"뭐가 아니라는 거죠?"

"난 답선군이 아니야!"

"어째서 답선군이 아니죠?"

목소리는 여름날 얇은 막 속에서 모락모락 피어나는 옅은 연기처럼 몽롱하고 부드러웠다.

"당신은 답선군이 분명해요. 모든 일엔 반드시 근원이 있어요. 당신은 결코 벗어날 수 없어요……."

"하지만 다 끝났잖아!"

묵연이 검은 그림자를 노려보았다.

"끝났다고! 답선군은 오래전에 통천탑 앞에서 죽었어. 그가 묘에 들어간 건 나와는 상관없는 일이야! 난 그저…… 그저……."

그림자가 가볍게 웃었다. 꽃처럼 여리고 가냘팠다.

"그저 뭐요?"

"……."

"당신은 그저 돌아온 혼백일 뿐인가요?"

그림자가 물었다.

"기억의 일부만 남아 있는 육신인가요? 아니면 답선군의 그림자 속에 사는 무고한 생명인가요? 아니면…… 그저 꿈에 불과한가요?"

조금 전의 감정이 분노와 두려움이었다면, 이 말을 들은 묵연의 감정은 단단한 얼음이었다. 온몸의 피가 얼어 버렸다.

그는 망연한 상태로 대꾸하지 않았다. 말을 하고 싶어 입을 우물거렸으나, 한동안 제대로 된 말을 내뱉지 못했다. 한참 후 입을 연 그의 목소리는 뻣뻣했다. 목소리를 짜냈지만 불완전한 단어만 툭 나올 뿐이었다.

"……꿈?"

"당신은 여태껏 당신이 환생한 거라고 여겼지만, 누가 확신할 수 있나요? 당신이 생각하는 게 진실인가요? 지금 이 순간, 진실한 것이 당신인가요, 아니면 저인가요?"

희미한 연기는 그의 주위를 맴돌며 모였다. 모일수록 또렷해졌다.

"당신은 통천탑 아래에서 죽었다고 했는데, 지금은 멀쩡히 살아서 여기 이렇게 서 있네요……. 정말 죽었던 게 맞나요?"

묵연이 검은 연기를 노려보았다.

그는 이제 떨지 않았다. 얼음 동굴에 떨어진 것처럼, 한 발 디뎠는데 천 리 나락으로 떨어진 것처럼 추울 뿐이었다.

너무 춥군.

난 정말 죽었던 걸까?

무산전의 고독한 추위가 뼛속까지 스며드는 것 같았다. 10대 문파가 군사를 일으킨 봉기의 불꽃은 산 아래에서부터 꿈틀꿈틀 기어올라 그의 목을 물려고 쫓아오는 길고 거대한 뱀을 방불케 했다.

설몽이 조금 전까지 그의 앞에 서 있었던 것도 같았다. 모든 걸 잃은 그는 눈물을 머금고 단호히 말했다.

"묵연, 내 시존을 돌려줘."

난 정말 죽었던 걸까?

독약을 먹었던 기억이 났다. 치명적인 독약이 심장을 꿰뚫고 폐를 갈가리 찢었다. 그는 통천탑 앞까지 비틀거리며 걸어가서는, 마지막 힘을 짜내어 미리 파 놓은 무덤 안으로 들어갔다. 그리고 관 속에 누웠다.

따스하게 핀 해당화 향이 은은하게 실려 왔다. 하늘의 빛과 구름의 그림자가 떠다녔다.

그가 눈을 감았다…….

"그리고 당신은 눈을 떴어요. 열여섯 살 때로 되돌아갔죠. 모든 걸 만회할 수 있는 시점으로요. 그렇죠?"

검은 그림자는 그의 마음을 꿰뚫어 볼 수 있다는 듯 낮게 웃으며 속삭였다.

"당신은 돌아왔고, 사생지전은 멸망하지 않았어요. 유풍문은 또다시 초토화되었지만, 그건 당신이 한 게 아니었어요. 엽망석은 살아 있고, 사명정도 죽지 않았죠. 당신은 자신의 마음을 분명하게 확인했어요. 초만녕을 사랑하게 되었고, 묵 종사가 되었고, 그는 결국 당신을 받아들였죠. 당신은 이미 벗어났다고 생각하고 있어요. 그리고 지금의 당신이 의병의 우두머리이고, 청렴한 도사이며, 악독한 괴수 서상림을 잡으러 산에 오른 초대 청년 영웅이라고 생각하겠죠…….'

쥐 죽은 듯한 적막이 찾아왔다.

묵연의 목에 있는 핏줄이 미친 듯이 뛰는 심장 박동에 맞춰 꿈틀거렸다.

검은 그림자는 얼굴이 없었다. 그러나 그림자는 그를 주시했다. 그 역시 그림자가 자신을 주시한다는 걸 알고 있었다.

"꿈 깨세요."

차가운 검이 심장을 관통했고, 독니가 목을 물었다.

절망이 묵연의 온몸 가득 퍼졌다. 독이 퍼지는 것처럼, 서른두 살의 그가 삼켰던 치명적인 독처럼, 절망이 퍼져 나갔다. 간에…… 심장에 퍼졌다…….

"당신은 환생한 적이 없어요. 다 죽었어요. 모두 다 죽었죠. 설몽은 아직 살아 있지만, 당신을 죽도록 증오하죠."

검은 그림자가 말했다.

"이제 꿈에서 깰 시간이에요. 눈을 떠요, 답선군. 당신은 여전히 어둠의 군주예요."

"아니야……."

묵연은 누군가 말하는 소리를 들었다. 목소리는 마치 수없이 부서졌다가 다시 붙기를 반복하는 것처럼 맥없이 바스러졌다. 이윽고 그는 이상한 점을 발견했다. 이런 목소리를 낸 건 자기 자신이었던 것이다.

"아니야……."

그는 뼈 마디 마디, 핏방울 방울마다 들어 있는 용기를 쥐어짜 두 눈을 떴다. 눈 속에는 사기가 한껏 들어찬 광기가 어려 있었다.

"거짓말이야! 그럴 리가 없어! 절대 그럴 리가 없어!"

그는 검을 쥐고 마구 휘두르며 분노의 가쁜 숨을 몰아쉬었다.

검은 연기가 흩어졌다.

그러나 그 목소리는 여전히 남아 있었다. 그림자가 낮고 묵직하게 웃었다.

"거짓말이라고요? 폐하, 고개 숙여 보세요. 폐하의 손에 쥐고 있는 게, 도대체 뭐죠?"

216장 교산, 돌아온 그대

묵연은 얼른 고개를 숙여 내려다보았다.

피가 거꾸로 솟는 것 같았고, 머릿속이 윙윙 울렸다. 그가 본
것은…… 불귀였다.

그의 손에 들려 있는 것은 수많은 전투에 나갔던 신무, 불귀
였다!

시커먼 맥도가 음험하고 흉악한 모습으로 밤의 어둠 속에 가
로놓여 있었다. 얇고 긴 칼자루는 견고했다. 칼집이 없이 당도
(唐刀)의 제작 방식을 따라 만들어진 칼은 외관이 검과 아주 비
슷했다.

금장식이 둘려진 칼자루 부분에는 힘 있는 글자 두 개가 있
었다.

불귀.

푸른 들판과 붉은 다리는 우리가 이별하던 그해의 모습 그대

로인데, 일 년이 지나도 그대는 돌아오지 않는구나.

묵연은 감전이 된 듯 온몸이 찌릿찌릿했다. 동공의 빛은 바늘처럼 날카롭고 가늘었으며, 얼굴은 죽은 사람보다 창백하고 악귀보다 사악했다.

"아냐…… 아냐…… 아니야…… 안 돼!"

그는 절망적으로 불귀를 바닥에 내던졌다. 그러나 그의 마음과 연결된 신무는 저절로 그의 허리춤으로 돌아왔다.

"아니야!"

묵연은 신경질적으로 견귀를 소환해 보려 했다. 붉은 버드나무 가지를 불러내려 했다. 그러나 부르고 또 불러도 견귀는 오지 않았다.

견귀는 없다. 버드나무 채찍은 없다.

그의 곁에 있는 건 불귀뿐이었다.

"이제 믿어지세요?"

검은 그림자가 또다시 합쳐졌다. 이번엔 훨씬 빨리 형태를 갖추었다. 팔, 다리, 허리, 머리…….

묵연은 믿으려 하지 않았다.

그는 믿고 싶지 않았다.

그는 검은 연기를 상대하지 않고 곧장 빛이 반짝이는 곳으로 내달렸다.

이건 서상림이 만든 환각 세계야……. 그냥 환각 세계일 뿐이야…….

빛줄기가 있는 곳까지 가자, 그러면 모든 게 끝날 거야.

그는 그쪽으로 미친 듯이 질주했다. 미친 듯이 도망쳤다.

그러나 팔이 또다시 단단히 붙잡혔다.

묵연은 더는 상대하고 싶지 않은 그것을 뿌리치며 분노했다.

"꺼져! 꺼지라고! 뭐가 진짜냐고? 네가 나보다 잘 알아? 뭐가 진짠지는 내가 잘 알아! 그가 나에게 잘해 주는 건 진짜야! 죽지 않은 것도 진짜고! 그가 나와 몇 년 동안 함께했던 일들이 어떻게 가짜겠어? 금성호, 도화원, 귀계, 채접진, 우리가 결발……."

그때, 검은 연기의 목소리가 부드럽게 그의 말을 끊었다. 마치 탄식을 하는 것 같았다.

"연아, 결발례를 맺은 건 나야. 왜 기억을 못 해?"

그가 고개를 홱 들었다. 검은 연기는 이제 완전히 형태를 갖췄다. 연꽃 같은 얼굴이 너무도 아름다운, 인간 세계의 절세가인이었다. 그녀가 부드럽게 기대었다. 보석과 화려한 비녀로 머리를 장식했고, 혼인할 때 입었던 붉은 옷을 둘렀다.

"욱영봉에서 제가 힘들어하니까 절 업고 오르셨잖아요. 저더러 앞으론 폐하라 부르지 말고 '연이'라고 부르라고 하셨죠. 모두 잊으신 거예요?"

그녀의 미소는 갈풀처럼 부드러웠다. 그러나 손의 힘은 놀랄 만큼 셌다.

묵연은 그녀를 홱 밀쳐 냈다. 절대 송추동이 아니야. 그의 손목은 벌써 푸르죽죽하게 변했다. 그는 계속 앞으로, 앞으로 갔다. 하얀빛이 점점 가까워졌다.

그는 어둠 속에서 그곳이 출구라고 생각했다.

저기에 도착하면…… 도착하기만 하면…….

송추동이 뒤에서 웃으며 말했다.

"폐하, 어딜 가시려고요? 초만녕은 이미 죽었어요. 폐하께 괴롭힘만 당하다 죽었잖아요. 정말 그쪽으로 가실 거예요?"

"······."

"그쪽은······."

제대로 듣지 않았다. 그는 허상들과 원한을 갚으려는 악귀들의 억압에서 벗어났다. 광분하기 직전의 그는 그녀의 목소리 따위는 제쳐 두었다. 새하얀 빛이 점점 밝아지고, 점점 커졌다. 그는 바다 깊은 곳에 빠져 익사할 위기에 놓인 사람처럼, 온 힘을 다해 두 발을 뻗으며 해수면에서 점점이 흔들리는 빛을 따라 헤엄쳤다.

그 순간!

그가 돌연 거대한 하얀빛 속으로 빨려 들어갔고, 어둠은 사라졌다.

숨을 헐떡이는 그의 발밑이 불안했다. 그는 쉬지 않고 헐떡였다. 방금 물속에서 머리를 꺼낸 사람처럼, 숨을 들이쉬고 내쉬었다. 일시적인 강한 빛에 적응하지 못하는 것처럼 그는 팔을 들어 눈을 가렸다. 한참이 지나자, 새들이 지저귀는 소리가 들리고 해당화의 은은한 향기가 느껴졌다.

그는 천천히 눈을 떴다.

······여긴 어디지?

눈을 뜨자마자 울창한 해당화 나무가 보였다. 가지마다 눈부시게 핀 연홍빛 꽃은 노을빛이 수놓인 비단 같았다.

유풍문의 천궁은 아니었다.

환각 세계가······ 아직도 안 끝난 건가?

그러나 그의 마음은 이미 완전히 무너져 내린 후였다. 자신이 정말 누구인지, 어디까지가 꿈이고 어디까지가 현실인지 갑자기 확신이 서지 않았다.

그는 일어나 앉았다. 그의 코끝에 떨어져 있던 해당화 꽃잎이 무릎에 떨어졌다.

……일어나 앉았다?

그는 그제야 자신이 계속 누워 있었다는 걸 깨달았다. 한바탕 악몽을 꾼 기분이었다. 주위를 둘러보니, 사생지전의 통천탑 앞이었다. 그는 뚜껑이 열려 있는 시커먼 관 안에 앉아 있었다.

순간, 묵연은 손가락 끝까지 얼어붙는 기분이었다.

그는 한참을 멍하니 있다가, 얼른 일어나 비틀거리며 관을 빠져나왔다. 관 앞에 비석 하나가 서 있었다. 비석엔 아무것도 쓰여 있지 않았고 물만두 한 그릇, 간단한 볶음 요리 몇 접시가 놓여 있었다. 전부 그가 가장 좋아하는 음식들이었다. 그는 그것들을 응시하다가, 다시 관을 쳐다보았다.

아니야…….

아니야.

악몽은 아직 끝난 게 아니었다.

더 깊은 악몽 속으로 떨어진 걸까, 아니면 이미 꿈에서 깬 건가?

설마 검은 그림자가 한 말이 사실일까?

난 정말 독약을 먹고 통천탑 앞에 누워 길고 긴 꿈을 꾼 것뿐일까? 꿈속의 모든 게…….

계속 생각을 이어 나가는 게 두려웠던 그는 벌떡 일어나 사생지전의 남봉으로 곧장 달려갔다.

그러나 지금은 그가 기억하는 죽기 직전과는 달랐다. 분명 그때 사람들을 모조리 내려보냈는데, 지금은 절반 정도 걸어가자 궁인 한 무리가 나타났다. 맨 앞에 선 이는 자신을 오랫동안 보필했던 유공이었다. 그가 함을 받쳐 들고 주름이 자글자글한 얼굴로 기쁘게 웃었다.

"폐하, 환생의 선약(仙藥)을 찾았습니다! 이게 바로 환생의 선약입니다!"

그가 불현듯 발걸음을 멈췄다.

유공을 포함한 모든 궁인이 무릎을 꿇고 축하의 예를 올렸다. 유공이 부들부들 떨리는 메마른 손으로 비단 함을 묵연에게 건네며 쉰 목소리로 말했다.

"선약입니다. 폐하의 간절한 마음에 천지신명도 감동하셨나 봅니다. 이게 그 선약입니다."

묵연이 어리둥절해하며 말했다.

"아니…… 내, 내가 다 하산하라고 하지 않았나?"

궁인들은 모두 사색이 되어 연신 머리를 조아렸다. 유공 역시 질겁했다.

"어찌 저희를 내려가라 하십니까? 소인의 시중이 마음에 안 드십니까? 소인……."

"10대 문파는?"

유공이 얼떨떨한 표정으로 고개를 들었다.

"10대 문파라니요? 폐하, 왜 그러십니까?"

설명하기가 곤란했던 묵연은 아예 유공을 통천탑 앞까지 끌고 갔다. 그는 울창한 숲에서 나오자마자 탑 앞의 묘를 가리켰다.

"저길 봐라. 내가 방금 저기서 자고 있었는데, 내가……."

그러나 그의 관과 묘는 이미 사라지고 없었다.

그의 엉망진창 거지같은 글씨가 쓰인 황후와 첩의 묘만 외로이 서 있을 뿐이었다.

묵연은 할 말을 잃었다.

유공이 걱정스러운 말투로 물었다.

"폐하, 왜 그러십니까?"

"난……."

묵연은 불안한 눈빛으로 두 무덤을 응시했다. 머릿속이 혼란스러웠다. 이 모든 게 가짜라는 걸 또렷이 인식하다가도, 금세 현실과 환상이 뒤섞인 기분이었다. 이제는 도대체 이곳이 어딘지, 지금이 언제인지 확신할 수가 없었다.

유공이 탄식하며 말했다.

"근심이 너무 많으신 것 같습니다. 꿈꾸셨지요?"

"꿈이 아니다……."

묵연이 중얼거렸다. 그러나 이내 고개를 저으며 창백한 얼굴로 말했다.

"아니, 이건 당연히 꿈이지……."

그는 같은 말을 계속 되풀이하며 한참을 횡설수설하다가 갑자기 고개를 돌려 유공을 쳐다봤다.

"환생의 약은?"

유공이 함을 들어 올렸다.

그는 함을 받아 들지 않고 바로 뚜껑을 열었다. 옥처럼 영롱한 단약 한 알이 따뜻한 빛을 발산하고 있었다.

떨리는 손으로 약을 집는 그의 목울대가 떨렸다. 그는 홍련수사로 향했다.

그때 유공이 별안간 그를 붙잡았다. 묵연이 고개를 홱 돌렸다. 그의 신경은 이미 날카로워질 대로 날카로워져 있었다. 그가 물었다.

"왜 그러지?"

조금 전까지만 해도 희색이 만면했던 유공의 얼굴은 어느새 어두워졌고, 눈에선 괴상한 빛이 반짝였다. 그가 음울하게 말했다.

"폐하, 이쪽이 아니지 않사옵니까?"

"이쪽이 아니라니……."

"폐하께서 가셔야 할 곳은 초혼대(招魂臺)이옵니다."

유공이 천천히 말했다. 다른 궁인들도 천천히 묵연을 둘러싸더니 폭을 좁혀 왔다.

"폐하께서 언제나 그리워하며 다시 살리려던 분은 사형인 사명정 아니었습니까?"

"난……."

"환생의 선약을 얻었는데, 폐하께선 어찌하여 초혼대가 아니라 홍련수사로 가려 하시는지요?"

유공이 조용히 말했다.

"폐하께선 이 환생술을 위해 수많은 사람을 죽이고 유풍문을 짓밟았습니다. 천하에 집 잃은 사람이 가득하고 피가 바다만큼 흘렀는데, 폐하께서 하신 이 모든 게 결국 맨 처음의 뜻을 바꾸어 다른 사람의 입에 이 약을 넣으려는 것이었사옵니까?"

묵연은 마음이 너무 심란했다. 그가 선약을 꼭 쥐고 말했다.

"너는 모른다."

"폐하께선 반드시 초혼대로 가셔야 합니다. 홍련수사로 가시면 안 됩니다."

모두의 눈에서 무시무시한 빛이 번쩍였다. 그들은 귀신 같은 얼굴로 그를 둘러싸고 같은 말을 반복했다.

"반드시 초혼대로 가셔야 합니다. 홍련수사로 가시면 안 됩니다!"

묵연은 선약을 꼭 쥐었다. 그가 창백한 얼굴로 말했다.

"다들 비켜라."

"반드시 초혼대로 가셔야 합니다."

"비켜!"

그가 불귀를 뽑아 들었다. 얼음처럼 차가운 칼자루를 쥔 그를 보며 궁인들은 잠시 겁먹은 것 같았지만, 이내 눈동자가 뱀처럼 변했다. 그중 하나는 삐딱한 미소를 짓기까지 했다.

"죄의 대가를 치러야 하실 겁니다."

"폐하께서 뭘 바꿀 수 있다고 생각하십니까?"

"말만 번지르르하지."

"간사한 말로 남을 희롱하다니."

"허, 이렇게 몰인정한 사람이 어찌 선약을 가질 자격이 된단 말인가?"

"빼앗아 오자! 빼앗아!"

묵연은 선약을 숨긴 채 재빨리 빈틈을 찾아 사생지전의 남봉으로 내달렸다. 이것이 환각 세계이든 현실이든, 그는 초만녕이 거기 있다는 걸 알고 있었다. 살았든 죽었든 그는 거기로 가야만, 초만녕의 곁에 있어야만 마음을 놓을 수 있었다.

그는 홍련수사의 결계 안으로 뛰어 들어갔다.

유공과 다른 궁인들은 모두 결계 바깥에서 들어오지 못했다.

그는 고개를 돌려 그들을 한 번 쳐다본 후, 벽색 대나무 문을 닫았다. 더는 다른 사람들을 보고 싶지 않았다. 여긴 홍련수사고, 오로지 자신과 그리고…….

"사존?"

소스라치게 놀란 그의 눈이 점점 커졌다. 머리를 높이 올려 묶고 금속 손 보호대를 찬 초만녕이 해당화 나무 아래에 서서 몰두한 표정으로 곧 완성될 야유신 기갑을 시험해 보고 있었다. 바람이 불자 연분홍빛 꽃잎이 첫눈처럼 흩날리며 계단 앞에, 탁자 위에 떨어졌다. 그 풍경은 잔잔한 물결처럼 평온하고 따사로웠다.

묵연의 눈시울이 붉어지더니, 어느새 그가 흐느끼기 시작했다.

"사존……."

그의 목소리를 들은 초만녕이 고개를 들었다. 바빠서 작은 줄칼을 입에 문 채 묵연을 쳐다보던 그는, 평소와 다른 묵연의 모습에 줄칼을 내려놓고 그제야 몸을 일으키며 고개를 끄덕였다.

"네가 어쩐 일이냐?"

217장 교산, 서로 떨어질 수 없다

묵연은 대답이 없었다. 어쩌면 대답이 나오지 않는 것인지도 몰랐다. 그가 앞으로 걸어가 다짜고짜 초만녕을 끌어안았다.

"……왜 이러느냐?"

서늘한 홑옷과 따뜻한 몸이 품 안에 들어왔다.

"어째서 우는 게야?"

그는 알 수 없었다. 꿈인가? 현실인가?

구분이 되지 않았다. 그러나 홍련수사에 와 보니 차갑게 식어 바닥에 누운 초만녕은 없었다. 멀쩡히 살아 있는 그의 스승은 뻣뻣한 야유신의 관절을 보며 기름칠을 해야 할지, 도료를 발라야 할지 고민하고 있었다.

이대로 충분했다.

그는 이 순간에 흠뻑 빠져 다시 깨어나고 싶지 않다는 생각이 들었다.

그는 초만녕과 함께 기갑인을 완성했다. 날이 저물었다. 그는 초만녕을 끌고 방으로 들어가서 전생에서처럼 살을 맞대고 뒤엉켰다.

꿈속의 초만녕은 그리 고분고분하지 않았다. 그는 툭하면 이런저런 핑계로 거절했고, 이런저런 이유로 고집을 부렸다.

침상 위에서 쾌감이 절정에 달했을 때나 욕구를 분출할 때 그는 항상 아랫입술을 깨물었고, 봉안이 촉촉해지는데도 절대 소리를 내지 않았다. 그러나 거친 숨소리만은 억누를 수 없었다.

끄지 않은 촛불의 따스한 불빛이 아래에 있는 사람의 얼굴을 비췄다. 묵연은 그의 넋이 나간 표정에서 눈을 뗄 수 없었다. 초만녕의 이목구비와 표정을 응시했고, 초만녕의 까만 눈동자와 그 안에 스며든 촛불의 그림자를 응시했다.

촛불의 그림자는 깊은 연못에 떨어진 꽃잎처럼 흔들렸다.

묵연이 규칙적으로 몸을 움직일 때마다 꽃잎도 연못 위를 둥둥 떠다녔다. 잔잔한 물결이 퍼져 나가다가 초만녕의 눈에서 촉촉한 물기가 굴러떨어지면, 묵연이 꽃잎에 입을 맞췄다.

그는 초만녕이 어떤 사람인지 잘 알았다. 미약을 쓰지 않으면 잠자리에서 거의 소리를 내지 않는 사람이었다. 묵연은 그의 뛰어난 자제력이 아쉬웠다.

하지만 그러면 또 어떤가?

눈물은 제어할 수 없고 가쁜 숨도 어쩔 수 없으니, 소리는 내지 않아도 상관없었다. 자신에 의해 눈물 흘리는 초만녕, 얼굴이 달아오르고 눈이 풀린 초만녕, 탄탄한 가슴을 오르락내리락하며 가쁜 숨을 내쉬는 초만녕을 보는 것도 너무 좋았다.

아름다운 밤, 인시(寅時)가 되어서야 그들은 서로를 안고 잠이 들었다.

묵연은 품 안에 있는 사람을 꼭 껴안았다. 둘은 온통 땀범벅이 된 서로의 축축하고 뜨거운 몸을 꼭 붙였다. 귀밑머리가 볼에 찰싹 달라붙었다.

묵연은 부드럽고도 애절하게 초만녕의 귓불과 목에 입을 맞췄다. 그리고 그를 자신의 품 안으로 더욱 꼭 끌어당겼다.

"너무 좋아요, 사존. 사존이 제 곁에 계셔서 저는 너무 좋아요."

그리고 묵연은 잠이 들었다.

눈을 떴을 때, 초만녕은 자신의 옆에 누워 있지 않았다.

"사존?"

그는 두려움에 몸을 벌떡 일으켰다.

초만녕은 반쯤 열어 놓은 창 옆에 서 있었다. 동이 튼 창밖에서는 이슬비가 보슬보슬 내리고 있었다.

묵연은 안도의 한숨을 쉬며 손을 뻗었다.

"사존, 여기 계셨네요."

그러나 말쑥하게 차려입은 초만녕은 꼼짝도 하지 않았다. 눈처럼 흰옷을 입고 침상 위의 남자를 조용히 바라보기만 했다. 묵연은 그를 응시하며 마음속에서 거대한 불길함이 일어나는 걸 느꼈다.

초만녕이 말했다.

"묵연, 나는 가야겠다."

"가신다고요?"

그는 어안이 벙벙했다. 침상 위에는 지금도 온기가 남아 있었고 베개에는 짧은 머리카락이, 그리고 음탕한 공기가 여전히 남아 있었다. 초만녕은 그의 눈앞에 서 있었지만, 마치 호수나 바다를 사이에 둔 듯 너무나 멀고 낯설었다. 묵연이 황급히 물었다.

"어디 가시게요? 여기가 홍련수사예요, 사존의 집이요. 여기가 집인데 어딜 또 가신다는 거예요?"

초만녕이 고개를 저었다. 그가 창밖에서 피어나는 창백한 물안개를 바라보며 말했다.

"시간이 없다. 곧 날이 밝을 게야."

"만녕!"

눈을 한 번 깜박였다.

텅 빈 방 안엔 아무것도 남아 있지 않았다.

묵연은 황망히 옷을 걸치고 침상에서 일어났다. 그러고는 신이나 버선을 신을 겨를도 없이 비틀거리며 문을 박차고 나갔다.

밤바람이 불고, 눈꽃이 흩날렸다. 어젯밤 그렇게 눈부셨던 해당화는 거의 다 떨어져 버렸다. 떨어진 꽃잎은 계단, 탁자, 의자에 소복이 쌓였다. 돌 탁자 위에는 완성된 야유신 하나가 놓여 있고, 금속 손 보호대와 줄칼도 그 옆에 있었다. 마치 초만녕이 떠난 지 얼마 되지 않은 것 같았고, 언제든지 돌아올 것만 같았다.

"만녕? 만녕!"

그는 미친 듯이 홍련수사 안을 돌아다니며 초만녕을 찾았다. 그러나 연화지는 피해 다니듯 계속 빙 돌아갔다. 무의식적으로 거기에 가 볼 엄두가 나지 않았다. 감히 가 볼 엄두가……

그러나 결국 혼비백산해서는 그리로 향하고 말았다.

맨발로 얼음처럼 차가운 청석 길을 걸었다.

그는 연화지에서 멀찍이 떨어진 곳에서 걸음을 멈췄다. 창백한 발가락을 따라 쭉 위로 올라가자 핏기 없는 얼굴이 보였다.

그는 눈을 휘둥그레 떴다. 멀리 연화지 안에 누운 남자는 전생에서 자신이 죽기 전 이 년 동안 매일 보던 모습과 똑같았다.

연꽃의 깊은 곳에 누워 있는 그는 썩지도 않았고, 옷도 깨끗했다. 살아 있을 때와 뭐가 다른가?

……뭐가 다르냐고!

그는 한 걸음, 한 걸음 다가갔다.

가까워졌다.

더 가까워졌다.

조금만 더 앞으로 가면 연못 바로 앞이었고, 죽어서도 약간 찌푸리고 있는 것 같은 그의 미간과 다시는 뜨지 않을 봉안, 그리고 속눈썹 한 올까지도 똑똑히 볼 수 있었다.

그러나 그는 망설이며 주저앉았다.

무릎이 돌길에 닿았다. 몸을 웅크린 채 한침을 부들부들 떨다가 갑자기 유공이 준 선약, 죽은 사람을 되살리는 선약이 생각났다. 그는 기뻐서 어쩔 줄 몰라 하며 무섭도록 떨리는 손으로 건곤낭을 뒤지기 시작했다. 안에 있는 물건을 몽땅 꺼냈다.

"선약…… 선약…… 죽은 사람을 되살리는 선약이 필요해…….
어디 갔지? 어디 갔어!"

안에 들어 있던 물건을 다 꺼내고 건곤낭을 뒤집었다. 바느질해 놓은 틈새까지 놓치지 않고 다 더듬어 보았다.

그러나 약은 없었다.

선약이 보이질 않아. 선약이 안에 없어.

설마 유공에게 선약을 얻은 것도 꿈인가?

아니야, 이건 전부 다 꿈이야. 계속 이어지는 꿈이야······.

그는 무너져 내렸다. 그의 의식은 혼란 속에서 산산조각 났다. 그는 절망적인 표정으로 얼굴을 문지르며 중얼거렸다.

"아니야, 있을 거야······. 내가 분명히 안에 넣었어······. 선약······ 선약이 있을 거야······. 있어······ 있다고······."

그는 다시 한번 미친 듯이 선약을 찾았다. 초만녕의 시신 앞에 무릎을 꿇고 앉아 신경질적으로 주머니를 뒤졌다. 그의 눈 속에 두려움의 빛이 일렁였다. 목소리는 점점 절망적인 흐느낌으로 변했고, 결국 엎드려 대성통곡하기 시작했다.

"분명히 넣었어, 분명히 넣었다고!"

그는 앞에 있던 자질구레한 물건들을 집어 던졌다. 온갖 도자기 병들이 쨍그랑 소리를 내며 구르고 깨졌다. 그는 깨진 파편들 사이를 기어갔다. 파편들이 그의 무릎을 파고들었지만, 그는 아랑곳하지 않고 연화지에 누워 있는 그 사람에게로 기어갔다.

마침내, 그가 연못 안에서 얼음처럼 차가운 몸을 꺼내 품에 꼭 안았다.

······그가 전생에서 늘 하고 싶었지만 하지 못했던 일이었다.

그는 초만녕의 시신을 안고 있었다. 이슬비가 끊임없이 내리고 하늘은 점점 밝아졌지만, 그들과는 아무 관련이 없었다. 그는 초만녕의 몸을 안고 울었다. 그의 볼에 자신의 볼을 비비고 그의 콧등, 속눈썹, 입술에 입을 맞췄다.

"사존…… 제발요……. 저 좀 봐 주세요…… 제발……."

그 순간, 그의 모습은 공동묘지에서 어머니의 부패한 시신을 안고 오열하며 지나가는 군자에게 자신을 어머니와 함께 묻어 달라고 애원하던 고아의 모습과 겹쳐졌다.

그때 그의 나이 고작 다섯 살이었다. 다섯 살짜리 아이는 다시는 사랑하는 사람이 눈앞에서 썩어 흙으로 돌아가는 걸 지켜만 보지 않겠다고 맹세했었다.

눈 깜짝할 사이에 긴 시간이 흘렀다. 서른둘의 답선군은 스승의 시신을 안은 채 미친 듯이 웃다가 통곡하기를 반복했다.

생전의 모습과 다를 바 없는 몸이었다. 그는 해낸 것이다. 그는 망자를 산 자처럼 만들 수 있었다. 시신의 피부는 희미한 혈색이 도는 것 같았고, 편안한 모습은 깊은 잠을 자는 것 같았다.

이번엔 자신을 초만녕과 함께 묻어 달라고 누구에게도 애원하지 않았다.

그러나 답선군은 이미 자신을 산 채로 묻었다. 초만녕이 죽은 다음 날, 그는 이화백주 한 병을 마셨다. 그 후로는 하루가 멀다 하고 홍련수사에 있는 '산 송장의 묘'에서 의미 없는 시간을 보냈다. 그날부터, 그는 스스로를 땅에 묻었다.

"사존, 저 좀 봐 주세요……."

– 묵연!

"제발…… 저 좀 봐 주세요……."

어렴풋이 누군가 자신을 부르는 소리가 들렸다. 익숙한 목소리였다. 주위가 다시 깜깜해지고, 그는 누군가가 내민 손을 마치 익사의 위기에 놓인 사람처럼 흐느끼며 단단히 붙잡았다.

"가지 마세요. 나쁜 짓은 절대 안 할게요. 절대 화내실 일은 안 할게요……."

그는 그 사람의 손에 깍지를 꼈다.

희미한 꽃 향, 해당화의 향기가 났다.

"죽은 사람을 살리는 선약이 있었는데, 그런데…… 어떻게 된 일인지 도저히 못 찾겠어요. 그래도 안 가시면 안 돼요? 제발……."

그는 다짜고짜 따뜻한 몸이 있는 곳으로 다가가 그 몸을 껴안았다.

"제발요, 차라리 제가……."

그는 울먹였다.

"차라리 제가 죽었으면 좋겠어요."

— 묵연! 빨리 일어나!

그러나 그는 깨어나지 못했다. 바다보다 깊은 고통에서 헤어나오지 못하고 익사할 것만 같았다. 그는 깨어나지 못했다.

그는 흐느끼며 자신을 부른 사람을 꽉 껴안았다. 속눈썹이 촉촉이 젖었다.

"차라리 제가 죽었으면 좋겠어요, 사존……."

— 야, 이 개새끼야! 뭐 하는 거야! 야!

갑자기 누군가 쫓아와서 그를 잡았다. 주위가 소란스러웠다. 또 누군가는 그의 입술에 차가운 물을 흘려 넣었다.

묵연은 갑자기 온몸이 서늘해지는 기분이었다. 물이 너무 차가워서, 마치 천 년 동안 녹지 않은 두꺼운 얼음처럼 그의 폐부를 몽땅 얼려 버릴 것만 같았다.

그가 눈을 부릅떴다!

"……."

가장 먼저 눈에 들어온 건 강희의 음울한 얼굴이었다. 그는 푸른색 병을 들고 있었다. 조금 전 묵연의 입에 들어온 게 그 병 속에 있던 것인 모양이었다.

"제가……."

묵연은 입을 열었지만 목이 잠겨 말을 할 수가 없었다.

주위를 둘러보았다. 다시 천궁이었다. 식은땀에 젖은 옷이 축축했다. 사람들이 그를 빙 둘러싸고 의아한 눈빛으로 쳐다보고 있었다. 특히 설몽은 얼굴이 붉으락푸르락하며 아주 심각한 표정이었다.

그는 초만녕의 무릎에 누워 두 손으로 초만녕의 허리를 꽉 껴안은 채였다. 초만녕이 입고 있던 단정하고 예를 갖춘 옷은 꿈속에서처럼 엉망이 되었고, 장포의 옷깃은 어깨까지 내려와 있었다.

"……."

내가…… 내가 설마 해선 안 될 말을 한 건 아니겠지?

초만녕도 안색이 좋은 건 아니었지만, 그래도 침착했다. 그가 말했다.

"왜 그렇게 혼자 빨리 갔느냐?"

"사존, 제가…… 제가 조금 전에……."

"가위에 눌린 게다."

강희가 병을 집어넣고 일어섰다. 그가 묵연을 내려다보며 말했다.

"좀 쉬어라. 내가 준 건 파몽한수[#30]이니 좀 추울 것이다. 이따 차를 한잔 마시면 괜찮아질 게다."

묵연은 아직도 그 층층이 쌓인 무시무시한 꿈에서 정신이 돌아오지 않은 듯 눈빛이 몽롱했다. 한참이 지나 그가 겨우 중얼거렸다.

"가위에 눌렸다고요? ……하지만 전 계속 조심했어요. 어떤……어떤 술법의 흔적도 느끼지 못했는데……."

강희가 거드름을 피우며 비뚤어진 발톱을 드러냈다.

"술법? 그건 또 무슨 멍청한 소리지?"

모두가 입을 다물었다.

"……."

"천하에 가장 잔인하고 치명적인 게 술법이라고 생각하느냐?"

약학 문파의 장문인이 눈을 가늘게 뜨고 소매를 정리하며 경멸하듯 말했다.

"틀려도 한참 틀렸다. 천하에 가장 강력한 건, 바로 약이다."

그가 차가운 목소리로 설명했다.

"천궁에는 '19층 지옥'이라 불리는 미향을 피워 놓는다. 이 향은 색도 냄새도 없지만, 향을 들이마신 사람은 환각 상태에 빠져 평생에 가장 무서웠던 기억을 떠올리게 되지."

강희는 잠시 말을 멈추고 묵연을 살폈다.

"두려움이 클수록 깊이 빠져들게 된다. 이전에도 19층 지옥 때문에 가위눌린 사람들을 구한 적이 있는데, 파몽한수 네다섯 방

#30 파몽한수 破夢寒水. 꿈에서 깨어나는 찬물이라는 의미

울이면 금방 깨어났었다. 그런데 넌 얼마나 마셨는지 아느냐?”

“……얼마나요?”

강희가 불쾌한 표정으로 말했다.

“거의 반병을 마셨어. 100명 치 양을 마시고서야 겨우 의식이 돌아왔단 말이다. ……정말 의문이군. 묵 종사, 이렇게 어린데 무슨 두려움이 그토록 깊단 말인가? 도대체 뭐가 무서운 게야?”

二哈和他的白猫師尊

바보 허스키와 그의 흰 고양이 사존 8

초판 1쇄 발행 2021년 11월 30일
지은이 육포부흘육 **옮긴이** 어썸스토리 **감수** 치치
펴낸이 신현호
편집장 김승신 **편집** 원현선
본문조판 양우연 **마케팅** 김민원 **관리** 조인희
펴낸곳 (주)디앤씨미디어 **출판등록** 2002년 4월 25일 제20-260호
주소 서울시 구로구 디지털로 26길 111 제이앤케이디지털타워 503호
전화번호 02.333.2513
B-Lab 공식 트위터 twitter.com/B_lab_BL/

ISBN 979-11-278-6160-5 04820
ISBN 979-11-278-6152-0 (세트)

정가 13,000원